Weitere Bücher von
ANNA KATMORE

Die Grover Beach Team Reihe:

Teamwechsel

Ryan Hunter

Katastrophe mit Kirschgeschmack

Jungs, die nach Kirschen schmecken

Verknallt hoch zwei

*

Herzklopfen in Nimmerland

Die Rache des Pan

*

Märchensommer

Vor einiger Zeit habe ich meine Leserinnen gebeten, mir ihre Namen für einige der Charaktere einer neuen Geschichte zu leihen. Ich war total erstaunt darüber, wie viele auf diesen Aufruf geantwortet haben.
Leider kommen in diesem Buch nicht einmal annähernd so viele Figuren vor, wie ich schöne Namen zur Auswahl hatte. Die Wahl ist mir alles andere als leicht gefallen.

Diese Namen haben es in die Geschichte geschafft:

Angelina McFarland

(Angel, die Titelheldin)

Brittney Renae Goff

(Der Feenknirps; eins der Zwillingsmädchen)

Paulina

(Der Honighase; eins der Zwillingsmädchen)

Tameeka Taylor

(Tami, die Elfe)

Remona Karim and Karima Olayshia Bre'Shun

(Die Feenschwestern)

Danke, dass ihr meine Figuren benannt habt!

Kapitel 1

Ein kleines Knäuel mit strohblonden Haaren quietscht auf meinem Bett. „Angel! Angel, hör auf! Ich mach mir gleich in die Hose!"

Sofort höre ich auf, meine kleine Schwester zu kitzeln, setze mich auf die Bettkante und hebe den Zwerg auf meinen Schoß. „Wehe du machst ins Bett. Ich schwöre, wenn du das tust, reiße ich deinem Stoffhasen die Ohren aus!" Natürlich würde ich das niemals wirklich tun, aber die Drohung wirkt jedes Mal.

In diesem Moment kommt das exakte Ebenbild der aufgekratzten Fünfjährigen, die gerade auf meinen Knien sitzt, ins Zimmer, nur trägt dieser kleine Quälgeist ein dunkelrosa Feenkostüm mit einem Paar Elfenflügel auf dem Rücken. Der Chiffon ist an ihrem Po arg zerknittert, und ich frage mich, ob sie die letzte halbe Stunde auf dem

Fußboden gesessen und mit ihren Puppen Teeparty gespielt hat.

Sie wedelt mit ihrem glitzernden, rosa Zauberstab, an dessen Spitze ein leuchtender Stern befestigt ist, vor meinem Gesicht herum. „Warum kreischt Paulina, als ob das Barbiehaus schon wieder abbrennt?"

Das Barbiehaus ist natürlich nie abgebrannt. Na ja, zumindest nicht vollständig. Es hatte vor einigen Wochen Feuer gefangen, als wir an Heiligabend die Kerzen am Weihnachtsbaum angezündet hatten. Dad hatte schnell den erstbesten Fetzen – Mums Lieblingskaschmirdecke – über das hölzerne Spielzeughaus geworfen, um die Flammen zu ersticken. Das Barbiehaus war gerettet, nur der Westflügel musste renoviert werden. Danach hatten mich meine beiden Schwestern so lange genervt, bis ich endlich nachgab und die Wände des Barbiewohnzimmers pink strich, um die Brandrückstände zu übermalen.

„Sie kreischt, weil der grässliche Captain Hook gerade wieder auf der Jagd nach hübschen Prinzessinnen ist", knurre ich als Antwort auf Brittney Renaes Frage und setze Paulina auf den Boden. Dann springe ich von ihrem Bett hoch und der Giftzwerg im Feenkostüm saust quiekend aus dem Zimmer ihrer Schwester. In ihren dunkelroten Lackschuhen rennt sie den Gang hinunter um ihr Leben.

Gerade noch bevor sie im Schlafzimmer meiner Eltern verschwinden und mir die Tür ins Gesicht knallen kann, kriege ich sie zu fassen. Einen Arm um ihre zierlichen Hüften geschlungen, hebe ich sie hoch und springe mit ihr auf das Doppelbett meiner Eltern, das heute Nacht wieder einmal kalt bleiben wird, weil die beiden zu irgend so einem Wohltätigkeitsding eingeladen sind – wie fast jeden Samstagabend.

Ich kralle meinen Zeigefinger, um damit den Haken des grausamen Piraten zu imitieren. „Ich bin Hook, Anführer der dreckigsten Bande, die die Welt je gesehen hat", grolle ich in der tiefsten Stimme, die ich zustande bringe. „Und gleich werde ich dich aufschlitzen, vom Nabel bis zu deiner Nase!"

Brittney Renae vergräbt ihr Gesicht an meiner Schulter und kichert. Das Kleine-Mädchen-Gegacker wird schnell zu einem lauten Lachen und Prusten, als ich sie zwischen den Rippen kitzle, und aus ihrem Mund sprühen Spucketropfen wie aus einem Vulkan.

Auf der ganzen Welt gibt es nichts, was mir mehr Freude bereitet, als das Lachen der Zwillinge. Ihr aufgewecktes Temperament packt mich jedes Mal, egal ob ich gerade dabei bin, für meinen Highschool-Abschluss in ein paar Monaten zu büffeln, oder ob ich Miss Lynda mit dem Haushalt helfe.

Mum und Dad sehen es allerdings nicht gerne, wenn ich unserer steinalten Hausdame in der Küche zur Hand gehe. *Mädchen aus feinem Hause machen sich die Hände nicht schmutzig* – das haben sie mir mein ganzes Leben lang eingebläut. Ich durfte weder mit den anderen Kindern im Matsch spielen, als ich noch klein war, noch durfte ich zerrissene Jeans und Kapuzensweatshirts tragen oder ohne Kopfhörer in meinem Zimmer Rockmusik hören.

Als letzten Sommer das Kindermädchen der Zwillinge in einen anderen Stadtteil gezogen ist und meine Eltern keinen geeigneten Ersatz für sie finden konnten, habe ich meine Chance gewittert und einen Deal mit ihnen ausgehandelt. Mein Vorschlag war, an den Wochenenden auf die Mädchen aufzupassen, wenn sie mir dafür erlaubten, wenigstens im Haus normale Klamotten zu tragen. Diese ekelhaften Hosenanzüge und Blümchenkleider gingen mir echt schon auf den Keks.

Mum gab nach einer stundenlangen Diskussion endlich nach. Dad bestand darauf, trotzdem weiter nach einer neuen Nanny zu suchen. Als die Zwillinge aber mit ihren großen Kulleraugen klimperten, wurde auch er schließlich weich. Keiner in dieser Familie kann Paulina oder Brittney Renae etwas abschlagen, wenn sie auf die

Tränendrüse drücken.

Meine Eltern stimmten also zu, allerdings nur unter der Voraussetzung, dass mich niemand in diesen Sachen zu sehen kriegt. Wenn wir also Gäste zu einem Bankett im Haus empfangen, müssen leider immer noch diese albernen Blusen und bunten Haarschleifen herhalten. Echt, ich hasse es aufzutreten wie die Kammerzofe der Queen.

Und dann war da natürlich noch eine Bedingung. Dads Extraforderung für freie Kleiderwahl in diesem Haus bestand darin, dass ich Jasper Allensik, den Sohn seines Geschäftspartners kennenlerne, der offenbar auf irgendeine verwinkelte Art mit den Royals verwandt ist. Ich hab zwar widerwillig zugestimmt, habe meinen Vater allerdings hinterher darauf festgenagelt, dass wir ausgemacht hatten, ich müsse nur mit dem Jungen ausgehen, wenn ich ihn mindestens zu fünfundsechzig Prozent leiden konnte. Was nicht der Fall war.

Jasper Allensik ist eine Knalltüte. Er ist lang, dünn, trägt seine geölten Haare in einem Seitenscheitel und trinkt zu jeder Mahlzeit Tomatensaft, der ihm dann wieder aus der Nase spritzt, wenn ihn etwas Absolut-gar-nicht-Witziges zum Lachen bringt, wie etwa ein dämlicher Artikel in der *Financial Times*.

Nach einem langen Schultag in London trinke ich

ganz gerne mal eine Erdbeermilch zu meinen Pommes, wenn ich noch Zeit für einen Abstecher zu Burger King habe. Allerdings versprühe ich da die Milch niemals durch meine Nase, ob ich nun lachen muss, oder nicht.

Wir haben natürlich nie Erdbeermilch zu Hause, weil mein Dad die nämlich nicht ausstehen kann. Und Pommes gibt's bei uns auch nie. Miss Lynda wurde damit beauftragt, uns Hummer, Hühnerfilets und manchmal sogar Kaviar auf Toast zu servieren. Paulina und Brittney-Renae müssen zwar die Fischeier-Vorspeise noch nicht runterwürgen, aber seit meinem zwölften Geburtstag wird mir ständig vorgehalten, ich solle mich endlich an das glibberige Teufelszeug gewöhnen, damit ich meine Eltern nicht noch einmal so blamieren würde wie auf Evelyn Andersons Bankett zu deren Pensionierung. Weil ich damals nicht aufgepasst und das schwarze Zeug in der großen Glasschüssel mit Waldbeerpudding verwechselt hatte, schob ich mir einen Löffel voll Kaviar in den Mund, der dann aber postwendend und unter grausamem Würgen zurück in die Schüssel wanderte.

Tja, manchmal ist es eben gar nicht so leicht, die Erstgeborene in George McFarlands Haus zu sein.

Ich schnappe Brittney Renae und stelle sie auf ihre kleinen Füße. „Jetzt musst du aber ihr Bett machen", sagt sie zu mir und fuchtelt dabei streng mit ihrem kleinen Zauberstab.

Ich gehorche. Miss Lynda macht das Bett der Zwillinge mindestens fünfhundertmal am Tag, um ja meine Eltern nicht in Rage über deren Unordnung zu bringen. Ich mache mein eigenes Bett jeden Morgen und versuche dann, es in diesem Zustand zu halten, bis es Zeit zum Schlafengehen ist. Leider gelingt mir das an den wenigsten Tagen, und so mache ich mein Bett wohl genauso oft wie Miss Lynda das der Zwillinge.

Doch mit meinen Schwestern im Bett meiner Eltern herumzutoben ist ein absolutes Tabu. Eigentlich dürften wir ja nicht einmal in diesem Zimmer sein, aber meine Eltern sind ja Gott sei Dank heute Nacht nicht zu Hause, und Miss Lynda hat vor einer halben Stunde das Schlachtfeld verlassen. Wer sollte uns also daran hindern, die Villa in einen Spielplatz umzufunktionieren?

Ich ziehe an den Enden der Laken und streife die Decke glatt, bis sie wieder makellos auf dem Bett ausgebreitet liegt. Der kleine Feenknirps hat mich mittlerweile verlassen, wahrscheinlich um in ihrem Zimmer weiter mit ihren Puppen zu spielen. Nachdem ich das Licht abgedreht habe, trete ich raus in den mit dunkelrotem Teppich ausgelegten Flur, und da hüpft mir Paulina entgegen und springt mir direkt in die Arme. Warum grinst sie wohl gerade wie ein Geburtstagsclown? Normalerweise bedeutet das, sie hat entweder eine zündende Idee ... oder Miss Lynda hat mal wieder ein Säckchen ihrer selbst gebackenen Kekse in die McFarland Villa geschmuggelt, was rein zufällig heute Nachmittag der Fall war.

„Was gibt's, Honighase?", frage ich sie und streife mit den Fingern durch ihr langes, blondes Haar, das dick ist wie Heu.

„Ich hab eine Überraschung für dich."

Oh, oh! Ihre letzte Überraschung endete mit einer giftgrünen Strähne in meinem Haar. Gott sei Dank ist Fingerfarbe auswaschbar. Ich verstecke mein grüblerisches Gesicht hinter einem aufgesetzten Lächeln. „Toll, dann lass mal hören!"

„Es ist ein Tattoo."

„Ach du Scheiße!"

Paulina schlägt sich augenblicklich die Hände vor den Mund und kichert. Solche Wörter sind in diesem Haus unter Stubenarrest verboten, aber das ist mir jetzt egal, meine Eltern sind ja nicht hier, um mich auf mein Zimmer zu schicken. Von mittelschwerer Panik gepackt, setze ich meine kleine Schwester ab und knie mich vor ihr auf den Boden. Als ich die Ärmel ihres roten Pandabären-Pullis hochschiebe, kommen da zum Glück keine aufgeklebten Bilder zum Vorschein.

Sie kichert immer noch, doch jetzt aus einem anderen Grund. „Ich doch nicht, Dummerchen."

Puh! Meine Mutter wäre ausgerastet.

„Es ist dein Name, darum musst du ihn auch draufmachen", erklärt mir der kleine Naseweis dann und meine Kinnlade klappt nach unten.

„Was?"

Mit ausgestrecktem Arm öffnet sie ihre kleine Faust vor meiner Nase. Darin verbirgt sich ein Papierschnipselchen, auf dem das Wort *Angel* steht. Außer den Zwillingen nennt mich sonst niemand so, und es ist auch das einzige Wort auf der Welt, das die beiden bis jetzt überhaupt schon schreiben oder lesen können. Auf ihr unnachgiebiges Flehen hin habe ich es ihnen vor Weihnachten beigebracht – über eine ganze Woche lang.

Den Spitznamen Angel – also Engel – habe ich aber nur von ihnen erhalten, weil die beiden Mädchen, als sie zu sprechen begannen, meinen richtigen Namen, nämlich Angelina, einfach nicht so richtig über die Lippen bekamen. Irgendwie finde ich den Namen auch heute noch echt süß, obwohl ich ja ganz und gar nicht aussehe wie ein Engel.

Die blonden Engelslocken meiner Mutter sind mir

verwehrt geblieben. Stattdessen habe ich die schnurgeraden rabenschwarzen Haare meines Vaters geerbt, die ich seit Kurzem als kinnlangen Bob trage. Meine Haut ist das ganze Jahr über bleich, als wollte ich einem Schneemann Konkurrenz machen, und meine dunkelbraunen Augen heben sich dadurch natürlich gleich doppelt so stark ab, wie zwei schwelende Kohlen im Schnee. *Freches Teufelchen* würde da schon eher zu mir passen.

Ich schnappe mir den Schnipsel von meiner Schwester. Es ist eines dieser Klebetattoos, die man immer mit den Disney-Prinzessinnen-Heftchen geliefert bekommt. Die Buchstaben sind lila und in schwungvoller Kursivschrift dargestellt, und aus ihnen regnet es Sterne. Großartig. Und wo soll ich mir das jetzt ihrer Meinung nach bitte hin kleben? Auf die Stirn vielleicht, damit meine Mutter morgen früh beim Frühstück einen hysterischen Anfall bekommt?

Als ob sie meine Gedanken lesen würde, zuckt Paulina mit den Schultern. „Wir können es ja auf die Innenseite von deinem Arm machen. Du trägst sowieso immer diese schwarzen Pullover. Mummy wird es schon nicht sehen."

Wer kann zu diesem hoffnungsvoll strahlenden Herz-Gesicht schon Nein sagen? Ich seufze resignierend, nehme mir aber fest vor, das dumme Tattoo gleich morgen in aller

Herrgottsfrühe abzuwaschen, bevor ich mich an den Frühstückstisch setze. „Na schön. Lass es uns machen."

Ich scheuche Paulina vor mir her ins Badezimmer. Das Licht geht automatisch an, sobald wir die Tür aufmachen, und wird von den strahlendweißen Fließen im ganzen Raum reflektiert.

Vom Rand der ovalen weißen Wanne aus sehe ich zu, wie der eifrige Zwerg einen Hocker unterm Waschbecken hervorholt, den die Zwillinge normalerweise zum Zähneputzen brauchen, weil sie sonst nicht an den Wasserhahn rankommen. Auf diesen Schemel setzt sich Paulina, und ich warte geduldig, während sie mit einem feuchten Tuch an meinem Unterarm herumhantiert.

Als sie endlich fertig und rundum glücklich und zufrieden ist, stößt auch der Feenknirps zu uns. „Was macht ihr beiden denn hier drinnen?", fragt sie und stemmt dabei ihre kleinen Fäuste in die Hüften. Ausnahmsweise hat sie ihren Zauberstab mal nicht mitgebracht.

„Ich habe Angels Namen auf ihren Arm tätowiert", erklärt ihr Paulina mit stolzgeschwellter Brust.

„Wirklich?" Brittney Renae tänzelt zu uns herüber und klatscht beim Anblick des Ergebnisses begeistert in die Hände. „Oh, das ist ja soo schön. Jetzt darfst du dir nie wieder den Arm waschen und musst das Tattoo für immer drauf lassen."

„Wieso das?", frage ich sie und muss dabei lachen. „Als Spickzettel, damit ich meinen eigenen Namen nicht vergesse?"

Paulina macht ein zerknautschtes Gesicht. „Was ist ein Spickzettel?"

„Den brauchst du, wenn du später mal ... ach, nicht so wichtig." Lieber erst gar nicht auf eine weitere Wieso-und-warum-Fragerunde einlassen. Von denen bekomme ich nur Kopfweh.

Aus dem Wohnzimmer im unteren Stockwerk dringen die ersten Glockenschläge der großen Standuhr zu uns herauf. Es ist acht. „Zeit fürs Bett, Mädels."

Die Zwillinge beginnen zu grinsen, denn Operation *Zubettbringen* beginnt immer auf die gleiche Weise, wenn wir alleine sind. Alle versammeln sich auf Paulinas Bett, Brittney Renae holt ein Buch und ich lese es ihnen vor. Wir machen das vor all dem anderen Zeug, wie Zähneputzen und Pyjamaanziehen, weil Brittney Renae ihr Kostüm immer bis zur letzten Minute anlassen möchte.

Ich mache es mir auf dem Kinderbett gemütlich und lehne mich an das Kopfende. Meine Schwestern schmiegen sich links und rechts an mich und Brittney Renae gibt mir das Buch, das sie für heute Abend ausgesucht hat. Dass es wieder einmal *Peter Pan* ist, überrascht mich nicht. Die Geschichte des fliegenden Jungen ist ihr Lieblingsbuch und ich lese sie den beiden Nacht für Nacht vor. Wie üblich sprechen die Zwillinge jedes einzelne Wort mit mir mit.

Eingepfercht zwischen den beiden wie ein Schwein im Stall, beginne ich bald in Paulinas warmem Zimmer zu schwitzen. Ich ziehe mir schnell mein Sweatshirt aus und werfe es ans Bettende, dann lese ich mit den Mädchen weiter.

„*Der fürchterlichste aller Piraten brachte die Kinder an Bord seines mächtigen Schiffes, die Jolly Roger*", sagen wir alle drei gemeinsam mit derselben spannungsgeladenen Stimme. „*Er fesselte sie an den Segelmast und lachte ihnen voll Hohn ins Gesicht. Die schmutzige Mannschaft bejubelte ihren Captain, denn sie wussten genau, heute war der Tag, an dem Peter Pan den Kampf verlieren würde.*"

„Oh nein!", wimmert Paulina, als ich die Seite umblättere und die Zeit für einen tiefen Atemzug nutze. „Was ist, wenn der grausige Hook Peter dieses Mal wirklich schnappt?"

Unbemerkt verdrehe ich die Augen. Sie weiß ganz genau, wie die Geschichte ausgeht. Und doch ... jedes Mal, wenn wir das Buch gemeinsam lesen, verliert sie sich so sehr im Geschehen, dass ihre Ängste um Peter Pan wahrhaftig werden und sie voll Bangen ihre kleinen Hände zu zitternden Fäusten ballt.

Ich lasse den beiden einen Moment, um die Bilder auf dieser Seite zu betrachten, bevor wir gemeinsam das Ende erleben und jeder von uns – ja genau, inklusive mir – erleichtert aufatmet. Ich weiß nicht, warum ich das mache. Möglicherweise, weil die Zwillinge mich einfach mit ihrer Aufregung anstecken, wann immer wir das Märchen von Peter Pan lesen.

Ich schließe das Buch und lege es auf Paulinas Nachttisch. Bestimmt werden wir es morgen wieder lesen. Die beiden wissen genau, was als Nächstes folgt, und ohne zu murren, huschen sie los, um sich die Zähne zu putzen. Während ihre piepsigen Stimmen zu mir dringen, als sie den Endkampf von Hook und Peter im Badezimmer nachspielen, mache ich die beiden Flügeltüren auf, die zu einem halbrunden, viktorianischen Balkon hinausführen. Im Mondschein sehen die langsam herabfallenden Schneeflocken aus wie ein bezaubernder Sternenregen.

Eine kalte Windböe zerrt an meinem T-Shirt. Die Gänsehaut, die mir gerade über den ganzen Körper huscht, erinnert mich daran, dass die Balkontür in meinem Zimmer die letzten zwei Stunden sperrangelweit offenstand. Schnell schließe ich die klirrende Kälte aus dem Zimmer meiner kleinen Schwester aus und eile in mein eigenes.

Hier drin ist es kalt wie in einem Eisfach, und doch kann ich mich nicht dazu überwinden, die Flügeltüren gleich zu schließen. Erst muss ich noch hinaus zu den tanzenden Schneeflocken. Langsam ziehe ich meine Füße durch die dünne Decke aus Schnee auf dem halbrunden Balkon und hinterlasse dabei mit meinen Turnschuhen eine Schlangenspur.

Diese Jahreszeit mag ich am liebsten. Draußen ist alles so ruhig und friedlich. Ich blicke hinunter auf unseren englischen Rasen, der jetzt unter einer dicken Schneeschicht verborgen liegt, und stelle mir vor, dass jeden Moment ein kleines Reh zwischen den Bäumen am Ende unseres Gartens hervorhüpfen könnte. Doch die Dunkelheit bleibt ungestört. Wir leben am Rande Londons. Hier hört man zwar nichts vom Großstadtgetümmel, doch liegt der nächste Wald immer noch zu weit weg, als dass man ein Reh oder einen Hasen vorbeihuschen sehen könnte.

Meine Hände auf die Marmorbrüstung gestützt, neige ich meinen Kopf nach hinten und versuche ein paar Schneeflocken mit dem Mund zu fangen. Die weißen Kristalle schmelzen auf meiner Zunge, während mehr von ihnen auf mein Gesicht fallen und sich in meinen Wimpern verfangen.

„Angel!"

Die Zunge immer noch herausgestreckt, drehe ich meinen Kopf zur Seite. Der Feenknirps steht auf Paulinas Balkon und winkt mir zu. Uns trennen nur wenige Meter und der Baumwipfel einer Esche, die schon lange vor meiner Geburt an dieser Stelle gepflanzt wurde. „Was ist?", rufe ich zu Brittney Renae hinüber.

„Du hast deinen Pullover vergessen!" In ihren Händen hält sie mein schwarzes Kapuzensweatshirt.

„Wirf ihn rüber!" Ich lehne mich weit über die Brüstung und strecke meine Arme aus, um das Bündel aus Stoff zu fangen. Leider ist die Zielgenauigkeit meiner kleinen Schwester genauso mies wie der Musikgeschmack meiner Mutter, und das Sweatshirt landet in der Baumkrone. „Ach herrje!" Seufzend lehne ich mich noch ein kleines Stückchen weiter über die Brüstung, aber das Shirt erwische ich trotzdem nicht. Der Baum hält es in seinen vielen Ästen und Zweigen gefangen.

Mir fehlen nur noch ein paar Zentimeter. Das wäre doch gelacht. Ich klettere kurzerhand auf die Balustrade und stütze mich an der Hausmauer ab. So kann ich mich noch ein klein wenig weiter hinauslehnen und bekomme schließlich einen Ärmel des Pullovers mit den Fingerspitzen zu fassen. Ich ziehe ihn zu mir herüber und versuche, mein

Gleichgewicht mit einem Schritt zur Seite zu stabilisieren. Doch mein rechter Turnschuh rutscht auf der mit Schnee bedeckten Brüstung weg und ich verliere den Halt.

Mir entfährt ein schrilles Kreischen, als ich mit den Armen rudere und um meine Balance kämpfe. Dabei bete ich, dass ich es irgendwie schaffe, auf dem Balkon zu landen. Doch als ich das entsetzte Gesicht meiner immer kleiner werdenden Schwester sehe, weiß ich: Das wird weh tun.

Kapitel 2

Ich falle. Mein panischer Schrei lässt die Luft um mich herum erzittern. Kalter Wind zieht an mir vorbei. Ich öffne die Augen, die ich aus irgendeinem Grund bisher fest zusammengekniffen hatte. Um mich herum ist nichts. Wirklich gar nichts. Ich blicke in einen endlosen sommerblauen Himmel. In mir kommt Panik auf, denn ich falle immer noch! Wo zum Teufel bin ich?

In meiner Faust halte ich ein Sweatshirt, das zwar wie ein schwarzer Luftballon über meinem Kopf flattert, aber sonst leider nichts dazu beiträgt, dass ich langsamer werde. Und dann fällt es mir wieder ein. Du meine Güte, der Balkon! Ich habe das Gleichgewicht verloren. Eigentlich sollte ich längst auf dem Erdboden aufgeschlagen sein und mir alle Knochen im Leib gebrochen haben. Warum ist das nicht passiert?

Ich blicke in Fallrichtung und entdecke Zuckerwattewolken unter mir. Je näher ich sause, umso größer wird mein Schatten auf der flauschigen weißen Oberfläche. Wenige Sekunden später falle ich mitten hindurch.

Mein verzweifeltes Kreischen verstummt zu einem ängstlichen Wimmern. Als ich endlich wieder aus der Wolkendecke hervorbreche, kann ich unter mir Land sehen. Saftig grüne Hügel, ein Dschungeldickicht, und in der Ferne säumen kleine, bunte Häuser einen idyllischen Hafen. Die Insel, auf die ich zurase, hat die Form eines Halbmonds. Unter mir befindet sich nichts, was meinen Sturz abschwächen könnte.

Das ist doch Wahnsinn! Menschen fallen nicht einfach so vom Himmel. Mit zitternden Armen ziehe ich das Sweatshirt an meine Brust und umklammere es fest. Oh nein, in weniger als einer Minute bin ich Matsch auf dem Erdboden.

Viel zu schnell rase ich auf den Dschungel zu. Das karibisch blaue Meer, das die Insel umgibt, verschwindet aus meiner Sicht. Unter mir sind nur noch Bäume und Büsche. Auf einer kleinen Lichtung steht ein riesiger Baum. Möglicherweise verfehle ich ihn nur um wenige Meter.

Während ich auf die Baumkrone zurase, entdecke ich

zwischen den Zweigen ein Gesicht. Die Person, zu der das Gesicht gehört, schießt aus dem Blättergewirr heraus und bleibt am Ende des dicksten Astes stehen. Heiliger Strohsack, da steht tatsächlich ein Junge mit grasgrünem T-Shirt und braunen Lederhosen in der Baumkrone. In all meiner Verzweiflung denke ich noch: Wie kommt der denn da rauf? Sein neugieriger Blick folgt mir, als ich an ihm vorbei falle, dann legt er seine Hände wie einen Trichter um seinen Mund und ruft nach unten: „Vorsicht! Heute regnet es Mädchen!"

Es dauert einen Moment, bis mir klar wird, dass er gar nicht mit mir spricht, sondern mit einer kleinen Gruppe von Jungs unten auf der Erde. Jungs, die ich in ein paar Sekunden unter mir zermalmen werde. Sie alle neigen ihren Kopf nach oben und starren wie gefesselt zu mir hoch. Und dann passiert das Allerseltsamste überhaupt. Wie aus dem Nichts holt jeder Einzelne von ihnen einen schwarzen Regenschirm hervor und sie spannen ihn auf, als ob sie mich damit einfach wie einen Regenschauer abwehren könnten.

SIND DIE VERRÜCKT?

Dem Ende nahe, schreie ich mir die Seele aus dem Leib. Doch kurz bevor ich auf dem Boden aufschlage, fängt mich jemand aus der Luft, als wäre ich ein Baseball, und schießt mit mir wie bei einer Jahrmarktattraktion wieder nach oben. Es ist der Junge im grünen T-Shirt, der mich gerettet hat.

„Ah, Mädchen, du kreischst wie ein gefoltertes Wildschwein. Könntest du damit aufhören?", stöhnt er mit verzogenem Gesicht und hält mich fest an seine Brust gepresst, während er mit mir über den gottverdammten Dschungel fliegt.

Den Mund sperrangelweit offen, aber jetzt still wie eine Maus, starre ich in sein Gesicht. Einen Moment später schlinge ich panisch meine Arme um seinen Hals.

Ein spitzbübisches Grinsen zieht seine Mundwinkel nach oben. „Hi."

Ich sage gar nichts, denn ich kann einfach nicht fassen, was hier gerade passiert. Der Knabe scheint etwas jünger als ich zu sein, sieht total normal aus, mit blauen Augen, dickem braunen Haar und allem, und doch segelt er gerade wie ein Drache in der Thermik. Und ich mit ihm.

„Hast du etwa Angst vorm Fliegen?", fragt er gelassen, als ob wir uns übers Wetter unterhalten würden.

„Ich weiß nicht", krächze ich. Eigentlich glaube ich ja nicht, dass ich Flugangst habe, allerdings kann ich mich nicht erinnern, jemals auf diese Art durch die Lüfte getragen worden zu sein.

„Tja, falls doch, dann solltest du lieber nicht mehr aus den Wolken springen", meint der doch glatt.

„Bin ich nicht!" Eine glitschige Balkonbrüstung hätte eigentlich meinen Tod besiegeln sollen. Andererseits ... was, wenn ich bereits tot bin? Und das hier ist die andere Seite? Nur für den Fall kneife ich den Jungen in die Wange und er ruft laut aua. Dem Himmel sei Dank, er hat es gespürt. Das ist also kein Traum und ich bin auch nicht im Himmel aufgewacht. Durch meine zusammengebissenen Zähne seufze ich erleichtert auf.

Der Junge landet schließlich bei seinen Freunden – allesamt Teenager, so wie sie aussehen – und trägt mich immer noch auf seinen Armen. Erst lässt er meine Beine los und wartet, bis ich einen festen Stand im Gras auf dieser kleinen Lichtung im Dschungel habe, dann nimmt er auch seinen zweiten Arm von mir. Er ist ein paar Zentimeter größer als ich und ziemlich schlaksig. Womöglich bekommt er hier nichts Ordentliches zu essen. Allerdings ist er bestimmt noch nicht ausgewachsen. Die meisten Jungs um die sechzehn, die ich kenne, sehen ein wenig unterernährt aus, das ist also wahrscheinlich ganz normal.

„Ich bin Peter. Peter Pan." Er streckt mir freudig die Hand entgegen.

Etwas zögerlich greife ich danach. „Und ich bin ..."

Mehr kommt nicht raus. Aus irgendeinem Grund fehlt in meiner Erinnerung ein Stück. Eigentlich sollten dort sämtliche Informationen über mich selbst verankert sein, aber stattdessen ist da nur ein tiefes Loch. Was zum Teufel —?

Mit eindringlichem Blick und dem Kinn tief nach unten geneigt mustert er mich. „Hast du etwa deinen Namen vergessen?"

„Sieht so aus", gebe ich kleinlaut zu und verzieh mein Gesicht zu einer Trockenpflaume. „Und was noch schlimmer ist, ich habe keine Ahnung, warum ich gerade vom Himmel gefallen bin."

„Du weißt nicht mehr, was du in den Wolken gesucht hast?"

Na den Weihnachtsmann sicher nicht. „Nein. Das Letzte, woran ich mich erinnere, ist, dass ich von meinem Balkon gestürzt bin. Zu Hause in London. Und es ist doch Winter — " Unsicher drehe ich mich um meine eigene Achse. „Eigentlich sollte hier alles mit Schnee bedeckt sein."

„Wo liegt denn London?", fragt einer der Jungs leise einen anderen. „Und was ist Schnee?"

„Ich hab keinen blassen Schimmer", antwortet der zweite Junge hinter vorgehaltener Hand. „Vielleicht hat sie ja den Verstand verloren?"

„Ooh, das ist übel", flüstert nun der erste zurück, jedoch laut genug, dass auch ich und alle anderen es hören. „Ich wette, Hook hat sie mit einer Kanonenkugel getroffen."

So ein Blödsinn! Ich streife mir mit den Fingern durchs Haar und blicke an mir hinunter. Alles sieht ganz normal aus. Ich wurde ganz sicher *nicht* von einer Kanonenkugel getroffen.

„Was ist das?" Peter greift erneut nach meiner Hand und dreht meinen Arm so, dass die Innenseite meines Handgelenks oben liegt. „Angel", liest er laut vor. „Vielleicht ist das ja dein Name. Macht auch Sinn, dass jemand ihn dir auf den Arm geschrieben hat, wo du ihn doch offenbar häufiger vergisst."

Verwirrt betrachte ich die lila Buchstaben auf meiner Haut. Ein Sternenregen ist darunter gezeichnet. Ist das ein echtes Tattoo? Irgendwie kommt es mir schon bekannt vor, aber ich kann mich einfach nicht erinnern, wann ich das hätte machen lassen. Die Buchstaben verschwinden auch nicht, wenn ich mit dem Daumen darüber wische. „Vielleicht hast du sogar recht", stimme ich Peter zu.

„Tja dann ... freut mich, dich kennenzulernen, Angel!", sagt er munter und schüttelt abermals meine Hand, so als hätten wir das nicht schon hinter uns. „Willkommen in Nimmerland."

„Nimmerland ..." Ich teste den Klang des Wortes auf meiner Zunge. Der Name ruft eine Erinnerung wach, oder zumindest kommt es mir vor, als sollte er das tun. Nur leider stoße ich wieder einmal auf das schwarze Loch in meinem Gedächtnis. Na ja, was soll's? In Geografie war ich immer schon eine Niete. Allerdings nicht so sehr in Physik. Ich bin mir ziemlich sicher, dass Menschen nicht einfach so durch die Lüfte fliegen sollten. Die viel wichtigere Frage lautet also: Ist Nimmerland echt, oder verliere ich wirklich gerade den Verstand?

Sofort als Peter meine Hand wieder freigibt, greift ein anderer der Jungs nach ihr und schüttelt sie mit wildem Eifer. Einer nach dem anderen stellt sich mir vor. Obwohl sie alle zwischen vierzehn und sechzehn Jahre alt sein dürften, hüpfen sie dabei auf und ab wie aufgeregte Vorschüler.

„Hi, Angel, ich bin Skippy!", piepst mir einer ins Gesicht. Er hat lustige Segelohren und übergroße Murmelaugen. Auf den ersten Blick sieht er fast aus wie ein Weihnachtself. Die schiefen Zähne hätten allerdings eher in das Maul eines Trolls gepasst.

„Ich bin Sparky!", sagt der nächste Junge und zieht bereits an meiner linken Hand, da Skippy meine rechte noch nicht losgelassen hat.

„Das ist Toby, und ich bin Stan!"

„Wie geht's, wie steht's, Angel? Ich bin Loney."

„Mein Name ist Skippy!"

Ja, das hatten wir schon.

„Ich bin Toby!" ... „Ich bin Sparky!" ... „Skippy – das bin ich!"

Mir wird langsam schwindlig vom vielen Händeschütteln. Die Jungs ziehen und zerren an mir; sie schwingen mich von einer Seite zur anderen. Lauthals lachend nennen sie mir immer wieder ihre Namen, so als wäre es das erste Mal.

„Verlorene Jungs! Lasst sie ihn Ruhe!", bellt Peter in das Getümmel und schlagartig habe ich meine Hände wieder für mich allein. Heilfroh werfe ich ihm einen dankbaren Blick zu. Mit einem Nicken tritt er nach vorn und bückt sich, um mein Sweatshirt aufzuheben, das mir bei dem ganzen Händeschütteln auf den Boden gefallen ist. Als er es vor sich in die Höhe hält und die Vorderseite genauer betrachtet, ziehen sich seine Augenbrauen zu einem grübelnden V zusammen. „Bist du etwa ein Freund von Captain Hook?"

„Captain wer?" Seine Frage muss ganz offenbar etwas mit dem Bild auf meinem Shirt zu tun haben, also greife ich danach, doch Peter zieht es mir unter der Nase weg und schwebt außer Reichweite. Es ist zu seltsam, diesen Jungen fliegen zu sehen wie einen Gasluftballon.

„Captain Hook", wiederholt er mit einem grimmigen Blick und dreht dabei mein Sweatshirt um, damit alle den *Fluch-der-Karibik*-Aufdruck sehen können. Dabei handelt es sich um einen Totenschädel mit einem roten Kopftuch und dahinter lodern zwei gekreuzte Fackeln.

Entsetzt schnappen alle Jungs nach Luft und machen einen Satz nach hinten. Skippy sogar zwei. „Bist du sicher, dass du nicht zu seinen Piraten gehörst?", fragt er mit zischender Stimme.

„Sehe ich etwa aus wie ein Pirat?", keife ich zurück, halte aber dann schnell meinen Mund und blicke noch einmal an mir hinab. Sehe ich vielleicht *wirklich* so aus? Ich trage immer noch dieselben Klamotten wie vor ein paar Minuten, als ich noch mit den Zwillingen gespielt habe: blaue Jeans, ein knappes schwarzes T-Shirt und hellgraue Turnschuhe. Die Sachen kommen mir nicht vor wie das richtige Outfit für ein Piratenschiff. Andererseits ... wer weiß schon, was in diesem seltsamen Land normal ist? Immerhin schwebt da ein Junge zwei Meter über meinem Kopf.

Peter wirft mir den Kapuzenpulli zu. „Falls du einer

seiner Spione bist, kannst du deinem Captain ausrichten, er wird den Schatz nie in die Finger kriegen! Und neuerdings auch noch Mädchen zu schicken, das ist echt so was von unter seiner zweifelhaften Würde."

„Hey!" Ich verschränke die Arme vor der Brust. „Ich kenne überhaupt keine Piraten! Meine Familie und ich leben in einer vornehmen Gegend, gleich außerhalb von London. Wir haben ein großes, sauberes Haus, eine Köchin und Hausdame, und an jedem zweiten Samstag geben meine Eltern eine Dinnerparty für Freunde und Geschäftspartner. Da werden ganz bestimmt keine Leute mit Säbeln aufgeschlitzt!"

„Ah! Dann gibst du also zu, dass du mit der Art der Piraten vertraut bist!", unterstellt mir Peter.

Bei dieser ebenso unglaublichen wie lächerlichen Anschuldigung verdrehe ich die Augen und schlage mir die Hände vors Gesicht, die ich dann mit einem Grollen nach unten ziehe.

Peter schwebt einige Male vor mir auf und ab und kratzt sich dabei am Kinn. „Na schön. Nehmen wir mal an, du bist wirklich kein Pirat ... Was sollen wir dann mit dir machen?"

Ein langer Seufzer zieht über meine Lippen in die Ferne. Mit einem neuen Funken Hoffnung schlage ich vorsichtig vor: „Helft mir, zurück nach England zu gelangen."

Mit gespitzten Lippen denkt Peter ein paar Sekunden nach. „Ja, das könnten wir tun." Plötzlich strahlen seine Augen. „Morgen!"

„Nein, das geht nicht! Morgen ist es schon —" Zu spät. Peter schlägt einen Purzelbaum in der Luft und kommt im Sturzflug auf mich zu. Indem er seine Hände unter meine Achseln schiebt und uns beide in die Luft befördert, schneidet er mir das Wort ab. Innerhalb von Sekunden erreichen wir den Wipfel des allein stehenden Baumes, an dem ich vorhin vorbei gefallen bin. Mir bleibt kaum genug Zeit, um panisch loszukreischen. Peter landet auf einem dicken Ast und wackelt verwegen mit den Augenbrauen. „Lass mich dir unser Zuhause zeigen."

Zuhause? Ich blicke verwirrt um mich, auf der Suche nach einem kleinen Häuschen oder einer Hütte im Dschungeldickicht, aber außer Grün und noch mehr Grün ist da nichts zu erkennen. Und dann schubst mich der Flegel doch tatsächlich vom Ast.

„Heeeyiii!" Mein Schrei aus Todesangst bringt die Blätter zum Erzittern. Ich falle — tief — und immer weiter, mitten in den Baum hinein. Für einen kurzen Moment wird alles schwarz.

Mir kommt es vor, als würde ich durch das Innere des dicken Stamms hindurch fallen, was natürlich gar nicht sein kann. Oder?

Was ist das nur für ein verrücktes Land?

Kamikazeartig schieße ich nach unten, allerdings nur noch wenige Meter, dann spüre ich etwas Metallenes an meinem Rücken. Fast wie eine Rutsche, die sich langsam mehr und mehr neigt und meinen Fall ablenkt. Immer im Kreis schraubt sie sich wie eine Spirale nach unten und befördert mich so weiter in das Innere des Baumes, der aus dieser Perspektive sogar noch viel größer und breiter wirkt. Ehrlich, wenn ich mir nicht gerade vor Angst in die Hose machen würde, wäre das vielleicht sogar lustig.

Mit weit aufgerissenen Augen blicke ich mich auf meiner wilden Rutschfahrt im Baumhaus um. Der Stamm ist komplett ausgehöhlt. In die Borke sind kleine, runde Fenster geschnitzt, und an den hölzernen Wänden hängen viele bunte Bilder. Dort, wo starke Äste aus dem Baum wachsen, sind die gemütlichsten Schlafkojen herausgeschlagen, die man sich nur vorstellen kann, und von ihnen führen schmale Strickleitern nach unten.

Das ist absolut fantastisch!

Und absoluter Irrsinn!

Die Rutschpartie endet abrupt und ich werde in ein

riesiges Fangnetz katapultiert. Die Arme wie Flügel ausgebreitet und nach Luft ringend, liege ich auf dem gespannten Netz und warte darauf, dass das Nachschwingen endlich aufhört. Du meine Güte! Was für eine Fahrt!

„Aus dem Weg!"

Mir bleibt kaum genug Zeit, mich rechtzeitig zu bewegen, als Peters Warnung von oben zu mir herunter hallt. Denn bereits einen Moment später kommt auch schon Loney, der Junge mit der Fuchsmütze, an der immer noch die Ohren des einstigen Tieres dran sind, die Rutsche heruntergesaust. Peter hat ihn wohl genau wie mich in die Baumspitze geflogen und hinunter geschubst.

In wilder Panik befreie ich mich aus dem Fangnetz und sehe zu, wie ein Junge nach dem anderen darin landet. Peter ist der Letzte, der zu uns stößt. Selbstverständlich klettert er nicht wie alle anderen mühevoll aus dem Netz, sondern schwebt einfach durch die Luft und landet vor mir auf dem Fußboden. Mit einer tiefen Verbeugung schwenkt er seinen Arm elegant zur Seite. „Willkommen im Reich des Pan."

„Dein Reich ist ein ganzer Baum?", necke ich ihn.

„Warte nur ab, du hast ja noch nicht alles gesehen." Er legt einen Arm um meine Schultern und führt mich herum. „Hier essen wir, wenn wir auf der Jagd mal wieder Glück hatten."

Die drei Sekunden, die er mir gewährt, um einen Blick in die geräumige Höhle zu werfen, in der ein großer Holztisch mit acht kleinen Baumstümpfen drumherum steht, reichen kaum aus, um die faszinierende Schönheit voll aufzusaugen. Er zieht mich weiter, hinter das Netz, wo eine Art Matratzenlager aufgetürmt ist. Allerlei Seile und Hängematten sind in diesem Bereich gespannt.

In einem unachtsamen Moment des Staunens überrascht mich Peter und gibt mir einen Schubs. Bäuchlings lande ich auf einem Kissenhaufen und rolle mich schnell auf meinen Rücken. „Warum hast du das gemacht?"

Statt einer Antwort wirft er mir ein Schwert entgegen. Ich schlage schützend meine Arme vor dem Gesicht zusammen, und mir entweicht ein stöhnendes „Uff", als das Schwert auf meinem Bauch landet. Es ist nur ein Spielzeug aus Holz, Gott sei Dank, und kein echtes Schwert aus Eisen.

„Wenn du eine von uns werden willst, musst du erst mal lernen, wie man kämpft", teilt mir Peter mit einem Funkeln in den Augen mit. Aus seinem Gürtel zieht er seinen eigenen Holzsäbel und greift mich an.

Wie eine Schildkröte, die auf dem Rücken gestrandet

ist, versuche ich mit hilflosem Gefuchtel, Peters Schläge abzuwehren, doch jedes Mal, wenn Holz auf Holz trifft, rattert eine fiese Vibration meinen Arm hinauf bis zu meiner Schulter.

Vor seinem nächsten Stoß raffe ich mich schnell hoch auf die Beine und pariere diesen beidhändig. Also das war jetzt echt ausgezeichnet von mir! Natürlich kommt mir bei diesem Gedanken ein Grinsen aus. Doch schon im nächsten Moment schafft es Peter irgendwie, mir das Schwert aus der Hand zu winden, und es fliegt in hohem Bogen durch die Höhle. Er zwingt mich wieder auf den Rücken und hält mir seine Schwertspitze an den Hals. „Game over."

Toby hat sich meine Waffe geschnappt und kommt zu uns herüber. Mit zwei Fingern hält er sich die Nase zu und verspottet mich, indem er die Zunge rausstreckt und das Geräusch einer furzenden Kuh nachahmt. Spucketropfen regnen auf mich herab. „Das war ja ein lausiger Versuch, ein Verlorener Junge zu werden."

„Wer sagt denn, dass ich einer werden will?" Ich rapple mich erneut hoch und stapfe an Peter und dem Jungen vorbei, dessen schwarzes Haar unter seinem Pferdeschwanz geschoren ist.

Innerhalb weniger Sekunden ist Peter wieder an meiner Seite, nimmt meine Hand und zieht mich mit sich, runter vom Matratzenlager. „Sei nicht traurig. Wir werden jeden Tag mit dir trainieren und schon bald passt du perfekt zu uns."

Trainieren? Zu ihnen passen? Hat er eben nicht zugehört? „Ich werde nicht bei euch bleiben, Peter. Ich hab dir doch schon gesagt, dass ich wieder nach Hause muss." Dann mache ich eine kurze Pause und runzle die Stirn. „Und was ist das überhaupt für ein Geschwätz von *Verlorenen Jungs*?"

„Darüber können wir später noch reden. Jetzt musst du erst noch jemanden kennenlernen."

Obwohl ich ja auf meiner Höllenfahrt die Fenster in der Baumrinde gesehen habe, ist es in diesem Bereich seltsam düster. Ein sanfter Schein ist alles, was das Innere erleuchtet. Da es hier unten kein einziges Fenster gibt, blicke ich mich nach der Lichtquelle um.

„Kerzen?", platzt es aus mir heraus, als ich zu Peter herumwirble. „In einem *Baum*? Seid ihr vollkommen verrückt?" Laternen stehen überall und bringen unsere Schatten an den Wänden ringsherum zum Tanzen. Für einen seltsamen Augenblick kommt es mir so vor, als würde Peters Schatten neckisch mit den Schultern zucken, obwohl Peter selbst seine Hände in den Hosentaschen versteckt hat und mich reglos anstarrt.

Mir wird hier drinnen immer mulmiger zu Mute.

„Bleib locker, Angel." Peter verdreht die Augen. „Wir sind vielleicht nicht erwachsen, aber blöd sind wir auch nicht. Mit Feuer können wir schon umgehen." Er zieht mich in einen weiteren Bereich des Baumhauses und klopft an eine niedrige Tür. „Das ist Tameekas Zimmer. Hoffentlich ist sie da."

Sagte er gerade Zimmer? All das hier ist doch viel zu groß, um überhaupt in einen Baumstamm zu passen, egal wie dick der einmal war. Wie ist das nur möglich? Mit der Handfläche streiche ich über die Mauer, in die die Tür eingesetzt wurde. Sie ist aus Stein. Und Lehm. Langsam dämmert es mir. Wir sind hier gar nicht mehr im Inneren des Baumes. Dieser Ort befindet sich darunter, im Erdboden. Was für eine geniale Idee! Jetzt wird mir auch klar, warum sie die vielen Kerzen brauchen.

Die Tür vor uns geht auf und ein kleines Mädchen streckt uns ihren goldblonden Lockenkopf entgegen. „Was ist?"

Beim Anblick ihrer glitzernd grünen Augen und den spitzen Ohren, die zwischen ihren Haarsträhnen hervorragen, bleibt mir die Luft weg.

„Tami, das ist Angel", stellt mich Peter vor. „Angel ist heute vom Himmel gefallen."

Als Tameeka aus der Tür tritt und sich in ihrer vollen Gestalt zeigt, schlage ich mir vor Staunen die Hände vor den Mund. Das ist alles andere als ein normales Kind. Sie trägt ein kurzes Kleid aus Efeublättern und aus ihrem bloßen Rücken ragt ein durchsichtiges Paar Schmetterlingsflügel. Heiliger Bimbam, was hab ich denn geraucht?

Das Elfenmädchen dreht sich vor mir auf den Zehenspitzen und macht auch noch einen niedlichen Knicks. „Wie schön, dich kennenzulernen, Angel." Ihre Stimme erinnert mich an Schneeglöckchen. „Hast du dich verirrt?"

„Tja, irgendwie schon", murmle ich, als ich ihre zarte Hand schüttle. „Woher weißt du das?" Aber wenn man bedenkt, dass ich gerade in einem Haus unterhalb eines Baumstammes stehe, Peter fliegen kann und Tameeka so etwas wie eine Schmetterlingsfee ist, sollte mich hier wirklich gar nichts mehr wundern.

Tami legt ihren Kopf zur Seite und lächelt, als läge die Antwort klar auf der Hand. „Jeder, den Peter hierher bringt, ging irgendwann verloren."

Ich drehe mich zu Peter. „Ist das wahr?" Dann schweift mein Blick über die Bande von Jungs um mich herum. Sie weichen mir aus und senken ihren Blick lieber verlegen zu Boden, in den sie gerade Löcher mit ihren Fußspitzen bohren. Alle außer Sparky. Der aufgeweckte Moppel schält gerade eine Banane, stopft das obere Drittel grinsend in seinen Mund und zuckt mit den Achseln. „Nimmerland ist toll. Keiner von uns möchte jemals wieder weg von hier", erklärt er mir mit Bananenbrei in den Backen.

Verblüfft mustere ich Peters blaue Augen. „Du hast sie alle hierher gebracht, damit sie bei dir leben?"

„Na und?", erwidert er in einem defensiven Ton und wirft sich rücklings in eine der Hängematten, in der er dann gemächlich hin- und herschwingt. „Ich habe ihnen ein Zuhause geboten, als sie nicht wussten, wohin sie sollten. Toby und Stan wurden eines Tages an den Strand der Insel gespült, Skippy hing verzweifelt in einem Baum fest, als ich ihn gefunden habe, und Sparky und Loney musste ich erst aus Hooks Klauen retten. Es war ihre eigene Entscheidung hier in Nimmerland zu bleiben."

Da war schon wieder dieser Name: Hook. Jedes Mal, wenn jemand diesen Namen ausspricht, verziehen die Jungs allesamt das Gesicht zu einer schaudernden Grimasse. „Wer ist dieser Captain Hook, aus dessen Klauen du Loney und Sparky retten musstest?", will ich von Peter wissen.

„Oh, Hook ist der hässlichste, grausamste und

gemeinste Kerl in ganz Nimmerland", erzählt Stan mit einem düsteren Ausdruck im Gesicht und ballt dabei seine Hände zu festen Fäusten. Alle anderen stimmen ihm mit energischem Nicken zu. „Sein Gesicht ist grässlich entstellt, seine Nase ist länger als der Schnabel eines Raben, und auf seinem rechten Arm trägt er einen Haken." Stan zieht den Reißverschluss seiner Bärenfellweste hoch, als ob ihn schon alleine Hooks Name mit kaltem Grauen erfüllen würde. „Er ist der fürchterlichste Pirat, den die See je ausgespuckt hat. Sein einziges Ziel ist es, unseren Schatz zu stehlen, und dabei schreckt er vor nichts zurück. Er würde uns alle mit gefesselten Händen über die Planke spazieren lassen, ohne dabei auch nur mit der Wimper zu zucken."

„Tatsächlich musste Peter uns sogar schon mehr als nur einmal vor ihm retten", fügt Skippy mit toternster Miene hinzu. Dann hält er die spitzen Ohren des Elfenmädchens zu und flüstert gespenstisch: „Hook wird es nie leid, neue Pläne auszuhecken, um unsere kleine Elfe zu entführen und unsere Schatzkarte zum Eingang der Höhle zu stehlen."

Tami wehrt ihn ab, stellt sich trotzig auf die Zehenspitzen und schimpft ihm ins Gesicht: „Du sollst das nicht immer tun! Ich bin kein Baby mehr. Ich weiß genau, hinter was Hook her ist."

Mit erhobenen Händen versucht Skippy, sie zu beschwichtigen. „Hab nur versucht, sensibel zu sein."

„Du? Sensibel? Hah!", lacht Peter, fliegt aus der Hängematte und brät Skippy mit dem Spielzeugschwert eins über. „Die Haie um Hooks Schiff sind sensibler als du!"

Skippy nimmt die unausgesprochene Herausforderung an und saust los, um sich sein eigenes Holzschwert aus der Spielecke zu holen. Die Verlorenen Jungs johlen und feuern ihre beiden Freunde an, als die sich einen unerbittlichen, choreografisch perfekten Kampf liefern, in dem es keinem der beiden gelingt, den Gegner auch nur mit dem Schwert zu streifen.

Fasziniert sehe ich dem Spektakel zu, bis jemand an meiner Hand zieht. Neben mir steht Tami und seufzt. „Das macht er jedes Mal."

„Was meinst du? Einen Kampf provozieren?"

„Nein. Und sie kämpfen auch nicht wirklich." Tami lacht leise. „Es ist nur ein Spiel. Peter mag es nicht, wenn wir zu ernst werden."

„Ist denn Peter auch ein Verlorener Junge?", wundere ich mich laut.

„Aber nein!" Als sie ihren Kopf schüttelt, regnet Goldstaub aus ihren Locken. „Er ist der Einzige, der aus einem bestimmten Grund hierherkam. Er wollte niemals erwachsen werden. Also ist er einfach weggelaufen."

Das ist ja interessant, denke ich, doch noch viel mehr interessiert mich der Goldstaub. Ich fange ein wenig davon auf und zerreibe ihn zwischen meinen Fingern. Riecht wie Blaubeermuffins. „Was ist das?"

„Hast du etwa noch nie Elfenstaub gesehen?"

Hätte ich das sollen? Ich ziehe nachdenklich die Augenbrauen tiefer und schüttle schließlich den Kopf.

Ganz langsam breitet sich ein Grinsen auf ihrem niedlichen Gesicht aus. „Mit dem richtigen Gedanken kann er dir dabei helfen zu fliegen."

Fliegen? So wie Peter? Verdammt will ich sein, wenn ich hier nicht mitten in ein zauberhaftes Märchen gefallen bin. „Ich fürchte, da wo ich herkomme, ist so etwas unmöglich."

„Wo genau kommst du denn her?"

„Aus einer Stadt in Großbritannien. Sie heißt London." Voll Hoffnung, Tami würde wissen, wo meine Heimatstadt liegt, wandern meine Augenbrauen nach oben.

„Ah, ich verstehe. London ..." Bei ihrem vielsagenden Blick macht mein Herz einen aufgeregten Satz. Dann kräuselt Tami die Lippen. „Noch nie davon gehört."

Nach dieser kalten Dusche greife ich mir an die Schläfen und stöhne laut auf. Das darf doch einfach nicht wahr sein! Irgendjemand hier muss doch schon mal etwas von Großbritannien oder London gehört haben. Leben die etwa alle hinterm Mond?

„Wo kommen denn die Verlorenen Jungs her?", frage ich als Nächstes. „Ich meine, wo haben die denn gelebt, bevor sie an den Strand dieser Insel gespült wurden oder in den Bäumen hingen?"

„Das weiß keiner. Und die Jungs erinnern sich nicht." Tameekas Tonfall ist nüchtern. „Ist auch besser so. Ich glaube, wenn sie sich erinnern könnten, würden sie alle bloß wieder dorthin zurückwollen."

„Wie kannst du das nur sagen? Natürlich sollten sie versuchen, wieder nach Hause zurückzukehren. Bestimmt haben sie alle eine Familie, die sie schon vermisst und nach ihnen sucht."

Die kleine Elfe zuckt mit den Schultern. „Vielleicht haben sie die. Vielleicht aber auch nicht. Ist jetzt aber auch egal. Als sich die Jungs entschieden haben, hierzubleiben, hat Nimmerland sie voll und ganz in sich aufgenommen. Sie sind jetzt ein Teil davon. Du hast ja gehört, was Sparky vorhin gesagt hat. Keiner von ihnen will jemals wieder von hier weg." Das warme Lächeln, das sie mir schenkt, soll mich wohl aufheitern.

Stattdessen machen sich Kopfschmerzen bemerkbar

und ich fühle mich total verloren und einsam. Ich möchte kein Teil von Nimmerland werden. Ich muss nach Hause, zu den Zwillingen und zu meinen Eltern. Was soll denn nur ohne mich aus Brittney Renae und Paulina werden? Der Feenknirps hat doch gesehen, wie ich vom Balkon gestürzt bin. Bestimmt sind meine Schwestern hinaus in den Garten gelaufen. Was werden sie machen, wenn sie feststellen, dass ich nicht länger da bin ... in ihrer Welt?

Ein Schauer, kalt wie ein Löffel voll Eiscreme, läuft mir den Rücken hinunter. Nimmerland und die ganze Situation hier, das alles übersteigt meinen Verstand. Und dann ist da auch noch die Sache mit Peter. Hat Tami nicht gesagt, dass er beschlossen hat, nicht erwachsen zu werden? „Wie alt ist Peter eigentlich?", frage ich sie.

Tamis zarte Schmetterlingsflügel beginnen aufgeregt zu flattern. Sie hebt vom Boden ab, fliegt einmal um mich herum und landet kichernd auf meiner anderen Seite. „Was denkst du denn, wie alt er ist?"

Meine Aufmerksamkeit wandert zurück zu den kämpfenden Jungs und ich betrachte Peters Züge genauer. „Vielleicht sechzehn?"

Tameeka schüttelt ihren Lockenkopf und mehr Goldstaub regnet auf den Boden. „Er war fünfzehn, als er sein Zuhause verlassen hat und in den Dschungel gekommen ist. Das ist aber schon eine Ewigkeit her."

Ich reibe mir über die Augen und komme zu dem einfachen Schluss, dass in Nimmerland gar nichts funktioniert, wie es sollte. Das ist echt ein merkwürdiger Ort. „Und alle Jungs hier sind immer noch genauso alt wie ..."

„Wie damals, als sie nach Nimmerland gekommen sind", beendet Tami meinen Satz.

„Heißt dass, wenn ich bleibe, werde ich für immer siebzehn sein?"

„Mm-hm."

Himmel noch mal, ich will aber nicht für alle Ewigkeit im Körper eines Teenagers stecken. Ich will erwachsen werden. Und was soll überhaupt der Blödsinn, dass sich die Jungs an nichts mehr aus ihrem früheren Leben erinnern? Was ist, wenn auch ich meine Familie eines Tages vergesse? Besorgt streife ich mir die Haare hinter die Ohren und hole erst mal Luft. „Wirklich, ich kann nicht hierbleiben. Ich muss nach Hause. Jetzt sofort!"

Jemand legt mir den Arm um die Schultern. Als ich erschrocken den Kopf hebe, blicke ich direkt in Peters tiefblaue Augen. „Ich hab doch gesagt, ich werde dir morgen helfen, dein Zuhause zu finden", verspricht er noch einmal. „Bald wird es dunkel, und da du dich im Dschungel nicht auskennst, ist es viel zu gefährlich für dich, draußen alleine herumzuirren."

„Peter hat recht", pflichtet ihm Toby bei. „Bleib die Nacht über hier, iss mit uns zu Abend und erzähl uns einfach alles über dich, was wichtig ist. Jeder Hinweis kann nützlich sein."

Das Licht, das von draußen durch die Fenster im oberen Bereich des Baumhauses bricht, wird bereits dämmrig. Möglicherweise ist es wirklich das Beste, heute Nacht bei den Verlorenen Jungs zu bleiben und die Suche nach einem Weg zurück in meine Welt morgen früh zu starten. Immerhin bin ich auf ihre Hilfe angewiesen. Alleine komme ich hier bestimmt nicht weg.

Hoffentlich kommen Mum und Dad bald nach Hause. Ich würde es mir nie verzeihen, wenn den Zwillingen etwas passiert.

Zögerlich nicke ich und lasse mich schließlich von Peter an den großen Tisch zerren. Loney und Skippy machen ein Feuer in dem kleinen Steinofen und bereiten etwas zu, das aussieht wie ein gehäutetes Kaninchen am Spieß. Anscheinend gibt es heute Abend Hasenbraten. Ich bin gespannt, wie das schmeckt.

Kapitel 3

Der Hase schmeckt ausgezeichnet. Und das Beste am ganzen Essen ist der Überfluss an Erdbeermilch, um alles runterzuspülen. Wo die gerade herkommt, weiß der Teufel, aber wen es um mein Lieblingsgetränk geht, frage ich nicht lange nach.

Ich helfe Tami und Toby dabei, den Tisch abzuräumen, doch als ich die zweite Ladung holen will, schnappt Peter nach meiner Hand und zieht mich zur Seite. „Was meinst du? Soll ich dir Nimmerland zeigen, bevor die Nacht hereinbricht?"

Ein Rundgang durch den Dschungel? Dabei entdecke ich vielleicht einen Weg nach Hause. Großartig! Dann muss ich also gar nicht mehr bis morgen früh warten. „Ich hol nur schnell mein Sweatshirt, dann können wir losmarschieren."

„Losmarschieren ...", sagt Peter, als wäge er den Vorschlag ab, während ich mir den schwarzen Kapuzenpulli überziehe.

Dann ertönt plötzlich ein ohrenbetäubender Schrei, der durch den ganzen Baum hallt. Die kleine Elfe mit den spitzen Ohren saust in ihr Zimmer, wobei sie eine Spur aus goldenem Elfenstaub in der Luft hinterlässt. Mit einem lauten Donnern knallt ihre Tür zu.

„Was um alles in der Welt —?" Ich komme gar nicht dazu, den Satz zu beenden, denn jeder der Jungs im Baumhaus deutet mit einem vorwurfsvollen Finger auf den Totenschädel, der meine Brust ziert. Mit ihren ausgestreckten Armen und verbissenen Mienen sehen sie ziemlich lustig aus. Trotzdem verkneife ich mir ein Lachen und verziehe mein Gesicht zu einer schuldbewussten Grimasse.

„Holt Tami da raus und macht ihr klar, dass Angel kein Pirat ist", befiehlt Peter den Jungs, die unentschlossen herumstehen. „Angel und ich müssen uns beeilen, sonst wird es zu dunkel für die Tour."

Während die Jungs durch die geschlossene Tür hindurch auf Tami einreden, warte ich darauf, dass mir Peter eine Tür zeigt, die aus diesem unterirdischen Baumhaus hinausführt. Zu meiner totalen Überraschung nimmt er mich einfach wie vorhin in seine Arme und fliegt mit mir hoch. „Was machst du denn da?", rufe ich erschrocken.

Ein paar Meter über dem Erdboden bremst er ab und sieht mich verwirrt an. „Ich dachte, du wolltest auf Erkundungstour gehen?"

„Will ich auch. Aber warum müssen wir denn schon wieder fliegen?"

„Weil es der einfachste Weg ist. Hast du etwa Angst?"

„Nicht vorm Fliegen. Aber was ist, wenn ich dir zu schwer werde und du mich fallen lässt?" Aus zweihundert Metern Höhe.

„Ja, jetzt wo du es sagst ..." Peter steigt weiter in die Höhe, der Baumhausöffnung entgegen, doch er fliegt wie ein Betrunkener und schwankt nach allen Seiten. „Whoa, Mädel, ich glaube nicht, dass ich dich noch viel länger tragen kann!"

„*Was?*" Wir befinden uns bereits auf halber Höhe des endlos langen Baumstamms.

„Tut mir leid!" Er kippt von links nach rechts und verliert offenbar das Gleichgewicht. „Du bist einfach zu schwer!"

Plötzlich sind seine Hände weg und ich stürze nach unten. Vergebens rudere ich mit den Armen. Einen

Moment später presst mich die Schwerkraft tief in das gespannte Netz in der Mitte der Höhle und ich schieße wie von einem Trampolin ausgespuckt wieder nach oben. Entsetzt ringe ich nach Luft, als Peter mich auffängt und verwegen mit den Augenbrauen wackelt. Schnell und gerade wie ein Pfeil flitzt er mit mir durch die Baumluke. Das Lachen der Verlorenen Jungs verfolgt uns bis nach draußen.

„Sehr witzig", brumme ich und schlinge diesmal meine Arme zur Sicherheit fest um seinen Nacken.

„Ja, das war es", gibt Peter heiter zurück. Dann rollt er mit den Augen und grinst. „Zu schwer für mich ... Verrücktes Mädchen."

Die feurig orange Sonne sinkt gerade hinterm Horizont ins Meer, als wir dem Himmel entgegenfliegen. Das Seltsame daran ist nur, dass Peter mir erzählt, wir hätten unseren Rundflug im Norden begonnen, und wenn er recht hat, geht der Feuerball gerade im Osten der Insel unter.

Aber warum überrascht mich das überhaupt noch?

„Sieh mal nach unten. Da ist die Meerjungfrauenlagune", erklärt mir Peter.

Ich neige meinen Kopf über meine Schulter, um einen Blick zu erhaschen. Wir befinden uns genau über dem nördlichsten Zipfel der Insel. Das karibisch blaue Wasser funkelt in der Abendsonne. Mädchen in meinem Alter mit langem Haar und mächtigen Fischschwänzen toben verspielt in den Wellen herum. Einige von ihnen rufen uns etwas zu und winken uns zu sich hinunter.

„Kennst du diese Mädchen?", frage ich Peter, als wir auf die felsige Landzunge zusteuern.

„Ein paar von ihnen. Meerjungfrauen sind relativ scheue Wesen, aber wenn sie dich einmal besser kennen, beginnen sie aufzutauen." Er schmunzelt ein wenig, vielleicht über eine Erinnerung, die er mit diesen atemberaubenden Kreaturen verbindet.

Peter landet, setzt mich ab und winkt eines der Mädchen aus dem Wasser herbei. „Hey, Melody! Komm her, ich möchte dir eine neue Freundin vorstellen!"

Sie trennt sich von ihrem Schwarm, gleitet unter Wasser und taucht nur wenige Meter von uns entfernt in den Wellen wieder auf. Mit einem warmen Lächeln streift sie ihre dunkelroten Haare hinter die Ohren. Die langen Strähnen treiben auf dem Wasser um sie herum. „Hallo, Peter. Dich hab ich ja schon lange nicht mehr gesehen. Wir dachten schon, Hook hätte dich am Ende doch noch geschnappt."

„Niemals!" Lachend streckt Peter seine Brust vor wie ein stolzer Hahn. „Der Tag, an dem Hook Peter Pan besiegt, ist der Tag, an dem die Sonne im Westen untergeht."

Ich nehme mal an, für Nimmerland funktioniert dieser Vergleich.

„Und es wäre ein trauriger Tag für uns alle", fügt Melody dem noch hinzu. Dann wandert ihr neugieriger Blick zu mir.

Peter legt mir eine Hand auf den Rücken, doch seine Aufmerksamkeit bleibt ständig an dem Fischmädchen haften. „Das ist meine Freundin Angel. Sie ist heute aus den Wolken gefallen." Er lehnt sich ein kleines Stück weiter vor und flüstert lautstark: „Sie ging verloren."

„Sind sie das nicht alle?" Melody kichert und der Klang wärmt meine Seele von innen heraus. Sie macht einen Rückwärtssalto ins Meer und kommt noch näher beim Ufer an die Oberfläche. Sogar so nahe, dass sie meine Hand erreicht.

„Wow", rutscht es mir statt einer ordentlichen Begrüßung heraus. „Ich schüttle gerade die Hand einer Meerjungfrau."

Melodys seetanggrüne Augen beginnen gewitzt zu strahlen. Plötzlich zieht sie fester an meiner Hand. „Komm rein und spiel mit uns!"

Erschrocken japse ich auf, als ich den Boden unter den

Füßen verliere.

„Oh nein, nichts da, Mel!", lacht Peter laut. Gott sei Dank hat er seinen Arm um meine Taille geschlungen und bewahrt mich davor, kopfüber in die Wellen zu stürzen. „Ich möchte Angel unseren Schatz zeigen, solange wir noch Ebbe haben. Vielleicht kommen wir ja morgen zurück und spielen mit euch."

Notiz an mich selbst: Wenn du keinen Badeanzug trägst, halte in Zukunft einen Sicherheitsabstand zu Meerjungfrauen.

Melody macht einen Schmollmund und klimpert mit ihren nassen Wimpern, doch im nächsten Moment beginnt auch sie wieder zu lächeln. Mit ihrem gewaltigen Fischschwanz spritzt sie uns von oben bis unten nass, bevor sie in die Fluten taucht und zu ihren Freunden zurückschwimmt. „Wir sehen uns morgen!", ruft sie uns über ihre Schulter hinweg zu.

Ja. Morgen, denke ich. Dabei fällt mir auf, dass Peter mich immer noch fest an sich drückt. „Du hast ganz schön seltsame Freunde, Peter Pan."

„Ach, wenn du dich erst einmal an das Leben hier in Nimmerland gewöhnt hast, wirst du sie alle lieben. Ich verspreche dir, du wirst nie wieder von hier wegwollen."

Er hat recht. Diese zauberhafte Insel kommt mir zu

schön vor, um wahr zu sein. Elfen, Häuser in Bäumen und jetzt auch noch Meerjungfrauen ... Wer würde nicht für immer hier leben wollen? Auf der anderen Seite habe ich zu Hause mein eigenes Zimmer und muss mir keinen Baum mit sechs kindischen Jungs und einer kreischenden Elfe teilen. Außerdem fehlen mir meine kleinen Schwestern, und ich ziehe definitiv die Sicherheit von Londons Doppeldeckerbussen einem Flug in den Armen eines schlaksigen Jungen vor.

„Können wir los?", bricht Peter durch meine Gedanken.

Ich nicke. „Wohin geht's als Nächstes?"

„Zur Schatzinsel." Erneut steigt er mit mir in die Luft und wir verlassen die felsige Küste. Ein feiner Sprühregen aus Salzwasser benetzt mein Gesicht, als wir über das Meer hinausgleiten. „Wer nicht fliegen kann, erreicht die Insel nur mit einem Boot. Außerdem ist sie nur bei Ebbe zu erkennen."

„Wieso das?"

„Bei Ebbe ragen die Felsspitzen aus dem Meer. In einem der Felsen befindet sich eine Höhle. Wir haben den Eingang mit einer Falltür versiegelt. Auf diese Weise gelangt kein Wasser in die Höhle, wenn die Flut kommt. Und Hook wird die Schatzinsel niemals entdecken, denn er kann mit seinem Schiff nur rausfahren, wenn der Wasserspiegel hoch genug ist.

„Genial", pflichte ich ihm bei.

Wir haben fast einen Kilometer hinter uns gelassen, als Peter mit mir auf eine Felsformation zusteuert, die aussieht wie die Kerzen auf einem Geburtstagskuchen. Peter landet sanft auf einem der Felsgipfel, dann sagt er: „Und jetzt der zweite Gesteinsbrocken rechts." Als ob wir beide schwerelos wären, macht er mit mir in seinen Armen einen luftigen Satz auf die nächste Felsspitze, die mindestens zwanzig Meter von uns entfernt ist. Und dann noch einen weiteren. Dieser Felsen hier ist etwas größer als die anderen. Er lässt mich runter und beginnt sogleich, schwere Steine aus dem Weg zu räumen. Ohne zu zögern, helfe ich ihm und entdecke unter dem Steinhaufen eine quadratische Falltür aus Holz.

In mir steigt die Spannung fast ins Unermessliche, als Peter schließlich einen kleinen Messingschlüssel aus seiner Hosentasche fischt und die Falltür aufschließt. Er klappt sie nach oben auf. Der Geruch von Salzwasser und Kupfer steigt mir in die Nase.

Mit einem verlegenen Lächeln kommt Peter auf meine Seite der Öffnung. „Okay, um da runter zu gelangen, musst du mich jetzt umarmen. Ich kann leider nur auf diese Weise mit dir durch die enge Falltür fliegen."

Ich verstehe, was er meint, trotzdem fühlt es sich ein wenig seltsam an, ihm auf Kommando so nahe rücken zu müssen. Wie ein tanzendes Paar umarmen wir uns und Peter fliegt uns nach unten.

Nichts als die schwärzeste Dunkelheit ummantelt uns in diesem Loch. Ich weiß nicht, wie tief wir wirklich sinken, aber nach wenigen Sekunden setzen wir auf einem weichen Untergrund auf. Unter meinen Füßen klimpert etwas.

„Warte hier", befiehlt mir Peter und lässt mich im nächsten Moment allein. Irgendwo zu meiner Linken höre ich, wie er in der Dunkelheit herumtappt. Kurz darauf erleuchten die warmen Flammen einer Fackel das Innere der Höhle.

Ich hole erstaunt Luft. „Ach du meine Güte!"

Peter kommt zu mir zurückgesegelt. „Gefällt's dir?"

Total aus dem Häuschen packe ich ihn am Kragen, zerre ihn an mich heran, bis sich unsere Nasenspitzen berühren, und rufe: „Das ist einfach unglaublich!"

Drei Viertel des Höhlenbodens sind mit Bergen von Goldstücken bedeckt. Darin stecken auch Silberbecher, Spiegel, die mit Perlen bestückt sind, und unzählige kostbare Schmuckstücke. Ich stehe auf dem höchsten Berg. Klirrende Münzen schießen in alle Richtungen, als ich mich auf meinen Hintern fallen lasse und den Goldhaufen hinunterrutsche. Mich überkommt das Bedürfnis, in dieses Meer aus Münzen zu tauchen und darin herumzuschwimmen wie Onkel Dagobert, aber Peters Stimme holt mich aus dem Staunen zurück.

„Komm mit. Ich zeig dir auch noch den Rest des Schatzes."

Ungläubig reiße ich die Augen auf, und es fühlt sich an, als würden meine Augäpfel gleich aus ihren Höhlen springen. „Da ist noch mehr?"

„Ein bisschen, ja." Er zieht mich mit sich an den Bergen aus Gold vorbei in den hinteren Teil der Höhle. Hier steht eine große Holztruhe. Peter braucht beide Arme, um den schweren Deckel anzuheben. Er tritt zur Seite und lässt mich einen Blick in das Innere werfen. Tausend und Abertausend Juwelen in den schönsten Farben schillern im Licht der Fackel.

Langsam tauche ich meine Finger hinein und versuche mich dabei daran zu erinnern, wie man atmet. „Wo habt ihr das denn alles gefunden?"

Peter zuckt lässig mit den Schultern. „Das ist Hooks Schatz. Wir haben ihn ihm vor einiger Zeit abgeluchst."

„Ihr habt einen Piratenschatz gestohlen? Großer Gott! Jetzt wird mir auch klar, warum der Kerl hinter euch her ist."

„Ah, halb so wild." Peter tut die Sache mit einer abwinkenden Handbewegung ab. „Wenn wir nicht wären, hätte sich Hook doch schon längst zu Tode gelangweilt. Er kann sich glücklich schätzen, dass wir uns so um ihn kümmern."

Ein Schmunzeln kommt über meine Lippen. „Wie überaus *selbstlos* von dir, Peter Pan." Er grinst zurück. Dann entdecke ich hinter ihm eine weitere Kiste. Die ist jedoch um ein Vielfaches kleiner als die Truhe mit den Edelsteinen. „Was ist denn da drin?"

Peter dreht sich in meine Blickrichtung und hebt das kleine Silberkästchen vom nassen Boden auf. „Keiner von uns weiß, was in dieser Kiste versteckt ist. Siehst du das Schloss hier? Hook hat leider immer noch den Schlüssel dazu. Er trägt ihn an einer Kette um seinen Hals."

Ich streiche mit den Fingern über die vielen Dellen in der Kiste. „Ihr habt versucht sie zu öffnen?"

„Mit einem Stein, mit einer Axt, indem wir sie von einer Bergspitze runtergeworfen haben, alles was du dir nur vorstellen kannst. Wir haben sogar versucht, das Schloss zum Schmelzen zu bringen. Nichts hat funktioniert."

Die Brandmale sind immer noch erkennbar und bringen mich zum Lachen. „Und warum habt ihr nicht einfach Hooks Schlüssel zusammen mit der Kiste gestohlen?"

„Seit Jahren versuchen wir schon, an den Schlüssel zu gelangen, aber er ist das Einzige, was wir bisher noch nicht in die Finger bekommen haben."

„Ich verstehe. Vielleicht solltet ihr mit diesem Hook verhandeln? Erkauft euch den Schlüssel für einen Teil des Schatzes."

„Niemals!" Als mir Peter ein abenteuerlustiges Grinsen schenkt, wirkt er dabei um einige Jahre jünger. „Eines Tages werde ich ihm auch den Schlüssel noch abnehmen. Du wirst schon sehen."

Mit geneigtem Kopf versuche ich Peter zu durchschauen. Auf mich macht es den Eindruck, als wollte er den Schlüssel gar nicht wirklich haben. Ihn spornt wohl eher das Abenteuer an sich an. „Ich hoffe, ich bin hier an dem Tag, an dem dir das gelingt", antworte ich und bemerke erst hinterher, wie gedankenlos das gerade von mir war.

„Oh, das kannst du." Peter wirft die Kiste zurück an ihren Platz, nimmt meine Hand und zieht mich hinauf auf den höchsten Berg aus Goldmünzen. „Bleib doch einfach hier. Du kannst bei den Verlorenen Jungs und mir leben. Und Tami. Für immer."

Für immer kommt für mich nicht in Frage. „Und du zeigst mir dann, wie man auf Bäume klettert, und machst aus mir einen Verlorenen Jungen, so wie die anderen?", necke ich ihn und werfe ihm dabei eine Handvoll Goldmünzen an den Kopf.

„Warum denn nicht? Du wärst dann das erste Verlorene Mädchen in Nimmerland. Und ich zeige dir, wie man mit dem Schwert kämpft." Er wirft ein paar Goldstücke zurück, doch ich ducke mich und weiche ihnen aus. Als ich mich wieder aufrichte, erwischt er mich allerdings mit einer Perlenhalskette mitten im Gesicht. „Stell dir nur mal vor – wir könnten Hooks Schlüssel gemeinsam stehlen."

Bei dem Gedanken daran, dass Toby heute Nachmittag darüber spekuliert hat, ob mich vielleicht eine von Hooks Kanonenkugeln getroffen haben könnte, ziehe ich sarkastisch die Brauen tiefer. „Klingt verlockend, aber ... nein danke. Ich bin ehrlich nicht scharf drauf, diesem abscheulichen Piraten zu begegnen."

„Ah, du weißt ja gar nicht, was du alles verpasst." Peter bückt sich und zieht eine kleine silberne Flöte aus den Münzen hervor. „Nimmerland ist der großartigste Ort von ganz überall!" Mit der Flöte zwischen den Fingern schwebt er ein Stückchen in die Luft, kreuzt die Beine, als würde er auf einem unsichtbaren fliegenden Teppich sitzen, und beginnt, eine liebliche Melodie zu spielen.

Ich mustere ihn interessiert. „Du bist musikalisch?"

„Ehrlich gesagt kenne ich nur diese eine Melodie. Kannst du Flöte spielen?"

Ich zucke mit den Schultern. Ich kann mich nicht erinnern, es jemals ausprobiert zu haben, aber was kann daran schon so schwer sein? Peter wirft mir das Instrument zu. Sorgsam schließe ich die kleinen Löcher mit meinen Fingern und puste hinein, wobei ich willkürlich einen Finger nach dem anderen hebe. Das hört sich echt scheußlich an.

Peter und ich schneiden beide eine Grimasse und sagen gleichzeitig: „Nah ...!" In mir steckt wohl kein Fünkchen Talent. Ich werfe die Flöte zurück auf den Haufen. „Sollten wir nicht langsam zurückfliegen?"

Er nickt, umfasst meine Taille und saust mit mir nach oben durch die Luke, bevor ich überhaupt Zeit habe, vor Schreck laut aufzuschreien. Gemeinsam verstecken wir die Falltür wieder unter den schweren Steinen und kehren dann zurück auf die Insel. Es ist bereits stockdunkel, als Peter mich auf einem Hügel nahe dem Dschungel absetzt. Er lässt sich ins weiche Gras sinken und streckt alle viere von sich.

Ich mache es mir neben ihm gemütlich und betrachte

die vielen Sterne am samtigen Nachthimmel über uns. Das Gras ist immer noch warm von der Nachmittagssonne und duftet fantastisch. „Zu Hause bin ich auch oft im warmen Gras in unserem Garten gelegen. Ich kann mir im Sommer nichts Schöneres vorstellen", schwärme ich leise vor mich hin.

„Wenn du hierbleibst, kannst du das jeden Tag machen. Wir haben niemals schlechtes Wetter. In Nimmerland ist jeder Tag so schön und warm wie der andere."

Interessiert rolle ich mich auf den Bauch und blicke in sein Gesicht. „Wirklich jeder?"

„Jeder einzelne! Feenehrenwort!" Mit dem Zeigefinger seiner rechten Hand zeichnet er ein Kreuz über sein Herz und lächelt herausfordernd. „Also, was denkst du? Wir haben noch eine freie Schlafkoje in unserem Baum. Sie hat sogar die perfekte Größe für dich." Er wackelt auf diese typisch neckische Art mit seinen Augenbrauen, die ich heute schon an ihm kennengelernt habe.

„Du kämpfst mit unfairen Mitteln, Peter Pan. Und du hast recht. Nimmerland ist wirklich großartig."

Sein Grinsen wird breiter.

„Aber du hast doch tolle Freunde um dich", argumentiere ich als Nächstes. „Du magst sie alle sehr, nicht wahr?" Peter nickt kurz. „Dann verstehst du bestimmt auch, warum ich unbedingt wieder nach Hause muss. In London warten meine kleinen Schwestern auf mich. Sie würden mich schrecklich vermissen, wenn ich nicht mehr zurückkehren würde. Und sie fehlen mir auch."

Für einen Moment sind wir beide still. Ich warte darauf, dass Peter endlich etwas sagt; dass er verstanden hat, warum ich nicht in Nimmerland bleiben kann. Aber von ihm kommt kein Sterbenswörtchen, also frage ich: „Warum willst du überhaupt, dass ich hierbleibe?"

„Weil du ein Mädchen bist. Und Mädchen können Geschichten erzählen."

„Geschichten? Ist das der einzige Grund?" Irgendwie enttäuscht mich diese Antwort ein wenig.

„Na ja ... ja." Er zuckt mit den Achseln und verschränkt dann die Arme hinter seinem Kopf, als er wieder hinauf in den Sternenhimmel blickt. „Ich denke, es wäre toll, jemanden zu haben, der einem vorm Schlafengehen Geschichten erzählt."

Natürlich kenne ich einige Märchen, und die Zwillinge verlangen auch jeden Abend von mir, dass ich ihnen eins vorlese. Hm, wenn ich so darüber nachdenke, welche war eigentlich die letzte Geschichte, die ich ihnen vorgelesen habe? Rotkäppchen vielleicht? Der Gedanke fesselt mich, denn je mehr ich versuche, mich daran zu erinnern, welches Märchen es war, umso weiter gleitet die Antwort weg von mir. Es ist genau wie mit meinem Namen. Da ist nur das schwarze Loch in meiner Erinnerung.

Neben mir seufzt Peter leise. „Keiner von uns Jungs kennt irgendwelche tollen Geschichten. Und Tami ... nun ja, sie ist nicht wirklich jemand, der sich abends zu dir aufs Bett setzt und dir ein Märchen erzählt." Er stößt ein fast grunzendes Schnauben aus. „Sie würde uns nur alle mit Elfenstaub ersticken."

Irgendwie seltsam, dass ein Junge in seinem Alter immer noch jemanden sucht, der ihm Märchen vorliest. Aber vielleicht liegt die Antwort ja in seiner Kindheit; hat mit seinem Leben in seinem früheren Zuhause zu tun. Meine nächste Frage ist einfach mal eine Vermutung. „Hat dir deine Mutter immer Geschichten erzählt, als du noch klein warst?"

„Ich erinnere mich nicht an die Zeit, bevor ich in den Dschungel gekommen bin", antwortet er mit kaltem und distanziertem Ton. Er klingt so verletzt und verschlossen, dass mir für einen Moment der Atem stockt.

„Bitte entschuldige", flüstere ich nach einiger Zeit. „Ich wollte dir nicht zu nahe treten."

„Das bist du nicht. Es ist einfach so, wie es ist. Du

erinnerst dich nicht an deinen Namen und ich erinnere mich nicht daran, wo ich herkomme. Ende der Geschichte."

Sein plötzlicher Stimmungsumschwung gefällt mir nicht. Hauptsächlich deswegen, weil es mich furchtbar traurig macht, zu hören, wie er kalte Fakten auf diese Weise ausspuckt. Mehr noch habe ich das Gefühl, dass er im Moment nicht ganz ehrlich ist. Vielleicht können ja ein Lächeln und ein kleiner Stups in seine Seite den fröhlichen Pan wieder hervorlocken. „Du hattest recht vorhin, Peter", ziehe ich ihn auf und rümpfe dabei die Nase. „Du kannst wirklich keine tollen Geschichten erzählen."

Schließlich kommt auch ein kleines Lächeln über seine Lippen und er gibt mir einen leichten Schubs gegen die Schulter. Ich schubse zurück, und dann er wieder. Dieses Mal kippe ich dabei zur Seite, aber damit kommt er mir nicht davon. Das Rempeln und Knuffen geht eine Weile so weiter und schaukelt sich hoch, bis wir beide plötzlich ineinander verknotet den Hang hinunterpurzeln. Unser Lachen schallt durch die Nacht.

Als wir endlich unten ankommen, ist mir ganz schwindlig. Die Welt dreht sich immer noch um mich, und es dauert einen Moment, bis ich feststelle, dass Peter auf dem Rücken liegt und ich mit gegrätschten Beinen über seinem Bauch knie, meine Hände dabei auf seine Brust gestützt. Er hält meine Oberarme fest, um mich in meiner Benommenheit aufrecht zu halten.

An seinem rechten Arm entdecke ich dabei eine alte Narbe, die mir bisher nicht aufgefallen ist. Sie läuft von seinem Ellbogen nach oben und verschwindet unter dem Ärmel seines T-Shirts. Allem Anschein nach muss diese Wunde vor langer Zeit sehr wehgetan haben. Da ich aber keinen erneuten Stimmungsumschwung riskieren will, wage ich es nicht, ihn heute Nacht danach zu fragen.

Stattdessen bemühe ich mich um ein Lächeln, das sich nach dem Purzeln und Überschlagen immer noch etwas wackelig anfühlt, und blicke in seine blauen Augen, in denen sich gerade die Sterne widerspiegeln. Mir wird klar, wie sehr er sich wirklich wünscht, dass ich hier in Nimmerland bleibe, und zwar nicht nur, damit ich ihm eine tolle Geschichte erzählen kann. Nein, da ist noch etwas ganz anderes. Er scheint etwas in mir zu sehen, das ihn fasziniert. Und es ist bestimmt nicht mein musikalisches Talent.

Ich habe ihn wohl eine Minute zu lange schweigend angestarrt, denn irgendwann wandern seine Augenbrauen fragend nach oben, und er neigt seinen Kopf zur Seite. „Ist mit dir alles okay?"

„Ähm ... ja, klar." Und dann wird mein Lächeln

plötzlich durch etwas von meinen Lippen gewischt, das sich gerade in weiter Ferne abspielt. „Großer Gott!" Ich springe hoch und stolpere ein paar Schritte zurück.

Peter ist augenblicklich bei mir. Er nimmt eine schützende Kampfposition vor mir ein und fragt entsetzt über seine Schulter: „Was ist los? Hast du jemanden gesehen?"

„Dort drüben!" Ich deute in Richtung Süden – oder zumindest denke ich, dass dort Süden ist –, zur Mitte der Insel. Meine Hand zittert stark. „Ein Vulkan! Und er bricht gerade aus!"

Peter richtet sich auf und stößt ein erleichtertes Seufzen aus. „Himmel. Du hast mich fast zu Tode erschreckt. Ich dachte schon, Hook hätte uns gefunden."

Langsam drehe ich mich zu ihm und spüre dabei, wie das Blut meinen Kopf verlässt. Meine Stimme wird gruselig ruhig. „Da drüben bricht gerade ein verdammter Vulkan aus und das lässt dich völlig kalt?"

„Wäre es dir lieber, ich würde mir in die Hose machen wie ein kleines Mädchen?" Er lacht mich aus, doch dann nimmt er meine Hand und zieht mich mit sich runter auf den Boden. „Komm, setz dich. Das wird dir gefallen."

Es soll mir gefallen, wie ein Feuer speiender Vulkan die halbe Insel unter sich auslöscht? Na, das bezweifle ich.

Da Peter aber meine Hand nicht loslässt und der Knabe wirklich um einiges stärker ist, als seine schlaksige Figur vermuten lässt, sinke ich am Ende doch neben ihm ins Gras und beobachte das wütende Naturschauspiel.

Dickflüssige Lava schiebt sich langsam über den Rand der Vulkanöffnung. Nur dass die Farbe hier irgendwie nicht so ganz stimmt. Es sieht aus, als hätte jemand in dem Berg tonnenweise Gold geschmolzen, es mit Elfenstaub bestreut und würde das zähe Zeug nun aus der hohen Öffnung schaufeln. Und dann zischt urplötzlich ein Regenbogen mit einem bombastischen Knall wie ein Feuerwerk aus dem Vulkan. In hohem Bogen braust er über die Insel und taucht anschließend ins Meer, wo ihn die Wellen verschlucken.

„Du meine Güte, wie wunderschön …" murmle ich beinahe atemlos.

Peter lehnt sich zu mir und flüstert: „Du denkst, das war schön? Dann warte ab."

Für eine Sekunde sehe ich ihn an, sein Gesicht so nahe an meinem, und konzentriere mich dann wieder auf den Vulkan in der Ferne. Der nächste leuchtende Regenbogen schießt bereits aus seinem Inneren. Und noch einer. Und noch einer. Minutenlang spuckt der Berg vor uns die wunderschönsten und farbenprächtigsten Bögen aus, die die Welt je gesehen hat. Sie zischen in alle Richtungen und jeder Einzelne von ihnen landet in der See, wo er das Wasser für einen Moment mit seinem hellen Strahl erleuchtet, bevor er endgültig erlischt.

„Cool, häh?", fragt Peter. Ich nicke. Dann holt er etwas aus seiner Brusttasche. Als er mir seine Hand entgegenstreckt und die Finger öffnet, liegt darin ein kleiner, herzförmiger Rubin.

Bei seinem Anblick vergesse ich das Regenbogenspektakel völlig und streiche vorsichtig mit dem Finger über die glatte Oberfläche. „Das ist ja wunderhübsch", flüstere ich.

Peter schenkt mir ein warmherziges Lächeln. „Nimm ihn. Er gehört dir."

„Mir?"

„Er ist ein Geschenk."

„Hast du den aus der Schatzkiste in der Höhle genommen?"

„Mm-hm." Er nickt langsam. „Willkommen in Nimmerland, Angel."

Etwas unsicher nehme ich den Stein aus Peters Hand. Er ist schwerer, als er aussieht, und würde sicher großartig an einer Halskette aussehen. „Vielen Dank, Peter." Blitzschnell drücke ich ihm einen kleinen Kuss auf die

Wange und bewundere das Juwel in meiner Hand für einen weiteren endlosen Moment. Dann stecke ich den Edelstein in meine Hosentasche, damit er nicht verloren geht.

In der Tasche spüre ich noch etwas anderes und erstarre auf der Stelle.

„Stimmt etwas nicht?", fragt Peter.

„Nein." Ich weiß genau, was sich in meiner Tasche befindet, noch bevor ich das fünf mal fünf Zentimeter große Stück Papier herausziehe.

„Fahrkarte", liest er laut vor, während er über meine Schulter blickt und meinen eigenen kleinen Schatz genauer inspiziert. Er macht ein knittriges Gesicht und liest weiter: „Nach London."

Eine Welle aus Angst und Heimweh kommt über mich. Das hier ist sicher keine normale Insel in meiner eigenen Welt. Der Ort, wo ich gelandet bin, dürfte eigentlich gar nicht existieren. Was ist, wenn ich nie wieder von hier wegkomme? Wenn ich nie wieder nach Hause finde?

Mein Hals wird eng. Ich stehe auf und bewege mich ein paar Schritte von Peter weg. Das Zugticket halte ich dabei fest in meiner Hand.

„Ist das eine Karte, mit der du nach London findest?" Peters Stimme kommt von nahe hinter mir. „Kannst du das benutzen, um heimzukehren?"

Ich drehe mich zu ihm um und räuspere mich. „Nein. Ich habe diese Karte gestern verwendet. Es ist ein Zugticket. Ich bin damit in die Stadt gefahren, um für meine beiden Schwestern ein Geburtstagsgeschenk zu kaufen."

„Die Verlorenen Jungs können deine Brüder werden, wenn du hierbleibst. Und Tami wird für dich wie eine Schwester sein." Mit schmalen Augen sieht er mich an und neigt seinen Kopf ein wenig. In seinem Kiefer zuckt ein Muskel. „Du musst nicht nach London zurückgehen."

Nach kurzem Zögern greife ich nach seiner Hand, doch er zieht sie weg. Es gefällt mir nicht, wie deprimiert er plötzlich dreinschaut. „Bitte, versteh doch, Peter. Nimmerland ist dein Zuhause, nicht meins. Wie würdest du dich denn fühlen, wenn du mitten in einer fremden Stadt landen würdest und die Verlorenen Jungs nie wiedersehen könntest?"

Ein paar Sekunden vergehen in völliger Stille. Plötzlich richtet sich Peter gerade auf und in seinem Gesicht nimmt der Schmerz überhand. „Na schön, dann geh doch, wohin du willst. Flieg zurück in dein bescheuertes *London*. Ist mir doch egal!"

„Peter —"

Er schießt zwei Meter in die Luft, verharrt dort und

blickt finster auf mich herab. „Viel Glück, Angel!", spuckt er aus und saust im nächsten Moment durch die schwarze Nacht davon.

„Das ist nicht witzig!", schreie ich aus vollem Hals hinter ihm her und hoffe, dass er es sich noch einmal anders überlegt. Aber nichts bewegt sich mehr am Sternenhimmel. Meine Hände ballen sich zu Fäusten, während mein ganzer Körper anfängt zu zittern. „Peter Pan! Komm zurück! *Bitte!*"

Aber er ist wahrscheinlich schon zu weit weg, um mich überhaupt noch zu hören. Ich bin mutterseelenallein in Nimmerland.

Fantastisch.

Kapitel 4

Die Arme vor der Brust verschränkt, knirsche ich mit den Zähnen. *Dämlicher, sturer Bock!* Ich finde doch niemals alleine durch das Dschungeldickicht zurück zum Baumhaus. Und selbst wenn, bin ich dort wahrscheinlich nicht einmal mehr willkommen. Da Plan A schon mal gründlich in die Hose gegangen ist, sehe ich mich um und wäge meine Möglichkeiten ab. Plan B ist, hier im Freien zu campen. So habe ich mir die Nacht zwar nicht vorgestellt – alleine auf einer völlig fremden und seltsamen Insel herumzuirren –, doch was anderes bleibt mir wohl nicht übrig.

Hinter mir liegt der Dschungel, vor mir erstreckt sich eine Reihe von Bergen. Am besten suche ich mir einen Schlafplatz unter einem Baum, von wo aus ich einen guten Überblick habe, mein Rücken aber trotzdem geschützt ist, vor was auch immer des Nachts in Nimmerland so kreucht und fleucht.

„Ich bin kein Feigling", sage ich mir immer wieder vor, als ich mich einem Mahagonibaum nähere, den ich mir als Schlafplatz ausgesucht habe. „Die Dunkelheit erschreckt mich nicht." Nein, ganz bestimmt nicht. In der Ferne schreit eine Eule. Meine Zähne beginnen zu klappern. Okay, sie tut es doch.

Das Gras raschelt unter meinen Füßen. Mit dem Rücken an den Baumstamm gepresst, sinke ich auf den Boden und beobachte meine Umgebung mit Adleraugen. Nichts bewegt sich. Gott sei Dank. Ich schlinge meine Arme fest um meine Beine. „Sei tapfer, Angel", murmle ich durch zusammengebissene Zähne. Das ist Nimmerland. Die Insel der Schätze, Feen und Regenbögen. Hier gibt es nichts, wovor ich Angst haben müsste.

Aber es ist auch die Heimat von Hook. Der Name schwirrt in meinen Gedanken herum. Captain der Piraten. Hässlich wie die Nacht, mit einem Silberhaken am Arm. Hat er irgendwie seine Hand verloren und sie mit einem Haken als Waffe ersetzt? Was ist, wenn er mich hier draußen findet und mich mit diesem Haken aufschlitzt, vom Nabel bis zur Nase?

Himmel noch mal, wo kam denn die Idee plötzlich her? Ich versuche, die Vorstellung schnell wieder abzuschütteln, und denke stattdessen an etwas Schönes. Daran, wie sich Elfenstaub zwischen meinen Fingern anfühlt und wie unglaublich es aussah, als sich hunderte Regenbögen über Nimmerland erstreckt haben. Mit diesen netten Bildern im Kopf schaffe ich es, meinen rasenden Puls zu beruhigen. Langsam schließe ich die Augen, aber beim Schrei der Eule irgendwo im Dschungel hinter mir und all den anderen unheimlichen Geräuschen, läuft es mir kalt den Rücken hinunter.

Nervös wie ein Kaninchen sitze ich die Nacht aus und bete, dass die dunklen Wolken, die sich gerade vor den Mond schieben, nicht mit Regen geladen sind. Peter sagte doch, in Nimmerland gäbe es niemals schlechtes Wetter. Ich hoffe nur, er hatte recht.

Mein Rücken und Hintern fangen an, vom Sitzen wehzutun, und irgendwann kippe ich einfach zur Seite, lege meinen Kopf auf meinen angewinkelten Arm und falle in einen traumlosen Schlaf.

Es fühlt sich an, als wäre ich nur wenige Minuten weg gewesen, doch als ich die Augen wieder öffne, hat die dunkle Nacht bereits einem strahlend blauen Morgenhimmel Platz gemacht. Die warme Sonne scheint mir ins Gesicht. Erst einmal strecke ich mich nach allen Seiten und pumpe wieder Blut in meine Glieder, damit sie sich nicht länger wie totes Geäst an meinem Körper anfühlen. Mein Gähnen dabei ist lauter als das Brüllen eines Berglöwen. Dann stehe ich auf und klopfe mir die Blätter und losen Grashalme von meinen Klamotten.

Mein Magen knurrt. Ich komme vor Hunger fast um, aber was mir noch mehr zu schaffen macht, ist mein knochentrockener Hals. Ich könnte einen ganzen See austrinken ... falls ich irgendwo einen finden würde. Gestern ist mir jedenfalls keiner aufgefallen, als Peter mit mir über die halbe Insel geflogen ist. Aber dann erinnere ich mich wieder an die kleine Hafenstadt, die ich gestern aus der Luft gesehen habe. Vielleicht ist es das Beste, ich schlage mich Richtung Süden durch. Dort gibt es sicher Wasser und etwas zu essen. Und wer weiß, möglicherweise finde ich dort ja auch ein Schiff, das mich von dieser Insel wegbringen kann. Jemand im Hafen weiß bestimmt, wo London liegt.

Mit grollendem Magen mache ich mich auf den Weg über die grünen Hügel, hinter denen hoffentlich der Hafen liegt. Einen nach dem anderen besteige ich, immer in der Hoffnung, dieser wäre nun endlich der letzte, doch jedes Mal türmt sich dahinter ein weiterer auf. Schweiß tropft mir bereits von der Stirn und meine Zunge klebt am trockenen Gaumen fest. Es ist mir egal, was ich tun muss, um an einen Tropfen Wasser zu gelangen. Ich bin sogar bereit, den restlichen Tau von den Grashalmen zu lutschen, um diesen quälenden Durst zu stillen. Dann endlich, hinter dem fünften Hügel dringt das leise Plätschern eines Baches zu mir.

Vorfreude treibt meinen Herzschlag nach oben. Meine Beine entwickeln einen ganz eigenen Willen und tragen mich mit hastigen Schritten hinunter ins Tal, wo sich der schmale Fluss entlang schlängelt. Zu schnell. Am Fuße des Hügels stolpere ich und verliere das Gleichgewicht. Wie eine Lawine rolle ich abwärts und lande mit einem Platsch im Wasser.

Es ist herrlich, und ich denke gar nicht daran, an Land zu klettern. Nach ein paar beruhigenden Atemzügen trinke ich aus meinen Händen und tauche dann noch einmal ganz unter Wasser, um den Schmutz und Staub der letzten Nacht loszuwerden. Voll neuer Energie und Hoffnung, wate ich anschließend durch den Fluss und klettere ans andere Ufer.

Jetzt ist es nicht mehr weit. Ich kann schon den Lärm der kleinen Stadt hören, und als ich endlich oben auf dem letzten Hügel ankomme, breiten sich unter mir Hunderte von bunten Dächern wie eine Flickendecke aus. Ein zentnerschwerer Stein fällt mir vom Herzen. Aufgeregt laufe ich auch diesen Hang noch hinunter und auf die verträumte

Hafenstadt zu.

Kopfsteinpflaster ersetzt bald das Gras unter meinen Füßen. Das Gefühl, endlich wieder auf hartem Untergrund zu laufen, erinnert mich an mein Zuhause. Wie gut das tut. Ich atme erleichtert durch.

Farbenprächtige Häuser säumen den Straßenrand. Manche von ihnen haben einen venezianischen Balkon und Flügeltüren, andere sind einfacher gebaut, mit Blumentöpfen neben den Türen und unter den Fenstern. Die ersten Leute, die mir begegnen, sind zwei junge Damen in weit ausladenden Glockenkleidern aus weinroter und froschgrüner Seide. Beide tragen einen Sonnenschirm bei sich, aber nur die junge Frau in Rot benutzt ihn, um sich vor der sengenden Sonne zu schützen.

Die beiden wissen bestimmt, wo ich hier ein Passagierschiff finde. Doch als sie mich heraneilen sehen, macht sich Angst auf ihren Gesichtern breit. Rasch heben sie ihre Röcke an, um nicht mit ihren Schnürstiefeln darüber zu stolpern, und huschen in eine Gasse zu meiner Linken.

Was sollte denn das eben? Ich kratze mich am Kopf und sehe mich verwirrt um. Was hab ich denn gemacht? Rieche ich etwa streng? Nein, kann nicht sein, entscheide ich, nachdem ich an meinem Sweatshirt gerochen habe, das mittlerweile in der Sonne getrocknet ist, genau wie der Rest meiner Klamotten. Dann dämmert es mir. Mein Kapuzenpulli muss der Grund für ihre Panik gewesen sein. Oh verdammt! Tami war total aus dem Häuschen, als sie gestern den Totenschädel auf meinem Pulli gesehen hat. Vermutlich dachten die Damen gerade eben auch, dass ich zu den Piraten dieser Insel gehöre.

Um weitere Missverständnisse zu vermeiden, ziehe ich mir das Sweatshirt aus und binde es mir um die Hüften, und zwar so, dass das Bild versteckt ist. Das müsste reichen.

Die Straße, auf der ich mich befinde, führt zu einer größeren direkt am Ufer, und hier wimmelt es nur so vor Menschen. Wahrscheinlich ist das die Hauptstraße dieser niedlichen Stadt. Dahinter erstreckt sich der mächtige Ozean. Hier bin ich richtig. Hastig mische ich mich unter die Leute, trotzdem steche ich in der Menge mit meinen Jeans, den Turnschuhen und meinem hautengen schwarzen T-Shirt immer noch heraus.

Obwohl nicht alle hier so elegant gekleidet sind wie die beiden Ladys vor zwei Minuten, so ist die hier angesagte Mode doch eindeutig aus einer völlig anderen Zeit als meiner. Ich würde sie auf Beginn des vorigen Jahrhunderts datieren, oder sogar noch früher. Anhand der Art, wie die Leute gekleidet sind und ihr Haar tragen, ist es leicht, ihren

Stand in der Gesellschaft abzulesen.

Die wohlhabenden Mädchen tragen ihre prachtvollen Locken zu edlen Hochsteckfrisuren aufgetürmt, die meist noch mit einem prunkvollen Hut gekrönt werden. Ihre farbenprächtigen Kleider bedecken so gut wie jeden Quadratzentimeter ihres Körpers, vom Hals bis zu den Zehenspitzen. Das ärmere Volk ist in einfache Lumpen aus Leinen gekleidet und manche von ihnen laufen sogar barfuß auf dem Pflaster. Mir kommt es vor, als wäre ich hier mitten in das Filmset von *Downton Abbey* gekracht.

Obwohl sie mir alle seltsame Blicke zuwerfen, weicht mir niemand aus. Ich schüttle mein Haar auf und mache ein freundliches Gesicht, während ich auf ein Mädchen in meinem Alter zusteuere, das einen prall gefüllten Obstkorb unterm Arm trägt. Ihre nackten Füße sind schmutzig und in ihrem verfilzten Haar wohnen wahrscheinlich jede Menge Läuse und anderes Ungeziefer, aber sie sieht hilfsbereit aus, als sie einem kleinen Jungen am Straßenrand eine Birne schenkt.

„Entschuldige bitte!" Ich bleibe vor ihr stehen und bemühe mich um mein allerliebstes Lächeln.

„Aye?", erwidert sie und mustert mich argwöhnisch. War ja zu erwarten.

„Weißt du, wie ich von dieser Insel wegkomme?"

„Mit 'nem Boot, würd ich sag'n." Ihr Blick wandert über meine Klamotten wieder hoch zu meinem Gesicht, und sie schenkt mir nun ebenfalls ein Lächeln, obwohl ihres ja ein wenig skeptisch rüberkommt. „Aber wo willst'n du hin? Da draußen is' nichts außer viel Wasser." Sie hält den Korb mit nur einer Hand und schwenkt den anderen Arm zur Seite, wo die schweren Wellen gegen die Hafenmauer rollen.

Bei dieser Antwort sinkt meine Hoffnung, und Unsicherheit kriecht in meine Stimme. „Ich muss dringend nach London."

„London? Noch nie von gehört." Sie spitzt ihre Lippen. „Meinst du vielleicht das Indianerlager auf der anderen Seite der Insel?"

Ich kneife meine Augen zusammen, wobei mir ein schweres Seufzen entweicht. Ganz sicher meine ich nicht das Indianerlager. „Nein, aber danke trotzdem."

Das Mädchen nickt, doch bevor sie mich hier alleine stehen lässt, halte ich sie noch am Arm fest. „Würdest du mir dann wenigstens einen Apfel verkaufen?" Es muss bereits nach Mittag sein und ich bin am Verhungern.

Sie wischt ihre schmutzige Hand an ihrem Leinenkleid ab und holt einen strahlend roten Apfel aus dem Korb. „Das macht eine halbe Dublone."

Ich habe keine Ahnung, was eine Dublone ist, aber in meinen Taschen habe ich immer etwas Kleingeld. Kurzerhand hole ich zwei Pfund und fünfundsiebzig Pence hervor.

„Was ist das?", fragt das Obstmädchen verwundert und neigt ihren verlausten Kopf.

„Wir bezahlen damit in London."

„Deine Münzen haben keinen Wert bei uns."

Händeringend verlagere ich mein Gewicht von einem Bein auf das andere. „Es tut mir leid, aber ich habe nichts, was ich dir sonst dafür geben könnte." Natürlich stimmt das nicht ganz. In meiner Hosentasche steckt immer noch ein fetter Rubin, doch das wäre ein etwas überteuerter Preis für einen Apfel.

Wieder kräuseln sich ihre Lippen. Ihr Blick wandert dabei zu dem Pulli, den ich um meine Hüften geschlungen habe. „Du kannst zwei haben, wenn du mir dafür den da gibst."

Mmm. „Ich glaube nicht, damit wärst du nicht glücklich", stöhne ich.

Sie zuckt mit einer Schulter, wobei ihr der Träger des einfachen grauen Kleides runterrutscht, und legt den Apfel zurück in ihren Korb. „Meine Schwester braucht was Neues zum Anziehen. Nimm den Apfel, oder lass es. Deine

Entscheidung."

Vor Hunger tut mir schon der Bauch weh. Ich habe hier also nicht wirklich eine Wahl. „Na gut." Zögernd löse ich den Knoten der Ärmel und bete dabei, dass sie nicht gleich ausflippen wird, wenn sie den Totenschädel auf der Vorderseite sieht. Aber im Augenblick will wohl niemand meine Gebete erhören. Sobald ich ihr den Pulli entgegenhalte, bricht sie in ein hysterisches Geschrei aus, bei dem mir fast das Trommelfell zerplatzt. Im nächsten Moment saust sie in die entgegengesetzte Richtung los und nimmt ihren Obstkorb mit sich.

Zu meinem Glück fällt bei dieser abrupten Flucht der rote Apfel heraus und kullert die Straße hinunter. In diesem Augenblick schere ich mich weder um das verwahrloste Mädchen noch um sonst jemanden um mich herum, sondern haste einfach nur dem Apfel hinterher. Wenn ich ihn nicht in den nächsten paar Sekunden erwische, rollt er über die Hafenmauer und fällt ins Meer. Und ich bin im Arsch.

Menschen schimpfen und springen zur Seite, als ich meinem Mittagessen hinterher sause. Ich bücke mich und erwische ihn beinahe. Doch ich bin zu langsam. Jemand kommt mir zuvor.

Ein schwarzer Stiefel stoppt den Apfel unter seiner

Zehenspitze und zertrampelt damit jegliche Hoffnung auf eine leckere Mahlzeit. Stöhnend sinke ich vor dem Stiefel auf die Knie. Mein enttäuschtes Gesicht spiegelt sich in der polierten Silberschnalle am Schaft.

Eine Hand schiebt sich in mein Sichtfeld und hebt den Apfel auf. Ich blicke hoch in das Gesicht eines jungen Mannes. Als er sich wieder aufrichtet, stehe auch ich vom Boden auf. Mit nur einem halben Meter Abstand zwischen uns wandert sein beunruhigender Blick über meinen ganzen Körper. Bestimmt wegen meiner ungewöhnlichen Kleidung. Aufgrund seines violetten Gehrocks, der schwarzen Lederhose, die er trägt, und nicht zuletzt wegen seines herablassenden Gehabes nehme ich mal an, er gehört hier zur oberen Schicht der Gesellschaft.

Scharfe blaue Augen blitzen hinter den hellblonden Strähnen hervor, die ihm in die Stirn hängen und so aussehen, als hätte sie der Wind zerzaust. Er hat wohl heute noch keine Zeit gehabt, sich zu rasieren, denn über sein Kinn und seine Oberlippe zieht sich ein leichter Schatten im selben von der Sonne gebleichten Blond. Er zieht seine Brauen zu einem Stirnrunzeln zusammen. Das niedere Fußvolk weicht wohl üblicherweise vor ihm zurück. Tja, ich nicht.

„Das ist *mein* Apfel", erkläre ich mit fester Stimme,

obwohl sich mir unter seinem finsteren Blick in Wirklichkeit die Nackenhaare sträuben. Ich strecke meine Hand aus, die Handfläche fordernd nach oben.

Der junge Mann leckt sich über die Unterlippe und saugt diese dann zwischen seine Zähne. Er macht ein Gesicht, als würde er gerade seinen Ohren nicht trauen. Dann wandert ein Mundwinkel langsam nach oben, während er meinen Apfel in seine Manteltasche steckt. Für einen weiteren kurzen Moment blickt er mir direkt in die Augen, dann beginnt er, aus vollem Leibe zu lachen, dreht sich auf dem Absatz seiner abgenutzten Stiefel um und lässt mich einfach stehen.

„Verdammter Mistkerl", maule ich und stapfe ebenfalls davon – nicht hinter ihm her, sondern hinüber zu der Ruine einer Steinmauer, die eine alte Fischerhütte umgibt. Die Fenster und Türen dieser Hütte sind mit mehreren morschen Brettern zugenagelt.

Ein Bein auf der Mauer und das andere lose baumeln lassend, setze ich mich auf die Mauer und lehne mich an einen Betonpfosten hinter mir. Erschöpfung nagt an mir und mein Magen fühlt sich an, als würde er sich vor Hunger gerade selbst aufessen.

Als ich meinen Kopf zurück neige, bleibt mein Haar an der rauen Oberfläche des Pfeilers hinter mir hängen und ich zucke bei dem unangenehmen Ziepen zusammen. Für eine ganze Weile starre ich nur in den klaren blauen Himmel. Falls das Ganze nur ein Traum ist, würde ich alles tun, um endlich daraus zu erwachen. Vielleicht sollte ich die Meerjungfrau von gestern suchen und sie bitten, mich so tief unter Wasser zu ziehen, bis mir die Luft ausgeht und ich ertrinke. Schließlich kann man in einem Traum nicht wirklich sterben und wacht schließlich auf, nicht wahr? Da gibt es nur einen Haken: Wenn das doch kein Traum ist, bin ich verloren.

Still und leise ächze ich vor mich hin und wünsche mir, ich könnte meine kleinen Schwestern in die Arme nehmen. Was ist, wenn ich sie nie wiedersehe? Oder Mum und Dad? Und Miss Lynda? Peter zu verärgern war wohl keine so gute Idee. Am Ende hätte er mir vielleicht doch helfen können, nach Hause zu gelangen. Vielleicht hört er ja irgendwann auf zu schmollen und kommt mich suchen. Er kann schließlich nicht ewig sauer sein, weil ich nicht für den Rest meines Lebens in Nimmerland bleiben will.

Als ich etwas Kaltes in meinen Fingern spüre, blicke ich nach unten und finde den Rubin in meiner Hand. Sanft streichle ich ihn und halte ihn gegen die Sonne. Das warme Licht bricht sich tausendfach in den Facetten und landet in einem Schwarm aus schillernden Punkten auf meinem T-

Shirt. Die Lichttupfen tanzen, wenn ich den Edelstein vor und zurück kippe.

Mein Blick schweift hinaus aufs Meer zu den Wellen, die gegen die Betonmauer des Hafens peitschen, und anschließend zurück auf die Straße mit den vielen vornehm gekleideten Leuten, die geschäftig auf diesem Marktplatz aus einer anderen Zeitepoche umher eilen. Einige kaufen Obst und Gemüse oder Ballen aus feinster Seide, andere versaufen den Tag vor zwielichtigen Spelunken.

Lautes, kehliges Gelächter zieht meine Aufmerksamkeit auf ein paar Männer vor einem Pub. Sie sitzen in der Sonne auf Schemeln um ein Fass herum, das ihnen als Pokertisch dient. Ich erstarre vor Schreck. In ihrer Mitte sitzt doch tatsächlich der Apfeldieb.

Er lacht nicht mit den anderen. In der Tat glaube ich nicht einmal, dass er gerade überhaupt gehört hat, worüber sich diese Halunken die Bäuche schieflachen, denn mit den Ellbogen auf das Fass gestützt und die Finger unter seinem Kinn wie zu einem Kirchturm zusammengelegt, scheint er in Gedanken versunken. Und wenn er nicht gerade an der heruntergekommenen Fischerhütte hinter mir interessiert ist, dann liegt sein Augenmerk auf mir.

Ich halte seinen Blick nur für eine Sekunde, dann knirsche ich mit den Zähnen und drehe mich weg. Der Kerl kann sich meinetwegen vor den Fünfuhrzug werfen. Der hat bestimmt mehr Geld als Heu und vergönnt mir nicht mal einen dämlichen Apfel.

Den Rubin immer noch zwischen meinen Fingern hin und her rollend, überlege ich mir einen neuen Plan, wie ich von dieser Insel wegkomme. Flugzeuge gibt es hier offensichtlich noch nicht, aber vielleicht nimmt mich ja eins der Schiffe mit, die weiter unten im Hafen liegen. Obwohl die ja nicht gerade aussehen, als würden sie jeden Moment ablegen. Um ehrlich zu sein, würde ich meine linke Niere verwetten, dass keins der Schiffe in letzter Zeit weiter draußen war, als die dicken Taue an Bug und Heck zulassen. Zwar tummeln sich jede Menge Leute auf den Decks, doch es sieht eher so aus, als wären diese Schiffe zu einfachen Kaufläden umfunktioniert worden und würden schon lange nicht mehr als Transportmittel dienen. So ein Pech.

„In deiner Hand hältst du einen Edelstein, mit dem du dir die halbe Stadt kaufen könntest, und trotzdem jagst du einem Apfel hinterher. Was steckt dahinter?"

Überrascht drehe ich mich zu der sanften Stimme um. Einige Meter von mir entfernt lehnt der junge Mann mit dem violetten Gehrock an einer Straßenlaterne und beobachtet mich mit einem interessierten Lächeln auf den

Lippen. Seine Arme hat er vor der Brust verschränkt und ein Bein ist angewinkelt, die Sohle des Stiefels hat er dabei gegen den Laternenpfosten gestemmt.

Mein erster Reflex ist es, das Rubinherz schnell in meine Hosentasche zu stecken, um es vor diesem Dieb zu schützen. Dann fauche ich: „Was geht dich das an?"

„Keine Ahnung." Er langt in seine weite Manteltasche und wirft mir ohne Vorwarnung den Apfel herüber. „Ich bin nur neugierig."

Ich fange den Apfel mit beiden Händen auf und beiße in Panik sofort ein großes Stück davon ab, bevor er ihn zurückverlangen kann. Du liebe Zeit, schmeckt das herrlich. Die Spucke in meinem wässrigen Mund vermischt sich mit dem sauren Saft des Apfels, und ich schlucke das halb zerkaute Stück schnell runter, um gleich noch einmal reinbeißen zu können.

„Du bist ein Besucher."

„Was hat mich verraten?", frage ich mit vollem Mund und mache dabei ein zynisches Gesicht.

Der Apfeldieb kommt auf mich zu und setzt sich mit gegrätschten Beinen mir gegenüber auf die Mauer. Er macht sich nicht einmal die Mühe, erst den Staub mit einem fein bestickten Taschentuch abzuwischen, wie es jemand aus dem Adelsstand, dem er ganz offensichtlich angehört, sicher tun würde. Aber wer weiß, vielleicht ist er ja gar kein so vornehmer Schnösel. Anstatt meine Frage zu beantworten, meint er nur: „Wo kommst du her?"

Nachdem er nun den kalten und herablassenden Blick von vorhin abgelegt hat, sieht er gleich viel weniger einschüchternd aus. Und da er an meiner Geschichte interessiert scheint, ist er vielleicht sogar bereit, mir zu helfen. Ich lecke mir den Fruchtsaft von den Lippen und beobachte ihn noch einen Moment, doch als er seine Augenbrauen hochzieht und mich damit auffordert, endlich loszulegen, erzähle ich ihm: „Ich komme von einer anderen Insel."

„Tatsächlich? Wie heißt diese Insel?"

„Gr ... ah ..." Angespannt schnippe ich mit den Fingern und meine Augen rollen dabei Richtung Himmel, aber der Name, der mir auf der Zunge liegt, will einfach nicht raus. Verdammt. Warum fällt er mir plötzlich nicht mehr ein? Gestern habe ich ihn doch auch Peter und Tami genannt. Aber es ist genau wie mit meinem eigenen Namen. Einfach wie weggeblasen.

Bis auf die Knochen blamiert, richte ich meine Aufmerksamkeit wieder auf den jungen Mann vor mir und räuspere mich. Dann sage ich mit fester Stimme: „Es ist nicht wichtig, wie die Insel heißt. Ich komme aus London, einer großen Stadt dort."

„Ah. Okay." Er zuckt belanglos mit den Schultern. „Der Name sagt mir leider gar nichts."

„Ja, das dachte ich mir schon. Offenbar hat hier noch niemand etwas von meiner Heimat gehört. Was es mir nicht gerade leicht macht, dorthin zurückzukehren."

„Du willst zurück?"

„Natürlich!"

„Warum bist du dann überhaupt erst hierhergekommen?" Sein Gesicht strahlt immer noch diese unschuldige Neugier aus. Er stützt seine Hände vor sich auf die Mauer. „Ziemlich unklug, wenn du mich fragst."

„Hey, es war nicht meine Absicht, hier zu landen. Das war ein Unfall."

Er rollt mit seinen Schultern und biegt seinen Oberkörper ein wenig hin und her. „Aha, ich verstehe. Macht natürlich einen riesigen Unterschied." Es klingt, als würde mir dieser Schnösel kein einziges Wort glauben. „Und jetzt versuchst du, diesen Fehler rückgängig zu machen."

„Unfall!"

„Ja, richtig. Diesen *Unfall*."

„Ja, das tue ich. Irgendwie. Wenn ich nur wüsste, ob das alles hier wirklich *echt* ist", jammere ich und esse den restlichen Apfel auf. Das Kerngehäuse werfe ich in hohem Bogen in die Wellen. „Du weißt schon ... ob ich vielleicht all das hier nur träume oder halluziniere."

Wieder zappelt der Mann in seinem Gehrock herum und dehnt seine Schultern nach hinten, dann öffnet er die Knöpfe und zieht mit einer leidigen Grimasse an seinem Hemd. „Also mir scheint es *wirklich* genug zu sein. Sonst würde ich mir in diesem verdammten Ding wohl kaum so eingeschnürt vorkommen."

Langsam bekomme ich das Gefühl, der Gehrock gehört nicht zu seiner üblichen Kleidung. Hat er ihn heute nur hervorgeholt, um jemanden zu beeindrucken? Ganz sicher nicht die Trunkenbolde vor dem Pub auf der anderen Straßenseite. Einer von ihnen ist gerade von seinem Schemel gefallen und schnarcht nun auf dem harten Kopfsteinpflaster.

„Kannst du mir sagen, wie ich von dieser Insel runterkomme?" Ich habe nicht vor, noch viel mehr Zeit mit unnötigem Geschwätz zu vergeuden. Ich muss zurück zu meinen Schwestern.

Er zuckt mit einer Schulter. „Schiff?"

„Legen die denn irgendwann in naher Zukunft ab?"

Meinem Nicken folgend, blickt er hinter sich und kratzt sich am Nacken. „Das bezweifle ich. Aber es gibt da ein Schiff, das draußen vor der Stadt vor Anker liegt. Es sollte in etwa einer Stunde ablegen. Wenn du dich beeilst, schaffst du es vielleicht noch."

Wie ein aufgekratzter Welpe springe ich auf die Beine. „In welcher Richtung liegt es?"

Der blonde Mann mit den hübschen blauen Augen beginnt zu lachen. Dieses Lachen hat einen weichen Klang, den ich nicht von ihm erwartet hätte. „Weißt du was? Ich zeig's dir, und du kannst mir auf dem Weg dorthin alles über dieses seltsame *London* erzählen."

Was immer er will. Ich würde ihn sogar huckepack zu diesem Schiff tragen, wenn ich dadurch nur schneller von Nimmerland wegkommen würde. Auf mein ungeduldiges Grinsen hin erhebt er sich endlich von der Mauer, bückt sich aber noch einmal und hebt meinen Kapuzenpulli auf, den ich in meiner Aufregung total vergessen habe.

„*Ah* – nein!", rufe ich von Panik erfüllt. Aber es ist bereits zu spät. Er schüttelt ihn gerade aus und entdeckt natürlich den Piratenaufdruck auf der Vorderseite. Seine Lippen werden schmal, als er zur Salzsäule erstarrt, und seine Augen funkeln düster.

„Wirklich, das hat gar nichts zu bedeuten!", versuche ich ihm schnell zu erklären. „Es ist nur ein dummes Bild, nichts weiter. Ich schwöre, ich habe nichts mit irgendwelchen Piraten zu tun!"

Sein Blick wandert über den Pulli zu mir und in seinen Augen blitzt verhaltene Heiterkeit auf, wobei sein linker Mundwinkel verschlagen nach oben wandert. „Das habe ich auch nicht angenommen."

Vor Erleichterung atme ich auf. Endlich löst er sich aus seiner Erstarrung, tritt an meine Seite und legt mir seine Hand auf den Rücken, um mich in die richtige Richtung zu lenken. Nachdem er mir meinen Pulli ausgehändigt hat, binde ich ihn mir wieder – mit dem Bild nach innen – um die Hüften.

Wir lassen den verträumten Hafen hinter uns und die Straße verengt sich rasch zu einem Wiesenpfad entlang der Küste. Hin und wieder, wenn die Wellen zu meiner Linken mit zu starker Kraft ans steinige Ufer schlagen, erwischt mich ein feiner Gischtsprühregen am Arm. In der Nachmittagshitze ist mir die Abkühlung aber herzlich willkommen.

Nichts als Grasland erstreckt sich rings um uns. Kein weiterer Hafen, keine Schiffe, ja, nicht einmal ein kleines Boot. Ich hoffe nur, wir erreichen dieses besagte Schiff, bevor es in See sticht – und mit ihm, meine einzige Chance, nach Hause zu gelangen.

„Verrätst du mir auch deinen Namen?", fragt mein

Begleiter nach einer Weile mit einem überraschenden Hauch von Vergnügen in seiner Stimme. Die Hände hat er beim Gehen hinter seinem Rücken verschränkt.

„Angel ... glaube ich."

„Du glaubst?"

Ich verziehe das Gesicht. „Es ist kompliziert."

Im Augenwinkel bemerke ich, wie er seinen Kopf zu mir dreht, also blicke ich ihn an und verliere mich für einen Moment in seinem Lächeln. „Ich bin sicher, ich werd's verstehen", meint er.

Während wir so nahe nebeneinander hergehen, steigt mir ein feiner Duft von Seewasser und Leder in die Nase. Deshalb frage ich mich, ob er wohl nahe am Ozean lebt. Eine zarte Mandarin-Note haftet ebenfalls an ihm. Er riecht wirklich nicht übel.

„Ich weiß nicht so recht, wo ich anfangen soll", gestehe ich und kratze mich am Kopf. „Siehst du, ich lebe in der echten Welt –"

Er unterbricht mich, indem er eine argwöhnische Augenbraue hochzieht.

„Na ja, in einer anderen Welt eben. Dort gibt es große Städte ... und Verkehr ... und Flugzeuge. Und McDonald's."

Seine andere Augenbraue folgt der ersten nach oben.

Ich bin hier wohl auf dem völlig falschen Weg. „Sagen wir einfach, es ist eine Welt, die ganz anders ist als eure. Offensichtlich liegt sie sehr weit weg, da in Nimmerland auch noch nie jemand davon gehört hat. Ich bin bei uns zu Hause also raus auf meinen Balkon gegangen. Es war eiskalt und es hat geschneit. Und da bin ich wohl ausgerutscht und über die Brüstung gestürzt. Nur bin ich dann irgendwie nie auf dem Boden aufgeschlagen, sondern aus irgendeinem Grund plötzlich hier vom Himmel gefallen. In Nimmerland."

Stillschweigend lauscht er meiner Geschichte. Vielleicht hat er ja schon mal von ähnlichen Vorkommnissen gehört.

„Wie auch immer, als ich hier gestrandet bin, konnte ich mich noch an alles Wichtige aus meinem Leben erinnern. Nur ein paar kleine Details sind mir offenbar abhanden gekommen."

Jetzt lacht er mich aus. „Du nennst deinen Namen ein kleines Detail?"

„Ich ... ähm ..." Verlegen ringe ich meine Hände. Schließlich zeige ich ihm das Tattoo auf meinem Handgelenk. „Ich glaube, das ist mein Name, obwohl ich ja ehrlich gesagt keine Ahnung habe, wo ich das Tattoo herhabe oder ob es überhaupt echt ist."

„Ist es nicht", sagt er beiläufig und überrascht mich damit. Wie kann er den Unterschied erkennen, wo er doch nur einen flüchtigen Blick darauf geworfen hat? Weil es mir gerade die Sprache verschlagen hat, fügt er hinzu: „Ich kenne mich ein wenig mit Tätowierungen aus. Sieh her —" Er greift nach meinem Handgelenk und dreht es noch einmal herum. Seine Hand ist unerwartet schwielig. „Die Oberfläche glänzt in der Sonne. Kein echtes Tattoo würde das machen. Die Tinte befindet sich normalerweise *in* der Haut, nicht auf der Haut. Jemand hat dir das da bloß drauf gemalt."

Drauf gemalt? Aber wer würde —? Plötzlich zupft ein kleines Lächeln an meinen Mundwinkeln. Paulina. Sie liebt diese Abziehbildchen. Sieht ihr ähnlich, dass sie mir eines auf den Arm geklebt hat. Vielleicht hat sie es auch erst gemacht, kurz bevor ich vom Balkon gefallen bin, und ich weiß es nur nicht mehr. Was genau haben wir eigentlich den ganzen Abend lang getrieben?

„Wohin bist du verschwunden?"

Verwirrt blinzle ich kurz und blicke in ein Paar neugierige blaue Augen.

„Es kam mir so vor, als hätte ich dich für einen Moment verloren. Ist alles in Ordnung?", fragt er.

„Ja. Ich hab nur grade versucht, mich zu erinnern, was

genau vor meinem Unfall eigentlich passiert ist. Meine Erinnerung ist in letzter Zeit etwas ... schwammig."

Er kräuselt seine Lippen, lässt mein Handgelenk wieder los und verschränkt seine Hände erneut hinter dem Rücken. „Gerüchten zufolge kommt es hin und wieder vor, dass sich ein Fremder nach Nimmerland verirrt. Üblicherweise erinnern sie sich nicht, wo sie herkommen. Sie tauchen eines Tages einfach hier auf und bleiben dann für immer."

Betrübt blicke ich auf den Boden. „Davon habe ich auch schon gehört."

„Also willst du wirklich wieder zurück." Er klingt gerade so, als würde er mir jetzt erst richtig glauben. Wenn er vorhin an meiner Absicht gezweifelt hat, warum wollte er mich dann zu einem Schiff bringen, das die Insel verlässt? Und wo ist überhaupt dieses Schiff?

Panik überfällt mich und ich bleibe wie angewurzelt stehen. Er hält ebenfalls an und mustert mich mit fragendem Blick. „Was ist?" Er klingt ernsthaft besorgt.

„Weißt du denn, wem das Schiff gehört, zu dem du mich bringst?"

„Was meinst du?"

„Na ja, es ist nicht rein zufällig das Schiff von diesem Captain Hook, oder?"

Einige Sekunden lang starrt er mich prüfend an und hält seinen Kopf dabei leicht zur Seite geneigt. Seine Augen werden schmal, und er betont jedes Wort einzeln, als er mich fragt: „Wer um alles in der Welt ist Captain Hook?"

Puh, da hab ich ja noch mal Glück gehabt. Wenn er mich wirklich zu Hooks Schiff führen wollte, hätte er sicher schon von ihm gehört. Die Muskeln in meinem Nacken entspannen sich wieder und ich spaziere weiter neben ihm her. „Ich habe ihn selbst noch nie getroffen, aber angeblich ist Hook ein Pirat. Man sagt sogar, er sei der hässlichste, grausamste und gemeinste von allen."

„Großer Gott, wenn das so ist, hoffe ich bloß, dass ich ihm niemals über den Weg laufen werde."

Ich lächle. „Ja, das hoffe ich auch."

„Aber du brauchst dir wirklich keine Sorgen zu machen. Ich kenne jeden Einzelnen auf diesem Schiff. Vertrau mir, dort bist du absolut sicher."

Ich versuche, meine restlichen Nerven auch noch zu beruhigen und Hook aus meinen Gedanken zu streichen. Wahrscheinlich ist er sowieso nur ein Hirngespinst. Es würde mich nicht wundern, wenn Peter und die Jungs ihn nur erfunden hätten, weil ihnen langweilig war oder damit sie Leute wie mich damit erschrecken können. Jetzt kann ich sogar über Loneys Anspielung lachen, dass mich eine

Kanonenkugel gestreift haben könnte, als ich vom Himmel gefallen bin. Die Vorstellung ist ja auch echt zu komisch.

Gelassen wende ich mich wieder meinem Begleiter zu. „Wie ist eigentlich dein Name?"

Ein knappes Lächeln zieht seinen linken Mundwinkel nach oben. Wahrscheinlich weil ich erst nach zwei Kilometern gemeinsamer Wegstrecke auf diese einfache Frage komme. Erst jetzt wird mir bewusst, dass wir die ganze Zeit nur über mich gesprochen haben. Er wartet einen weiteren Moment, bevor er antwortet: „Mein Name ist Jamie."

Mir gefällt, wie dabei sein schiefes Grinsen zu einem vollen Lächeln wird. Wenn er nicht gerade diesen *Erstarre-unter-meinem-finsteren-Blick-denn-du-bist-unter-meiner-Würde*-Scheiß abzieht, ist er ja wirklich ein gut aussehender junger Mann. Es ist schwer zu sagen, wie alt er wirklich ist, denn durch die sonnengebräunte Haut sieht er auf den ersten Blick aus wie Mitte zwanzig. Aber wenn man genauer hinsieht, hat er immer noch diese knabenhaften Züge, die mich ihn deutlich jünger einschätzen lassen. Einundzwanzig vielleicht. Zweiundzwanzig, wenn's hoch kommt.

Sein Lächeln verschwindet und wird ersetzt durch pure Neugier. Da erst fällt mir auf, dass ich ihn wohl ein wenig zu lange angestarrt habe. Mir wird unangenehm heiß im Gesicht. Gott sei Dank rettet er mich aus diesem peinlichen Moment, als er verkündet: „Wir sind fast da", und dabei in die Ferne nickt. Hinter dem nächsten kleinen Hügel steht schon die Mastspitze empor und gibt unser Ziel preis.

Erleichterung durchdringt jede meiner Zellen. Er hat also nicht gelogen. Es gibt hier draußen wirklich ein Schiff. Aber als wir näher kommen, plagt mich schon die nächste Sorge. „Warte." Ich packe ihn am Arm und halte ihn zurück. „Ich hab gar keine Dublonen bei mir. Denkst du, sie werden mich auch so an Bord lassen?"

„Ganz bestimmt. Aber falls nicht, hast du ja immer noch einen murmelgroßen Rubin in der Tasche. Mit dem solltest du eigentlich überall hingelangen." In seinen Augen blitzt ein Funke von Habgier auf, aber er ist verschwunden, bevor ich mir sicher sein kann, dass er überhaupt da war. Bestimmt habe ich mich geirrt. Wenn er wirklich nur hinter meinem Juwel her wäre, hätte er auf dem Weg hierher mehr als genug Gelegenheiten gehabt, ihn mir zu stehlen.

„Du hast recht. Er sollte ausreichen, um für die Fahrt nach Hause zu bezahlen", stimme ich ihm zu. „Obwohl ich ihn nur ungern eintauschen möchte. Er war ein Geschenk von einem Freund."

„Einem Freund hier in Nimmerland?"

„Ja. Sein Name ist Peter."

Jamie kämpft plötzlich damit, seinen Gesichtsausdruck unter Kontrolle zu halten. Überraschung trifft es nicht einmal im Ansatz, um zu beschreiben, was sich in seiner Mimik spiegelt. In seinem Unterkiefer springt gerade ein Muskel ziemlich wild hin und her. „Peter ... *Pan*?"

„Ja genau. Du kennst ihn?"

Ein träges Lächeln huscht über seine Lippen. „Man könnte sagen, wir stehen uns nahe wie ... *Brüder*."

„Ohne Peter wäre ich jetzt Brei auf dem Dschungelboden", erzähle ich Jamie. „Er hat mich gestern aus der Luft gerettet."

„Das überrascht mich nicht. Verlorene Kinder finden üblicherweise zuerst zu ihm. Er hat wohl etwas an sich, das diese Brut anzieht."

Die Tatsache, dass er mich als Kind bezeichnet, kratzt ekelhaft an meinem Ego. Zum Teil wegen dem, was ich gestern über Peter und die Jungs gelernt habe. Für immer ein Kind bleiben ... ih! Keine Option für mich. Ich bin beinahe achtzehn, das heißt, ich zähle eigentlich schon zu den Erwachsenen. Dass ich meine kleinen Schwestern so gut wie jedes Wochenende beaufsichtige, sollte doch Beweis genug sein. Aber meinen Ärger verberge ich für den

Moment. Und dann ist mir plötzlich sowieso alles egal, denn wir sind oben auf dem letzten Hügel angekommen und vor mir liegt es ...

Mein Ticket nach Hause.

Mein Herz beginnt aufgeregt zu pochen, als ich das Schiff sanft in den Wellen vor der Küste auf und ab schaukeln sehe. Durch und durch aus cappuccinobraunem Holz gebaut, ist es viel größer, als ich erwartet hätte. Seine überwältigende Schönheit raubt mir fast den Atem. Ich kann mir lebhaft vorstellen, wie Christoph Columbus mit einem Schiff wie diesem die Welt umsegelt hat. An Deck befinden sich mehrere dicke Masten, doch nur an einem – dem größten, der aus der Mitte ragt – bläht der Wind die mächtigen weißen Leinensegel auf.

Bug und Heck des Schiffes liegen höher als das mittlere Deck. Es sieht so aus, als wären vorne und hinten jeweils die Mannschaftskabinen untergebracht. Reihenweise erlauben kleine quadratische Fenster von innen her einen Rundumblick. Hinter manchen von ihnen gibt es sogar Vorhänge, die zugezogen sind. Oben, auf dem hintersten Deck, befindet sich allem Anschein nach die Brücke. Das einsame Steuerrad mit seinen schweren Griffen sticht mir sogar aus hundert Metern Entfernung ins Auge.

Haufenweise Matrosen huschen übers Deck und

beginnen an Tauen zu ziehen, nachdem einer von ihnen sein Fernrohr auf uns gerichtet und seinen Kameraden etwas Unverständliches zugerufen hat. Vielleicht hat er ihnen mitgeteilt, dass sie mit dem Ablegen noch ein paar Minuten warten sollen, da noch zwei Passagiere erwartet werden.

Aufgeregt werden meine Schritte immer schneller und mir fallen vor Staunen fast die Augen raus. Jamie, der mit seinen langen Beinen meiner neuen Geschwindigkeit natürlich leicht folgen kann, schmunzelt neben mir. Als wir endlich unten ankommen und nur wenige Meter von dem Fünfmaster entfernt stehen bleiben, verrenke ich mir beinahe meinen Hals, nur um das Schiff in seiner ganzen Pracht bewundern zu können. Jamie stupst mich sanft mit seinem Ellbogen an. „Nettes Boot, nicht wahr?"

„Umwerfend", wispere ich.

„Na dann, worauf wartest du noch? Komm mit!" Eine Hand in meinen Rücken gelegt, bugsiert er mich zur nahegelegenen Gangway, die an Deck führt, und lässt mir den Vortritt. Meine ganze Aufmerksamkeit ruht auf meinen Füßen und den vorsichtigen Schritten, die ich mache, denn die Holzplanke hat leider kein Geländer, und ich will ja nicht zwischen Küste und Schiff ins Meer stürzen. Je weiter ich komme, umso mehr schwingt die verdammte Planke.

Jamies Fußtritte hinter mir geben mir ein wenig Sicherheit.

Mit einem kurzen Blick nach oben vergewissere ich mich, dass wir schon mehr als die Hälfte des Weges hinter uns haben. Gleichzeitig entdecke ich an Deck einen äußerst schmutzigen Matrosen. Er trägt ein löchriges Hemd und ein schwarzes Kopftuch. Von seinem locker sitzenden Ledergürtel hängt ein echter Säbel und sein linkes Auge ist hinter einer schwarzen Augenklappe verborgen.

Wie versteinert bleibe ich stehen.

Jamie knallt von hinten in mich rein, doch er hält mich gerade noch fest und vermeidet dadurch, dass ich in die Fluten stürze. „Was ist los?", haucht er in mein Ohr.

Ich drehe meinen Kopf zwar zu ihm, behalte den bewaffneten Mann dabei aber stets im Auge. „Bist du sicher, das ist das richtige Schiff?"

„Ja, natürlich."

„Hast du gesehen, was die alle anhaben? Ich glaube, das sind Piraten."

„Nur keine Sorge", erwidert Jamie mit einem gelassenen Schmunzeln. Aber ich mache mir Sorgen. Gänsehaut breitet sich über meinem Rücken aus. Ich möchte umdrehen und zurück an Land gehen, doch Jamie versperrt mir den Weg und drängt mich weiter.

Nur noch ein paar Schritte und ich stehe auf dem

weiten Deck. Die Männer rund um mich herum tragen alle die gleichen schmutzigen Sachen und beäugen mich gierig. Als einer von ihnen lüstern lächelt, blitzt hinter seinen Lippen ein Goldzahn hervor.

„Jamie?", krächze ich. Meine Knie werden butterweich. „Ich glaube, wir sind hier auf dem falschen Schiff."

„Entspann dich, *Engelchen*." Den Kosenamen hat er bestimmt nicht gedankenlos gewählt. Seine Fingerspitze streichelt in einer unangenehmen Liebkosung meinen Nacken hinunter. „Wir sind ganz genau da, wo wir hinwollten."

Ich sauge entsetzt die Luft durch mein verkrampftes Gebiss ein und wirble zu ihm herum. Jamie befreit sich mit nun offensichtlicher Abneigung aus seinem Gehrock und wirft ihn über Bord. „Ah, schon viel besser!" Er lockert seine Schultern und stöhnt erleichtert auf.

Nun trägt er nur noch ein einfaches Leinenhemd mit langen Ärmeln, das am Kragen geschnürt ist. Himmel, wieso ist mir vorhin nicht schon aufgefallen, dass das Hemd in keinster Weise zu seinem vornehmen Mantel passt? „Du – du bist einer von ihnen", sage ich mit heiserer Stimme. „Du bist ein Pirat."

Hohn blitzt in seinen blauen Augen auf. Bei seinem

zynischen Lächeln gefriert mir das Blut in den Adern. „Und der hässlichste, grausamste und gemeinste von allen noch dazu ... hat man mir erzählt."

Der Mann mit dem Goldzahn tritt an Jamie heran und überreicht ihm einen weiten schwarzen Hut mit einer einzelnen, buschigen Feder darauf, dann legt er die Hände um den Mund und schreit aus voller Lunge: „An die Arbeit, ihr räudigen Hunde! Der Käpt'n ist an Deck!"

„Hook", entweicht mir ein beinahe lautloses Flüstern.

Jamie fährt sich mit einer Hand durchs Haar und setzt den Hut auf. Sein verruchter Blick durchbohrt mich, während sein Lächeln zu einem gefährlichen Versprechen wird. „Willkommen an Bord der Jolly Roger."

Kapitel 5

Ich versuche, an ihm vorbei zu hasten und das Schiff zu verlassen, doch Hook schlingt einfach einen Arm um meine Hüften und hält mich problemlos zurück. Ich stolpere gegen seine steinharte Brust, weg von der Gangway, die zwei seiner Männer gerade einholen.

„Bring sie raus, Smee!", ruft der Captain über meinen Kopf hinweg einem völlig in Schwarz gekleideten jungen Piraten zu, der auf dem hintersten, obersten Deck des Schiffes erscheint. Seine kupferroten Haare sind zerzaust und von der Meeresluft filzig, und um seinen Hals trägt er ein rotes Tuch. Erst denke ich, Hook meint mich mit dieser Anweisung, und ich frage mich, was das wohl zu bedeuten hat. Doch im nächsten Moment teilt der Pirat mit den roten Haaren Befehle an die Crew aus, sie sollen den Anker lichten und die Segel hissen. Nur wenige Augenblicke später entfernt sich das Schiff langsam von der Küste.

Ich bin auf der Jolly Roger gefangen.

„Lass mich los, du schmieriger Bastard!" Wild um mich schlagend, schreie ich, als hätte sich eine Schlange statt seines Arms um meine Taille gewunden. Aber nach näherer Überlegung ist Hook wahrscheinlich noch viel schlimmer als eine Schlange.

Sein spöttisches Lachen schallt in meinem Ohr. „Na na, wo haben wir denn diese schlimmen Worte aufgeschnappt, Miss London?"

Mit einem harten Stoß nach hinten trifft mein Ellbogen genau auf sein Zwerchfell und wischt ihm das verdammte Grinsen vom Gesicht. Offensichtlich hat er mich unterschätzt. Sein Arm fällt von mir ab. Während Hook eine Hand gegen seine Rippen presst und sich hustend vornüberbeugt, stolpere ich vorwärts. Das ist meine einzige Chance, zu entkommen. Doch ein Blick über die Reling verrät mir, dass wir bereits zu weit von der Insel entfernt sind, um noch mit einem Sprung an Land zu gelangen.

Einige seiner Männer eilen Hook zu Hilfe und blockieren mir die Sicht auf die Küste. Mir bleibt keine Zeit, zu überlegen. Ich wirble herum, mache einen wilden Satz quer über das Schiffsdeck und klettere auf der anderen Seite auf die Reling. Mit aller Kraft, die ich in meinen Beinen aufbringen kann, springe ich weit hinaus und stürze in die Wellen.

Die kalten Fluten reißen mich in einem wilden Strom nach unten, ihre einzige Absicht scheint zu sein, mich gegen den Schiffrumpf zu schmettern. Sekunden unter Wasser fühlen sich an wie Minuten und mir geht langsam die Luft aus. Ich kämpfe darum, die Kontrolle über meine Arme und Beine zurückzugewinnen und in dieser dunklen Tiefe die Orientierung wiederzuerlangen. Meine Lungen haben mittlerweile die Größe von zwei Tennisbällen. Mit kräftigen Zügen schwimme ich an die Oberfläche, in der sich die Sonne spiegelt, und breche durch die Gischt. Aus Mund und Nase spucke ich Salzwasser, während ich verzweifelt den ersten Atemzug mache, der mir das Leben rettet.

„Sieh nur, was wir da unten haben, Käpt'n!" Smees hämisches Lachen dringt von Deck. „Eine Meerjungfrau."

Als ich im Wasser tretend nach oben blicke, steht da eine Meute Männer, die alle ein schmutziges Grinsen auf den Lippen haben. Die Menge teilt sich, und Hook tritt an die Reling. Er lehnt sich darüber und zieht eine Augenbraue hoch. „War das denn wirklich nötig?"

Ja, für ihn wäre es wahrscheinlich einfacher, wenn ich

die nette Gefangene spielen würde, damit er sich nicht weiter mit mir herumärgern muss. Pech gehabt, Mistkerl! Um zurück ans Ufer zu gelangen, muss ich erst um das Schiff herumschwimmen, also beginne ich, mit vor Hunger schwachen Armen und Beinen in eine Richtung zu strampeln.

„Was hast du denn jetzt vor? Willst du vor mir wegschwimmen? Zurück nach London?"

Ich antworte gar nicht erst auf Hooks heiteres Rufen, sondern versuche schneller zu schwimmen. Dabei lösen sich die verknoteten Ärmel um meine Hüften und mein Kapuzenpulli gleitet weg von mir. Verzweifelt greife ich danach, doch er sinkt viel zu schnell in die Tiefe. Wenn die Situation nicht so aussichtslos und düster wäre, hätte mich die Ironie, dass die See gerade meinen *Fluch-der-Karibik*-Pulli verschlingt, wohl sogar zum Lachen gebracht. Mit eisernem Willen schwimme ich weiter.

„Komm schon, Angel. Das schaffst du doch nie. Wenn *wir* dich nicht erwischen, dann kriegen dich die Haie."

Ich lasse nicht zu, dass mich sein Gespött in Panik versetzt. Zähneknirschend ignoriere ich sein dummes Gerede.

„Aaaaaangeeeel!" Er hält mit meinem Tempo Schritt, während er neben mir her an der Reling entlang spaziert und dabei offenbar auch noch seinen Spaß hat. Es klingt, als würde er mit einem Kleinkind reden, als er sagt: „Du hast siebzehn Männer und ein Schiff gegen dich. Warum bist du nicht einfach ein nettes Mädchen und gibst auf? Sei mein Gast."

Gast, hah! Dass ich nicht lache. Der ist wohl komplett übergeschnappt. Aber bald scheint auch Hook an die Grenzen seiner Geduld zu stoßen. „Smee!", bellt er entschlossen. „Hol sie da raus!"

Egal wie schnell ich auch vorwärts kraule, aus dem Fischernetz, das die Männer über mich werfen, gibt es kein Entrinnen. Sie ziehen an den Seilen des Netzes, wodurch ich erneut im Wasser herumgeschüttelt werde, dann holen sie mich an Bord, als wäre ich der Fang des Tages. All mein Strampeln ist umsonst. Wie ein Lachs lande ich zappelnd an Deck.

Zwei Männer, die ihr zottiges Haar zu einem Zopf zusammengebunden haben, schnappen mich an beiden Armen und hieven mich auf die Beine. „Was machen wir jetzt mit der, Käpt'n?", fragt einer von ihnen. Er trägt einen Ohrring in der Größe eines Armreifens und seine beiden Unterarme sind mit Tätowierungen von Meerjungfrauen verziert. Durch die tiefen Falten in seinem Gesicht und die grauen Strähnen in seinem schwarzen Haar sieht er aus, als wäre er der Älteste an Bord des Schiffes, obwohl ich bezweifle, dass er schon über vierzig ist. Er stinkt wie vergammelter Fisch. Mir wird übel.

„Binde sie an den Mast, Fin." Hooks Befehl ist kalt, gefühllos. Die Arme vor der Brust verschränkt, wartet er, bis ich mit dem Rücken am dicksten Segelmast des Schiffes stehe, meine Hände nach hinten gewunden. Das Seil, mit dem mich Fin fesselt, schneidet schmerzhaft in meine Handgelenke, aber ich verbiete mir ein Stöhnen. Während der ganzen Zeit wende ich meine Augen nicht eine Sekunde von Hook. Als Fin endlich fertig ist, schickt ihn der Captain mit einem beifälligen Handwinken weg.

Eine kalte Aura umgibt Hook, als er seine Hände an den Gürtel legt und langsam auf mich zukommt. Der Buchstabe J ist in die Silberschnalle eingraviert, die ihn zusammenhält. Erst bei genauerem Hinsehen fällt mir auf, dass es gar kein Buchstabe, sondern ein Haken ist. Und plötzlich frage ich mich, warum er eigentlich noch beide Hände hat. Die Verlorenen Jungs haben mir doch erzählt, dass er an seinem rechten Arm einen Haken tragen würde. Offensichtlich war das gelogen.

„Warum haltet ihr mich hier gefangen?", zische ich, als uns nur noch zwei Schritte voneinander trennen.

„Weil du von großem Wert für uns bist. Und weil du

etwas hast, das mir gehört."

„Ach so? Und was bitte soll das sein?"

Der Captain macht einen weiteren Schritt auf mich zu, bis er so nahe ist, dass wir uns beide einen Atemzug teilen. „Mein Herz", sagt er mit einer seltsam sanften Stimme und streicht mir dabei mit den Fingerspitzen über die Wange.

Was zu Teufel —? Vor Schreck erstarrt, bekomme ich kein einziges Wort mehr raus.

Sein Blick bleibt immer noch warm, auch wenn sich seine Lippen bereits zu einem kaltherzigen Lächeln verzogen haben. Er legt seine Hände an meine Hüften und streicht mit ihnen dann sanft abwärts über meine Oberschenkel. „Ah, da ist es ja." Sein Grinsen wird breiter und dieses Mal blitzt in seinem Blick ein lüsterner und düsterer Funke auf. Ohne die geringste Vorwarnung dringt er in meinen intimsten Bereich ein und schiebt seine Hand gewaltvoll in meine nasse Hosentasche. Entsetzt schnappe ich nach Luft. Aber da zieht er sie schon wieder heraus — und mit ihr den Rubin von Peter Pan.

„Gib das sofort zurück!" Energisch zerre ich an den Seilen, doch außer dass sie sich tiefer in mein Fleisch schneiden, passiert gar nichts. „Das war ein Geschenk, du verfluchter Dieb!"

Hook hält den Stein zwischen Daumen und

Zeigefinger in die Sonne und inspiziert ihn mit scharfen Augen, die er als Nächstes auf mich richtet. „Sag mir, Engelchen ... Wie kann *ich* der Dieb sein, wenn *du* etwas bei dir trägst, das rechtmäßig mir gehört?"

Ich zögere einen Moment mit meiner Antwort und senke meine Stimme. „Ich hab den Stein nicht gestohlen. Peter hat ihn mir gegeben."

„Ja genau. Peter Pan", spuckt er durch verbissene Zähne. „Der kleine Mistkäfer, der mir schon seit Jahrzehnten auf die Nerven geht."

Hat er gerade Jahrzehnte gesagt? Du meine Güte, wie lange ist Peter denn schon ein Teenager? Und auch der Rest der Insel ist seither nicht um einen Tag gealtert? Aber schnell wird mir klar, dass ich in viel tieferen Schwierigkeiten stecke, als nur auf einer zeitlosen Insel festzusitzen. Ich bin auf einem Schiff gefangen und in der Gewalt eines rücksichtslosen Kapitäns und seiner potthässlichen Mannschaft.

Ich brauche einen Plan, und zwar schnell.

„Na schön. Du hast, was du wolltest", argumentiere ich. „Jetzt nimm mir endlich die Fesseln ab und lass mich gehen."

Ein haarsträubendes Schmunzeln erobert seine Lippen. „Ach, Angel, Angel ... Du verstehst es wirklich nicht, oder?

Dieser kleine Rubin hier ist nur ein Kieselstein im Vergleich zum Umfang meines wirklichen Schatzes. Berge über Berge von Gold, Silber und Diamanten gehören dazu." Wieder hält er den Rubin hoch, direkt vor meinen Augen, und neigt seinen Kopf ein wenig, wobei er mich über den Stein hinweg genau beobachtet. Dann richtet er sich auf und schließt seine Faust um das Juwel. Er steckt ihn in seine Tasche. Seine Stimme verliert jeden Hauch von Wärme oder Mitgefühl. „Aber ich bin sicher, das weißt du bereits. Du hast den Schatz gesehen, nicht wahr?"

Ich wage nicht einmal, mit der Wimper zu zucken, als ich den Kopf schüttle.

„Wo. Ist. Mein Schatz, Angel?"

„Ich habe keine Ahnung, wovon du überhaupt redest!", schreie ich ihm ins Gesicht, nicht weit von erneuter Panik entfernt. Peter hat mir vertraut, als er mir die Höhle gezeigt hat. Keinesfalls werde ich ihn an seinen Erzfeind verraten. Auch nicht, nachdem er mich gestern allein im Dschungel zurückgelassen hat. „Peter hat mir den Stein gestern Nacht geschenkt. Wir sind auf einem Hügel gesessen und haben zugesehen, wie der Vulkan einen Regenbogen nach dem anderen ausgespuckt hat. Da hat er den Rubin einfach aus seiner Brusttasche gezogen. Und da waren sicher keine *Berge über Berge aus Gold* darin versteckt!"

Hook runzelt die Stirn, als ob er gerade abwägen würde, ob ich tatsächlich die Wahrheit sagen könnte. Fluchend dreht er sich letztendlich um und stapft zu Smee, der uns bis jetzt schweigend von der Reling aus beobachtet hat. „Was denkst du, Jack? Lügt sie uns was vor?", fragt er mit etwas leiserer Stimme.

„Schwer zu sagen." Smee wirft mir einen kurzen Blick zu und kratzt sich an der rechten Augenbraue, die von einer alten, verblassten Narbe halbiert wird. Ich frage mich, wie viele Kämpfe er über die Jahre wohl schon im Körper eines Zwanzigjährigen ausgefochten hat.

„Ein waghalsiger Sprung über die Reling?", setzt er fort. „Sie scheint mir zäh zu sein. Und einen netten Hieb hat sie dir da vorhin verpasst. Ich würde nicht ausschließen, dass sie lügt, nur um die Bälger im Wald zu schützen."

„Was schlägst du also vor? Folter?"

Schockiert sauge ich die Luft durch meine Zähne ein, aber die beiden schenken mir keinerlei Beachtung. Immerhin zieht Jack Smee seine gespaltene Augenbraue hoch. „Sie ist noch ein Kind."

Mit verzerrtem Gesicht reibt sich Hook über die Rippen. „Ihr Hieb von vorhin, der dir offenbar so imponiert hat, sagt da etwas anderes."

„Trotzdem. Sie ist ein *Mädchen*."

Die Lippen aufeinandergepresst, wirft mir Hook einen nachdenklichen Blick zu. „Wenn sie uns nicht verrät, wo der Schatz vergraben ist, nützt sie uns gar nichts." Dann dreht er sich wild entschlossen zu Smee um. „Wir können sie ebenso gut über die Planke schicken."

„Was?" Die letzte halbe Stunde haben wir uns bei guter Fahrt bestimmt unzählige Meilen von der Küste entfernt. Nichts außer Wasser ist weit und breit zu sehen. „Ich weiß ja noch nicht mal, in welcher Richtung die Insel liegt! Ihr könnt unmöglich von mir erwarten, dass ich den ganzen Weg zurückschwimme."

Hook schließt seine Augen für einen Moment. Sein Mund wölbt sich dabei zu einem unheilvollen Lächeln. „Oh, das erwartet keiner." Er kommt näher und seine Stiefelabsätze poltern dabei schaurig auf den Holzdielen des Decks. „Wir lassen dich hier von Bord gehen, und die Haie erledigen dann den Rest. Sollen sie sich doch die Zähne an dir ausbeißen."

Hinter ihm entdecke ich mehrere dreieckige Flossen, die ums Schiff herum durchs Wasser schneiden. Vor ein paar Minuten waren die noch nicht da. Wir müssen wirklich schon weit draußen auf dem Meer sein. Meine Beine beginnen zu zittern. Ist das vielleicht der richtige

Zeitpunkt, um ihm zu sagen, wo der Schatz der Verlorenen Jungs liegt?

Peter würde mir das nie verzeihen. Er würde mich hassen, und damit meine ich wirklich, *wirklich* hassen, und nicht nur stinkig sein, weil ich nicht für immer in Nimmerland bleiben will. Und wenn ich Hook das Versteck erst einmal verraten habe, wer garantiert mir, dass er mich nicht trotzdem an die Haie verfüttert? Wenn er seinen Schatz erst einmal wiederhat, nütze ich ihm wirklich nichts mehr.

Verdammter Mist. Was mach ich bloß?

Jack Smee löst meine Fesseln, dann schubst er mich ein paar Schritte vom Mast weg und bindet mir die Hände erneut auf dem Rücken zusammen. Als er mich mitten durch die Piratenmeute hindurch führt, freuen die sich schon lauthals darauf, dass ich gleich Haifischfutter sein werde.

Drei der Männer schieben eine Planke über die Reling, die weit über die Wellen hinausführt. Smee zieht mich näher heran, dann dreht er mich herum, so dass ich Auge in Auge mit seinem Captain stehe.

Die Hände hinter seinem Rücken verschränkt, grinst Hook voll Hohn. „Irgendwelche letzten Worte?"

„Fahr zur Hölle, du dreckiger ... fieser ...

gottverdammter ..."

Seine Nasenspitze berührt beinahe meine, als er seinen Kopf zu mir neigt und eine verirrte Haarsträhne hinter mein Ohr streift. „Engelchen, das Wort, das du suchst, ist Pirat." Und da ist es wieder, das gefährliche Blitzen in seinen Augen. Ohne Gnade schnürt er seine Finger um meinen Arm und schiebt mich auf die Planke.

Einer seiner Männer schnappt sich einen Besen und schubst mich damit vorwärts, bis ich am äußersten Ende stehe. Von der Schiffswand spritzt das Wasser zu mir hoch. Mir schlottern die Knie und mein Herz rast wie eine Maschinengewehrsalve. Erst ein paar Stunden zuvor hatte ich daran gedacht, Melody zu finden und sie zu bitten, mich im Ozean zu ertränken, damit ich endlich aufwache. Jetzt, wo sich unter mir die Haie schon das Maul nach mir lecken, kommt mir der Plan plötzlich gar nicht mehr so großartig vor. Aber letzten Endes könnte es die Lösung für all meine Probleme sein. Ich stecke in einem seltsamen Traumland fest, und hier zu sterben wird mich bestimmt gleich hinausschleudern. Mich aufwecken. Mich zurück nach Hause bringen. Ich schließe meine Augen ...

„Wartet!"

Hooks plötzlicher Ruf erschreckt mich so sehr, dass ich beinahe nach vorne ins Wasser gekippt wäre, aber ich kann mich gerade noch fangen und blicke über meine Schulter zu ihm.

„Hol sie zurück, Smee. Ich habe eine Idee." Das ist alles, was er sagt, bevor er zum Heck des Schiffes stiefelt und in einer Kabine unter der Brücke verschwindet.

Ein tiefer Seufzer bricht aus mir heraus, als Smee mich zurück an Deck zieht. Dort überlässt er mich der Obhut der lüsternen Mannschaft, die nach verfaultem Fisch riecht, und folgt seinem Captain.

James Hook

Oh, Peter Pan! Dieses Mal kriege ich dich!

Hinter mir knallt die Tür ins Schloss. Ich stapfe zu meinem Schreibtisch, der vor einer Reihe von großen Fenstern steht, hinter denen sich nichts als das weite Meer erstreckt. In diesem Arbeitszimmer hecken Smee und ich meist Angriffsstrategien aus, doch heute hole ich stattdessen das Rubinherz aus meiner Tasche, werfe es zusammen mit meinem Hut auf den Tisch und schreite im Zimmer auf und ab.

Du wagst es, einfach einen Teil meines Schatzes zu verschenken? Ich werde dir eine Lektion erteilen, die du niemals vergisst, du widerlicher, kleiner Dreckskäfer.

Voll Anspannung und ebenso viel Vorfreude öffne ich die Knöpfe an meinen Handgelenken und zieh das Hemd über meinen Kopf, um es dann auf den Stuhl zwischen dem großen Tisch aus Eichenholz und der Fensterreihe zu werfen. Vor dem großen, schmalen Spiegel in der Ecke bleibe ich stehen und reibe mir über die Rippen. Ein Bluterguss bildet sich auf der rechten Seite. Verdammt aber auch, die Kleine hat ganz schön viel Kraft. Und einen unzerbrechlichen Willen obendrein. Immer noch weiß ich nicht, wo mein Schatz ist. Nicht einmal im Anblick des sicheren Todes hat sie aufgegeben. Stattdessen hat dieses kleine Biest meinen exzellenten Plan zunichte gemacht. Keiner der dreckigen Hunde da draußen hat auch nur annähernd so viel Courage. Außer Smee vielleicht, aber er ist auch der Einzige.

Meine Finger schließen sich um den kleinen goldenen Schlüssel, der an einer Kette um meinen Hals hängt. Dabei gebe ich mir selbst ein Versprechen. Dieses Mal werde ich meinen Schatz finden – und mit ihm die kleine Silbertruhe. Und dann bereite ich diesem *Für-immer-Kind-bleiben-*Schwachsinn ein für alle Mal ein Ende.

Jemand klopft an meine Tür.

„Komm rein, Jack!", rufe ich hinaus. Es kann nur mein erster Maat sein, denn außer ihm ist niemandem aus der Crew Zutritt zu meinen Räumen gewährt.

Smee tritt ein und macht die Tür hinter sich zu, doch

nicht schnell genug. Über seine Schulter hinweg sehe ich Angel inmitten der hungrigen Wolfsmeute an Deck. Die Männer necken sie, doch keiner legt auch nur einen Finger an das Mädchen. Und das werden sie auch nie, wenn sie wissen, was gut für sie ist.

„James?" Jack holt mich aus meinen Gedanken, während ich auf die nun geschlossene Tür starre. „Du siehst besorgt aus. Ist mit dir alles in Ordnung?"

„Ich finde es höchst irritierend, ein Mädchen auf meinem Schiff zu haben", gebe ich zu und knirsche mit den Backenzähnen. „Wir sind Freibeuter, Herrgott noch mal. Ein Kätzchen wie sie sollte nicht in einen Käfig voll gieriger Hunde geworfen werden."

„Warum hast du sie dann überhaupt an Bord gebracht?"

„Was hätte ich denn machen sollen? Sie hatte meinen Rubin. Mir blieb keine andere Wahl. Und als sie auch noch sagte, dass sie ihn von Pan bekommen hat, war ich bereit, meine rechte Hand darauf zu verwetten, dass er kommen und sie vor den Haien retten würde."

Smee lehnt sich an die Tür hinter ihm und verschränkt die Arme. „Ja, damit hatte ich auch gerechnet. Was denkst du, warum ist er nicht gekommen?"

Bedauerlicherweise fällt mir dazu nichts ein. Ich zucke

mit den Schultern und streife mir dann das schwarze Hemd über, das ich heute Morgen gegen das feinere weiße getauscht habe, um damit in die Stadt zu gehen. „Sie war allein, als ich sie am Hafen aufgegabelt habe. Vielleicht denkt Peter, sie hätte Nimmerland bereits wieder verlassen." Ich erzähle ihm von London und was mir Angel sonst noch alles auf dem Weg zu meinem Schiff anvertraut hat. „Der Rubin könnte ein Abschiedsgeschenk für sie gewesen sein."

Smee nickt. „Mir war klar, dass du sie niemals den Haien zum Fraß vorwerfen würdest, aber was ist das für eine Idee, von der du vorhin gesprochen hast? Hast du einen neuen Plan?"

„Vielleicht kann sie uns nicht zum Schatz führen." Ein selbstgefälliges Grinsen huscht über meine Lippen. „Aber bestimmt kennt sie den Weg zu Peter Pans Versteck."

„Du willst, dass sie uns durch den Dschungel führt? Ausgezeichnet! Wenn Pan sie in sein Versteck gebracht hat, dann weiß sie mit Sicherheit, wo all die Fallen platziert sind, und kann uns drum herum führen."

Ich wusste, Jack würde von meinem Einfall begeistert sein. „Sag den Männern, wir kehren um. Bei Einbruch der Nacht sollen uns vier von ihnen an Land begleiten. Der Rest der Crew bleibt beim Schiff."

Smee macht sich sofort an die Arbeit. In der

Zwischenzeit verstecke ich meinen Rubin in einer Schreibtischlade. Dann setze ich meinen Hut auf und ziehe die Krempe tief in mein Gesicht.

Deine letzte Stunde hat geschlagen, Peter Pan.

Kapitel 6

Die Nacht bricht über uns herein. Wir sind jetzt mindestens schon über eineinhalb Stunden diesen Weg entlanggelaufen, der von der Küste wegführt, und immer noch will mir keiner sagen, wohin wir eigentlich gehen. Smee und Hook bilden meine beiden Flanken, vier weitere Männer aus der Crew folgen uns. Den größten Teil unserer Wanderung über haben sie hinter uns schmutzige Witze gemacht oder anstößige Lieder gesungen. Aber seit wir vor fünf Minuten in den Dschungel eingedrungen sind, ist ihr fröhliches Geschwätz sehr viel leiser geworden. Im Moment sind sie so still, dass ich über meine Schulter blicke, um sicherzugehen, dass sie überhaupt noch da sind. Im schalen Mondlicht, das durch das Dickicht bricht, zeichnen sich ihre Umrisse geisterhaft ab. Bei diesem Anblick wird mir ganz schön unheimlich zumute.

Hook hat seit unserem Aufbruch vom Schiff kein einziges Wort gesprochen. Er wirkt schon die ganze Zeit ziemlich in Gedanken versunken. Smee, der offenbar zu feige ist, um das Grübeln seines Captains zu unterbrechen, ist auch nicht sehr gesprächig. Oder vielleicht wollen sie auch einfach ihren Plan nicht vor mir breittreten.

Während Hook zu Anfang noch ein Tempo vorgelegt hat, bei dem ich nur schwer hinterhergekommen bin, hat sich nun auch in seinen Körper eine Anspannung geschlichen, die nicht zu übersehen ist. Seit wir den Dschungel betreten haben, sind seine Schritte sehr viel kleiner und langsamer geworden. Er setzt nun jeden Fuß mit Bedacht auf den Boden, gerade so, als würde er mit einer drohenden Gefahr rechnen.

„Zünde eine Fackel an", befiehlt er Smee in leisem Ton, woraufhin dieser einen langen Holzpflock aus dem Sack nimmt, den er über seiner Schulter trägt, und ein Streichholz an seiner Stiefelsohle entzündet. Kurz darauf hüllt uns die brennende Fackel in einen warmen Lichtschein.

„Welche Richtung?", fragt Smee.

„Hm." Hook zuckt mit den Schultern. „Warum fragen wir nicht unser Engelchen?" Sein Blick wandert zu mir. „Wenn Sie nun so freundlich wären und uns den Weg zeigen würden, Miss London."

Meine Kinnlade klappt nach unten und meine Augen gehen bestimmt gerade weiter auf als die eines Pandabären. „Ihr wollt, dass ich euch durch den Dschungel führe?"

„Durch den Dschungel und zu Peter Pans Versteck, genau. Du weißt als Einzige von uns, wo all die Fallen versteckt sind."

Ich kneife meine Augen zu und hätte mir gerne auch frustriert mit den Fingern darüber gewischt, doch die Fesseln um meine hinter dem Rücken verschnürten Handgelenke hindern mich daran. „Welche Fallen?", schnappe ich durch zusammengebissene Zähne.

„Die, die Peter Pan und die Verlorenen Jungs für uns gelegt haben, natürlich", antwortet Jack Smee mit der Parodie eines Lächelns im Gesicht.

Erschrocken denke ich an letzte Nacht zurück. Wenn hier wirklich Fallen aufgestellt wurden, dann hatte ich gestern wohl mehr Glück als Verstand, dass ich nicht alleine versucht habe, mich durch das Dickicht zu schlagen. „Ich weiß nichts von irgendwelchen Fallen, und ich hab auch keine Ahnung, wie man zu Peters Versteck gelangt. Wir sind leider nicht durch den Dschungel gewandert. Der Kerl kann fliegen, verdammt noch mal!" Ein beißender Schmerz zischt meine Arme hoch, als ich gegen die einschneidenden

Fesseln um meine Handgelenke ankämpfe. Es hat keinen Sinn, sie sind viel zu eng, um daraus zu entkommen. Kopfschmerzen machen sich bemerkbar. Ich fühle mich angeschlagen und wackelig auf den Beinen. Hinter mir ist ein dicker Baum, an den ich mich für einen Moment anlehne. „Sucht euch den Weg doch selbst."

„Du hast vorhin eine beeindruckende Vorstellung auf der Planke abgeliefert", sagt Hook. „Aber diesmal lassen wir dich nicht so leicht davonkommen. Falls du wirklich nicht weißt, wo die Fallen sind, dann beginnst du am besten ganz schnell zu beten. Denn du *wirst* uns durch den Dschungel führen und auch zu Pans Versteck."

Ich wünsche mir nichts mehr, als einfach nur die Augen zuzumachen und mich für ein paar Minuten ausruhen zu können. Wann hört dieser Alptraum denn endlich auf? Meine Beine fühlen sich an, als wären sie aus Gelee und ich kann kaum noch die Augen offen halten. Was würde ich alles dafür geben, wenn Peter mich hier finden, mich wieder in seine Arme nehmen und mit mir zurück zu seinem Baumhaus fliegen würde. Die gemütlichen Schlafkojen der Jungs sind alles, woran ich im Moment denken kann.

Dann kommt mir eine Idee. Hier draußen ist alles mucksmäuschenstill, da sollte ein Hilferuf doch eigentlich meilenweit zu hören sein. Ich hole tief Luft und schreie dann aus Leibeskräften: „Peeeeeteeeeer!" Meine Stimme bricht wie ein Donnerschlag durch die Stille. „Peter Pa –"

Hook packt mich am Arm und wirbelt mich unsanft herum. Mein Rücken ist flach an seine Brust gedrückt und er hält mir mit seiner Hand den Mund zu. „Wenn du die Nacht überleben willst, dann lass den Blödsinn", grollt er in mein Ohr.

Erst als ich aufhöre, wild um mich zu treten, was mir im Übrigen überhaupt nichts bringt, lässt er mich los und dreht mich zu sich. „Gut. Und jetzt zeig uns den Weg um die Fallen herum. Ach, und Angel ... ich verspreche dir, wenn du versuchst, uns reinzulegen, wirst du das bitter bereuen."

„Wie soll ich euch denn reinlegen? Ich kenne weder den richtigen Weg noch weiß ich, wo die Fallen versteckt sind!" Tränen brennen hinter meinen Augen, aber ich blinzle schnell und halte sie damit zurück. „Ich bin doch die Erste, die in eine hineinfallen wird. Und du willst mir ja nicht einmal die Fesseln abnehmen."

„Lieber trittst du in eine Falle als wir", gibt Hook kalt zurück. Aber dann dreht er mich herum und überrascht mich, als er mir die Fesseln mit einem Messer durchschneidet, das er aus seinem Stiefel gezogen hat. „Und jetzt geh voraus und zeig uns den Weg."

Ich reibe mir die roten Stellen an meinen schmerzenden Handgelenken und blicke ihm einen Moment lang entsetzt in seine distanzierten Augen. Ihm muss klar sein, dass ich die Wahrheit sage … und trotzdem verlangt er von mir, dass ich vorausgehe. „Du bist wirklich ein unbarmherziger Mann, Jamie", flüstere ich mit engem Hals.

Alle fünf Männer seiner Crew, die mit uns gekommen sind, ziehen einen entsetzten Atemzug durch ihre Zähne ein.

Als ich vorhin dachte, Hooks Gesichtsausdruck sei unterkühlt und distanziert, dann ist das nichts im Vergleich dazu, wie er mich in diesem Moment ansieht. Er ist so von Zorn erfüllt, dass mir ein Angstschauer den Rücken hinunterläuft. Er macht zwei große Schritte auf mich zu und versperrt mir dadurch die Sicht auf Smee und die anderen. Sein harter, eiskalter Blick fährt mir durch Mark und Gebein. Mir gefriert beinahe die Luft in den Lungen.

„Wenn du mich noch einmal so vor meiner Crew nennst, dann passiert dasselbe" – er hält das Seil hoch und schneidet es vor meinen weiten Augen mit seinem Messer durch – „mit deinem Hals."

Ich schlucke schwer.

Mit geneigtem Kopf fragt er in einem gefährlich sanften Tonfall: „Hab ich mich klar ausgedrückt?"

„Ja, Captain", kommt die kratzige Antwort aus meinem Hals.

„Gut. Und jetzt geh."

Mein ganzer Körper bebt mit Stärke sieben auf der Richterskala. Ich drehe mich langsam weg von ihm und mache einen vorsichtigen Schritt nach dem anderen tiefer in den Dschungel hinein. Zum allerersten Mal in meinem Leben habe ich wirklich Angst. Vor dem, was vor mir liegt, und noch viel mehr vor dem Mann hinter mir. Ich will nicht mehr in Nimmerland sein. Ich will nach Hause. Ich will Brittney Renae umarmen und Paulina kitzeln, bis mich ihr liebliches Lachen mit Freude erfüllt.

Das Echo ihrer Stimmen hallt in meinen Gedanken wider, jedoch von sehr weit her. Ich höre, wie sie meinen Namen rufen. Sie wollen, dass ich zu ihnen komme. Und ich möchte es auch. So sehr ... Ich möchte einfach nur meine Augen schließen und zu Hause sein.

Entweder ist es reines Glück oder es gibt in diesem Dschungel in Wirklichkeit gar keine Fallen, jedenfalls gelingt es mir, gut zwei Meilen durch das Dickicht zu wandern, ohne auf etwas zu treten, zu fallen oder in etwas gefangen zu werden. An einer kleinen Lichtung blicke ich kurz nach oben und sende den Wunsch an die Sterne, sie mögen meinen Alptraum bitte beenden.

Und dann höre ich plötzlich ein leises Rascheln vor mir.

Als das Licht der Fackel hinter mir erlischt, schrecke ich herum und starre in völlige Dunkelheit. Alle Piraten sind verschwunden. Ich bin alleine. Bestimmt haben sie sich in den Büschen versteckt. Aber warum?

„Angel?"

Erstaunt drehe ich mich zu der Stimme um, von der ich gar nicht mehr zu hoffen gewagt habe, sie je wieder zu hören. Besonders nicht heute Nacht. „Peter!"

Aus sicherer Entfernung blickt er sich um und kommt schließlich aus dem Schutz des Dickichts auf mich zu. „Hast du etwa deine Meinung geändert?" Seine Freude schlägt sich in seiner Stimme nieder. „Oh, ich habe so gehofft, dass du zu —"

„Guten Abend, Peter", schneidet ihm jemand hinter mir das Wort ab. Ich muss mich nicht umdrehen, um zu wissen, wer es ist. Sollte ich tatsächlich irgendwie heil aus diesem grauenvollen Abenteuer herauskommen, wird mich diese Stimme für den Rest meines Lebens verfolgen.

Peter bleibt wie angewurzelt stehen und starrt auf den Mann, der nun hinter meiner rechten Schulter steht.

„Hook." Als sein Blick zu mir zurückkehrt, erkenne ich darin seine bittere Enttäuschung unter einer dicken Schicht aus Wut. „Du hast ihn zu uns geführt?", fragt er in einem verletzten Tonfall. Doch im nächsten Moment schreit er aus voller Kehle und aus seiner Stimme spritzt pures Gift. „Du hast dich mit unserem Erzfeind verbündet und ihn gottverdammt noch mal *zu uns* geführt?"

„Es tut mir leid. Ich wollte nicht –" Aber wie soll ich es ihm erklären? Und in diesem Moment bemerke ich meinen Fehler. Peter ist so überrascht, mich gemeinsam mit Hook zu sehen, dass er gar nicht mitkriegt, was hier eigentlich gespielt wird. „Peter! Pass auf!", rufe ich verzweifelt, aber es ist bereits zu spät. Smee und zwei andere Piraten attackieren Peter aus dem Hinterhalt und zwingen ihn zu Boden.

Peter wehrt sich aus Leibeskräften, doch gegen drei erwachsene Männer hat er keine Chance. Nicht einmal seine Fähigkeit zu fliegen kann ihn jetzt noch retten. Hook tritt nach vorn und geht vor Peter in die Hocke. „Ich sagte dir doch, eines Tages kriege ich dich, kleiner Bruder."

Vor Überraschung steht mir der Mund offen. Das war also gar kein Scherz, den Hook heute Nachmittag gemacht hat. Die beiden sind wirklich Brüder.

„Und jetzt schlage ich vor, du bringst mich zu meinem

Schatz, oder deine Freunde finden dich morgen früh ohne Kopf wieder."

„Lasst mich los, ihr elenden Küstenschiffer!", brüllt Peter wutschnaubend und kämpft weiter gegen die Männer, die ihn zu Boden drücken und seine Arme auf den Rücken winden. Hook ignoriert er dabei völlig.

Ich starte vorwärts, um ihm zu Hilfe zu eilen, doch grobe Hände halten mich an den Schultern zurück. Hilflos muss ich zusehen, wie Hook seine Finger in Peters Wangen gräbt und seinen Kopf dabei so anhebt, dass die beiden sich in die Augen sehen können. „Gib auf, und ich werde Gnade walten lassen. Sag mir einfach, wo mein Gold und die kleine Schatzkiste sind", grollt er mit unbändigem Zorn in der Stimme.

Als Peter lacht, höre ich den Schmerz darin. „Wann hast du jemals Gnade walten lassen? Das hast du damals nicht getan, und du wirst es auch heute nicht tun." Smee drückt sein Knie fester in Peters Rücken. Peter hustet schmerzverzerrt. „Du willst die Kiste? Fahr zur Hölle. Vielleicht findest du sie ja dort, Arschloch." Dann erstaunt mich Peter, als er trotz seiner Gefangenschaft stolz den Kopf hebt und den Schrei eines Adlers imitiert.

Nur Sekunden später schwingt etwas von links auf die Lichtung und kracht direkt in Hook, wobei dieser ein paar

Meter zur Seite geschleudert wird. Weitere Vogelrufe folgen, aber diesmal nicht von Peter. Die Verlorenen Jungs schwingen einer nach dem anderen an Lianen geklammert über die Lichtung und landen auf ihren Füßen, bereit zum Kampf.

Drei von ihnen greifen die Piraten über Peter an, der Rest geht auf Hook los. Gott sei Dank haben sie echte Schwerter und Steinschleudern mitgebracht und nicht die Spielzeugwaffen aus ihrem Baumhaus. So haben sie vielleicht eine Chance.

Sobald Peter wieder auf seinen Beinen steht, wird das Gefecht erst richtig ernst. Er ruft den anderen zu, dass Hook ihm gehöre, und die beiden beginnen einen erbitterten Kampf. Beide stecken Hiebe und Tritte ein, beide verletzen sich gegenseitig mit ihren scharfen Klingen. Mir rutscht das Herz bis zu den Knien, als Hook eine rasche Drehung macht und dabei seinen Degen gestreckt hält. Peter fliegt im letzten Moment nach hinten und verhindert so, dass Hook ihm den Kopf abtrennt.

Mehrere bange Minuten vergehen, ehe ich bemerke, dass ich ganz alleine am Rand der Lichtung stehe. Alle sind in diesen schrecklichen Kampf verwickelt. Der übel riechende Pirat, der mich vorhin festgehalten hat, wird gerade von Stan in die Mangel genommen. Das ist meine

Chance, zu fliehen. Vielleicht schaffe ich es aus dem Dschungel raus und kann Hilfe holen ... von wo auch immer.

Ich nehme ein paar tiefe Atemzüge und bitte Peter und seine Freunde schweigend um Verzeihung dafür, dass ich dieses Unheil über sie gebracht habe. Dann renne ich um mein Leben. Das Kampfgeschrei hinter mir wird immer leiser, als ich über Wurzeln und umgefallene Baumstämme klettere und mich unter herabhängendem Geäst durchschlage. Es ist stockfinstere Nacht. Ich fühle meinen Weg eher, als dass ich sehe, wohin ich eigentlich laufe, aber ich weiß, ich muss so weit weg von Hook und seinen Männer wie möglich, und mir bleibt nur wenig Zeit. Panisch sprinte ich durch das Gehölz.

Und dann gibt plötzlich der Boden unter meinen Füßen nach.

Ein entsetzter Schrei entweicht aus meiner Kehle. Hysterisch rudere ich mit den Armen und greife nach allem, was ich finden kann. Aber da ist nichts. Ich rutsche einen erdigen Abhang hinunter. Herausragende Wurzeln reißen mir die Haut an Rücken und Armen auf. Letztendlich erwische ich eine von ihnen und halte mich krampfhaft daran fest.

Den Kopf nach oben geneigt, kann ich nicht viel

erkennen, außer dass es mindestens zwei Meter bis zum Rand der Schlucht sind. Was sich unter mir befindet, will ich gar nicht wissen.

„Hilfe!", rufe ich so laut, wie ich kann. Warum ich das mache, weiß ich selber nicht. Peter hasst mich, und die Piraten schert es einen Dreck, ob ich am Leben oder tot bin. Aber es ist alles, was mir bleibt, also rufe ich noch einmal: „Bitte! Helft mir!"

Ein Ende der Wurzel löst sich aus dem trockenen Erdhang, und mit einem weiteren entsetzten Schrei rutsche ich noch einmal einen Meter in die Tiefe. Unter meinem eisernen Griff um die Wurzel breitet sich ein stechender Schmerz in meinen Händen aus. Ich weiß nicht, wie lange ich mich noch festhalten kann.

James Hook

"Was war das?", höre ich Smee neben mir rufen. Ich habe keinen blassen Schimmer, was er meint, und außerdem bin ich zu beschäftigt damit, Peters Schwerthiebe zu parieren, als dass mich im Moment noch etwas anderes interessieren würde. Aber einen Moment später höre ich es auch. Den verzweifelten Schrei eines Mädchens.

Ich versuche, nicht aufgespießt zu werden, als ich rasch einen Blick um mich werfe. Unsere Gefangene ist verschwunden. „Wo ist Angel?", brülle ich zu meinen Männern hinüber, die selber mit den Verlorenen Jungs alle Hände voll zu tun haben. Walflossen Walter hätte sich um das Mädchen kümmern sollen, aber er kämpft gerade zusammen mit Smee gegen drei von Pans Freunden.

„Warte!", belle ich Peter an, der es auf meine Kehle

abgesehen hat, und das mit einem Schwert, das in Wirklichkeit nur ein etwas größeres Taschenmesser ist.

„Warum? Brauchst du eine Pause, Hook? Hast du dir vor Schreck in die Hose gepisst?"

Ich weiche seinem nächsten Hieb aus, ziehe mit meinem Degen hart durch und schneide tief in seinen Oberarm. „Nein. Aber so wie es sich anhört, ist deine kleine Freundin in Schwierigkeiten."

Peter zögert, und nicht etwa wegen des Schnitts in seinem Arm. Einen Moment lang wirkt er unsicher. Abgesehen von den Angriffsschreien der Männer und Jungen um uns herum ist der Dschungel still. Offensichtlich entschließt er sich, meine Warnung zu ignorieren. Er kommt wie ein Wirbelsturm auf mich zu, fliegt dabei das letzte Stück und stößt mich rücklings zu Boden. Da ertönt Angels leiser Ruf nach Hilfe erneut.

Was auch immer passiert ist, sie klingt panisch. Wir sind gleich viele Männer auf beiden Seiten, und so ungern ich es auch zugebe, es könnte sein, dass wir heute Nacht nicht die Gewinner des Kampfes sein werden. Wenn ich Angel auch noch verliere, kehren wir mit leeren Händen auf die Jolly Roger zurück. Und das kann ich nicht zulassen.

Da Peter immer noch nicht hinhört, was tiefer im Dschungel vor sich geht, sondern mich lieber in die Mangel nimmt, versetze ich ihm einen Kinnhaken, der ihn von mir runter katapultiert. Dank seiner lästigen Fähigkeit zu fliegen, landet er fünf Meter weiter weg auf seinen Beinen.

Rasch rappele ich mich auf, den Degen immer noch fest in meiner Faust, und laufe los in die Richtung, aus der Angels Schrei zuletzt gekommen ist.

„Was, jetzt rennst du auch noch weg, du Feigling?", verspottet mich Peter. Ich weiß, dass er mir durch das Unterholz folgt. Hoffentlich hält er sich an irgendeinen Ehrenkodex und spießt mich nicht von hinten auf. Ich würde es tun. Wahrscheinlich.

„Angel!", rufe ich, anstatt auf Peters Hohn zu reagieren. Als keine Antwort von ihr kommt, versuche ich es noch einmal, lauter.

„Ich bin hier! Bitte helft mir!"

Sie klingt zwar hysterisch, aber immerhin ist sie noch am Leben. Ein paar Meter kämpfe ich mich weiter durch das dicke Geäst auf dem Boden, dann bleibe ich wie erstarrt vor einem Abgrund stehen, der sich vor mir auftut. Das Loch im Erdboden ist mindestens drei Meter breit und darin ist es so dunkel, dass man mit bloßem Auge nichts erkennen kann.

Smee und die anderen holen mich ein. Sie haben wohl auch aufgehört zu kämpfen, als Peter und ich es taten.

„Feuer", befehle ich Jack, der sofort zurück sprintet und eine Fackel herbeiholt. Als er sie entzündet und in das Loch vor uns hält, entdecke ich Angel an einer dünnen Wurzel hängend, die aus der Erde ragt. Ihre Beine baumeln in der Luft. Da ist nichts, was sie benutzen könnte, um zu uns heraufzuklettern. Auch nichts, worauf sie mit ihren Füßen Halt finden würde. Und vier Meter unter ihr ragen spitze Holzpflöcke aus dem Boden. Wenn sie loslässt, wird sie in dieser Menschenfalle aufgespießt.

Schäumend vor Wut gehe ich auf Peter los. „Verdammt noch mal, du musstest diese Falle ja unbedingt so bauen, dass es daraus kein Entkommen gibt, nicht wahr?"

„Anders kann man Ungeziefer wie euch ja nicht aus dem Dschungel fernhalten", verteidigt er sich beißend.

„Gute Arbeit!", schnappe ich sarkastisch. „Jetzt flieg da runter und hol sie raus!"

Peter verschränkt die Arme vor der Brust und macht einen Schritt zurück. Trotzig starrt er mir ins Gesicht. „Warum sollte ich?"

Was zur Hölle ist nur los mit dem Bengel? Ich dachte, ich wäre hier der gewissenlose Seeräuber. „Weil sie deine Freundin ist!" Als dieses Argument offenbar sein Ziel verfehlt, greife ich mir den erstbesten Jungen in einer

Bärenfellweste und presse ihm meine Klinge an den Hals. „Und weil ich ihm hier die Kehle durchschneide, wenn du es nicht tust."

Mit verkrampften Kiefermuskeln tauscht Peter scharfe Blicke mit seinen Freunden aus. Sie ziehen sich allesamt in den Dschungel hinter ihnen zurück. Meine Männer stürmen ihnen sofort hinterher, doch ich rufe sie zurück und mache ihnen mit einem Kopfschütteln klar, dass sie die Kinder gehen lassen sollen. Der Rest von ihnen kümmert mich nicht, solange Kleiner Bär hier meiner Forderung den nötigen Nachdruck verleiht.

„Lass ihn los und ich rette sie", verhandelt Peter in toternstem Ton.

Natürlich ist er gekränkt, weil er denkt, sie hätte ihn verraten, trotzdem verstehe ich nicht, wieso er sie nicht schon längst aus dem Loch gerettet hat. So kenne ich meinen kleinen Bruder überhaupt nicht. Für einen kurzen Augenblick schwebt die Antwort direkt vor meiner Nase, doch der Gedanke verpufft, ehe ich dahinterkomme, was los ist. Es gibt im Moment sowieso Wichtigeres. Langsam senke ich mein Schwert und lasse die Weste des Jungen los.

Peter nickt in das dunkle Dschungeldickicht und Kleiner Bär macht sich aus dem Staub. Peter folgt ihm.

„Warte!", rufe ich ihm hinterher. „Was ist mit dem

Mädchen?"

Mit einem verächtlichen Blick zu mir zurück sagt Peter in demselben eiskalten Ton wie zuvor: „Sie ist deine Freundin, nicht meine." Dann fliegt er davon. Der Junge in der Bärenweste bleibt ein paar Meter weiter noch einmal stehen und blickt unentschlossen zur tödlichen Falle zurück, als ob er überlegen würde, selbst hinunterzusteigen und die Kleine rauszuholen. Aber als der Schrei eines Adlers über unseren Köpfen ertönt, dreht er sich schnell wieder um und verschwindet im Gehölz.

Das angsterfüllte Wimmern zu meinen Füßen reißt mich aus meiner Verblüffung. Ich trete an den Rand des Erdlochs und blicke hinab in Angels glänzende Augen. So lange wie es dauert, einen tiefen Atemzug zu nehmen, starren wir uns gegenseitig an.

„Bitte. Lass mich hier nicht allein", flüstert sie.

Das werde ich nicht.

Wütend beiße ich die Zähne aufeinander, gehe in die Hocke und teste den Boden unter meinen Füßen.

„Käpt'n", warnt Fin Flannigan. „Was um alles in der Welt macht Ihr denn?"

„Ich rette das Mädchen."

Smee sinkt ebenfalls in die Hocke. Er klingt besorgt, als er leise zu mir sagt: „Da unten ist nichts, woran du dich festhalten kannst, James. Wenn du abrutschst, ist das dein sicherer Tod."

Ich nehme seine Bedenken sehr ernst, zumal es um meine eigene Haut geht, worüber wir hier reden, und nicke. „Genau aus dem Grund muss sie einer von uns da rausholen."

Smee gibt einen resignierten Seufzer von sich, schlägt mir auf die Schulter und sagt mir, ich solle warten. Dann steht er auf und zieht ein Messer aus seinem Stiefel. Von einem der vielen Bäume um uns herum schneidet er eine Liane ab, deren eines Ende er mir in die Hand drückt. „Wir ziehen dich hoch, wenn du soweit bist." Wie auf ein stilles Kommando hin treten alle Männer näher und legen Hand an den Seilersatz.

Dankbar für die Chance, vielleicht doch noch heil wieder raufzukommen, wickle ich mein Ende der Liane fest um meine Hand und seile mich den Erdhang hinab, bis zu der Stelle, wo Angel sich immer noch mit aller Kraft, die sie aufbringen kann, an dem Stückchen vorstehender Wurzel festhält. Auf Augenhöhe erkenne ich, wie sehr ihr ganzer Körper bebt und wie verkrampft ihre Atemzüge sind. Ihre Hände sind vom Festhalten schon ganz weiß.

Ich lege einen Arm um sie und ziehe sie an mich heran. „Ich hab dich. Du kannst jetzt loslassen."

Ihr Zähneklappern ist alles, was ich als Antwort bekomme, als sie ihren Kopf schüttelt. Das Mädchen ist starr vor Angst, und ich bin schuld daran, dass sie überhaupt erst in dieser Situation feststeckt. Auf seltsame Weise löst diese Erkenntnis einen dumpfen Schmerz in meiner Brust aus. Beinahe sage ich ihr, dass es mir leidtut, aber im letzten Moment wird mir klar, dass das ein Fehler wäre. „Du musst jetzt loslassen, Angel. Ich hol dich hier raus, aber du musst mir vertrauen."

Wem zum Henker mache ich hier etwas vor? An ihrer Stelle würde ich mir auch nicht vertrauen. Aber in ihrer misslichen Lage hat sie wohl keine andere Wahl. Und trotzdem überrascht es mich, als sie plötzlich doch einen Arm um meinen Hals legt und ihr Gesicht an meine Schulter presst.

„Siehst du? War doch gar nicht so schwer." Ich drücke sie noch fester an mich, um ihr ein Gefühl von Sicherheit zu vermitteln. Dabei wirft es mich beinahe aus der Bahn, wie zart und weich ihr Körper ist. Es fühlt sich gut an, sie so zu halten. Langsam lösen sich die Finger ihrer anderen Hand von der Wurzel, und sie schlingt auch diesen Arm um mich. „Gut so. Ich lass dich nicht fallen ... versprochen." Ja, ja, ich weiß. Als ob das Wort eines Piraten auch nur einen Pfifferling wert wäre. Aber in diesem Fall meine ich es tatsächlich ernst. „Zieht uns hoch!", rufe ich zu Smee hinauf.

Die Männer ziehen zu ihrem rhythmischen Zählen und befördern uns Stück für Stück weiter nach oben. Angel zittert so stark in meinem Arm, dass ich fürchte, sie könnte mir entgleiten, doch mit festem Griff bringe ich sie aus der Falle heraus. Smee hilft ihr über den Grat und stützt sie, bis auch ich wieder festen Boden unter den Füßen habe und übernehmen kann.

Sobald ich jedoch meine Hände auf ihre Schultern lege, wehrt sie sich energisch. Wild um sich schlagend, wirft sie mir irgendein unverständliches Zeug an den Kopf. Wahrscheinlich verdammt sie mich gerade bis in alle Ewigkeit, aber aus ihrem Mund kommt nicht einmal ein richtiger Ton.

Angel war ein taffes Mädchen, als ich sie heute Nachmittag kennengelernt habe. Heute Nacht ist sie meinetwegen zerbrochen.

Sie schluckt schwer und versucht noch einmal, etwas zu sagen, doch ohne Erfolg.

„Lass mich dir helfen", unterbreche ich ihr Gestammel. Ihr schwarzes eng sitzendes Shirt ist an einigen Stellen aufgeschlitzt, und es ist mehr nackte Haut zu sehen, als Stoff übrig ist.

„Nein!" Wild schüttelt sie ihren Kopf. Tränen laufen ihre verschmutzten Wangen hinunter.

Bis zum heutigen Tag musste ich mich in meinem ganzen Leben noch nicht einmal mit Tränen befassen. Irgendwie erschrecken sie mich. „Du stehst unter Schock und kannst kaum noch auf deinen eigenen Beinen stehen. Lass. Mich. Dir. Helfen."

Ich stütze sie unter dem Ellbogen, was sie mir mit einem vernichtenden Blick und einem schwachen Schlag gegen die Schulter dankt. „Lass mich!" Das dumme Ding windet sich aus meinem Griff und macht ein paar holprige Schritte, dann kippt sie leblos zur Seite.

Ich mache einen Satz nach vorn und fange sie gerade noch auf. Der Zimtgeruch ihres Haars steigt mir in die Nase. Sie wiegt weniger als ein Sack Heu – hatte wohl den ganzen Tag nichts als diesen dummen Apfel zu essen. Zu dem Zeitpunkt, als ich sie mit uns in den Dschungel geschleppt habe, war sie bestimmt schon halb am Verhungern. *Gut gemacht, James.* Allerdings habe ich auch nie behauptet, ich wäre großartig darin, auf Dinge aufzupassen. Ich hätte sie nie an Bord der Jolly Roger bringen dürfen. Das ist auch der Grund, warum es auf Piratenschiffen nur Männer gibt. Mädchen bringen nichts als Ärger. Sie sind so ... zerbrechlich.

Mit Angel auf den Armen wirble ich herum zu dem kleinen Teil meiner Mannschaft, der mit mir in den Dschungel gekommen ist. Allesamt sehen sie mich an, als hätte ich die Krätze. „Was ist?", grolle ich.

Smees Augen werden schmal. „Was wirst du jetzt mit ihr machen?"

Gute Frage. Ich zucke mit den Schultern, denn ich habe verflucht noch mal nicht die leiseste Ahnung.

Kapitel 7

Mein Kopf tut weh und mein Magen hat sich vor Hunger zu einem rebellischen Knoten gewunden. Irgendetwas bewegt sich und mir wird davon leicht übel. Sind wir wieder auf dem Schiff? Ich höre leise Stimmen um mich herum, aber ich bin zu müde und zu schwach, um auch nur ein Auge aufzumachen. Starke Arme umklammern mich etwas fester als zuvor. Mir wird klar, dass wir gar nicht auf dem Schiff sind, sondern dass ich von jemandem getragen werde. Hoffentlich ist es Peter, der mich weit, weit weg bringt von Hook und seinen Männern.

Ich rolle meinen Kopf zur Seite und lehne dabei meine Wange an eine warme Brust. Ein bekannter Geruch steigt mir in die Nase.

Mandarinen und Meerwasser.

Nein, nein, nein, nicht er! Er ist der Feind. Ich will

nicht hier sein. Ich denke schnell an den fröhlichen Ort, an dem ich gerade noch in meinen Träumen war, zu Hause in London, und warte darauf, dass mich der Schlaf noch einmal dorthin zurückbringt.

Eine Unterhaltung im Flüsterton weckt mich einige Zeit später erneut, aber immer noch bin ich zu erschöpft, um ganz zu mir zu kommen.

„Du willst sie in dein Quartier bringen?"

„Irgendwo muss sie ja schließlich schlafen, und wir können sie wohl kaum in den Kielraum legen, oder? Aber wenn es dir lieber ist, dann können wir sie natürlich auch in deine Kabine bringen."

„*Nein!* Dein Quartier ist in Ordnung."

Man legt mich auf etwas Weiches. Ich blinzle ein paarmal, kann aber nur das Flackern einer Kerze erkennen. Gestalten bewegen sich wie Schatten im Raum. Jemand zieht mir die Schuhe aus und streift mir eine Decke über. Das Zittern weicht aus meinen Knochen. Ich kuschle mich in das weiche Kissen und greife im Traum, der immer noch sanft an mir zieht, nach meinen Schwestern. Paulina lacht und wirft sich mir um den Hals. Sie küsst mich auf die Wange und sagt mir, ich solle nach Hause kommen. Ich schließe meine Augen und folge ihrem Ruf.

Etwas streichelt meine linke Wange. Es fühlt sich wunderbar weich und warm an. Nach einem wohligen Seufzer öffne ich meine Augen und drehe meinen Kopf, um zu sehen, was mich da berührt hat. Die freundliche Morgensonne strahlt durch die drei großen Fenster und taucht das halbe Zimmer in warmen Lichtschein. Lange weiße Vorhänge an den Fenstern sind verträumt zur Seite gebunden. Wenn ich es nicht besser wüsste, würde ich sagen, ich bin gerade in einem Palast aufgewacht.

Natürlich weiß ich, wo ich wirklich bin – gefangen in einer Kabine auf dem Schiff des grausamsten Piraten aller Zeiten.

Als ich mich in diesem See aus feinen weißen Laken aufsetze, protestiert jeder einzelne Muskel in meinem Leib und erinnert mich an den schlimmsten Tag in meinem Leben. Vor Schmerzen stöhnend, reibe ich mir die Schläfen. Das Letzte, woran ich mich erinnere, ist, dass ich versucht habe, vor Hook zu fliehen, nachdem er mich aus dem Erdloch gezogen hat. Warum er mich gerettet hat, bleibt mir ein Rätsel.

Meine Vermutung: Er braucht mich noch für einen

weiteren schrecklichen Plan. Aber welchen Wert kann ich noch für ihn haben? Nach letzter Nacht ist uns wohl allen klar, dass sich Peter einen Dreck darum schert, was aus mir wird. Und wer kann es ihm schon verübeln? Er hält mich bestimmt für den übelsten Verräter aller Zeiten, und das, obwohl es nicht einmal meine Schuld oder Absicht war, die Piraten zu ihm zu führen.

Mit Hook irgendwo da draußen frage ich mich, ob es überhaupt klug ist, aufzustehen. Ich ziehe die Decke in meinen Schoß und lasse meinen Blick durch das traumhaft schöne Zimmer streifen. Das Bett, auf dem ich sitze, die Regale an der Wand und der große antike Schrank sind allesamt aus demselben schokoladenbraunen Holz gezimmert − sogar der kleine Schreibtisch, der dem Bett gegenüber an der Wand steht.

Es befinden sich drei Türen in diesem Zimmer, an drei verschiedenen Wänden. Eine ist gleich neben dem Schreibtisch, eine in der Wand, die den Fenstern gegenüber liegt, wo auch der große Schrank steht, und die dritte Tür führt in einen Raum hinter mir. Letztendlich überkommt mich doch die Neugier und ich steige aus dem Bett. Allerdings komme ich nicht weit mit meiner Erkundungstour, denn auf dem Schreibtisch steht ein Tablett mit einem herrlich duftenden Frühstück, das mich anzieht wie Geschenke unter einem Weihnachtsbaum.

Auf dem Tablett befindet sich eine Kanne mit warmer Milch, aufgeschnittener Schweinebraten und Käsescheiben, weiche Brötchen und eine Schüssel mit Obst. Vorsichtig sinke ich in den Stuhl vor dem Schreibtisch, sehe mich noch einmal kurz um und haue dann rein wie ein halb verhungerter Wolf. Binnen Minuten habe ich das gesamte Frühstück verputzt, bis hin zum letzten roten Apfel, der in der Schüssel war. Wer weiß schon, wann ich hier das nächste Mal etwas zu essen bekomme?

Gänzlich satt erhebe ich mich aus dem Stuhl und schleiche zur Tür gegenüber der Fensterreihe. Bereits seit ich wach wurde, dringen durch sie die Rufe der Männer und die Geräusche eines fröhlichen Treibens draußen an Deck zu mir herein. Erst als ich mich der Tür nähere, entdecke ich den Zettel, den jemand ans Holz genagelt hat. In schwungvoller Handschrift steht darauf nur eine Zeile.

Schau nach links, bevor du rausgehst.

Was für eine seltsame Nachricht ist denn das? Ich drehe mich nach links und stehe plötzlich mir selbst vor einem Spiegel gegenüber, der so groß ist wie ich. Du meine Güte! Wie seh ich denn aus? Aus Reflex schlage ich mir sofort die Arme um den Körper, denn mein T-Shirt ist total zerrissen und mein BH sowie viel zu viel nackte Haut sind zu sehen. Das muss wohl letzte Nacht passiert sein, als ich die raue Wand der Bodenfalle hinuntergerutscht bin. So kann ich unmöglich nach draußen gehen und der Crew, oder noch schlimmer, dem Captain gegenübertreten.

Bei näherem Hinsehen stechen mir aber plötzlich kräftige Farben hinter mir ins Auge. Ich wirble herum. An der Seite des antiken Schranks hängen drei Kleider, eines schöner als das andere.

Eines ist aus blutrotem Samt geschneidert, mit einer engen Korsage und einem weit ausladenden Rock. Die Ärmel sind lang und enden in einem breiten Trichter. Das zweite ist rosa, ärmellos, und genau wie das andere, ist es so lang, dass ich ohne hochhackige Schuhe sicherlich über den Saum stolpern würde. Ich nehme das dritte Kleid vom Haken, drehe mich zurück zum Spiegel und halte es mir vor den Körper. Der zartblaue Stoff fließt durch meine Hände. Die Länge ist perfekt, es reicht mir gerade mal bis zu den Schienbeinen. Außerdem sind die kurzen, engen Ärmel praktisch, genau wie der Schnitt des restlichen Kleides. Ähnlich wie ein Babydoll, ist es unter der Brust mit einer niedlichen Schleife gerafft, von wo aus der weite Rock einfach nach unten fällt. Es ist einfach atemberaubend schön. Und das Beste an dem Kleid ist: Wo auch immer in Nimmerland ich damit aufkreuze, ich werde keinerlei Aufmerksamkeit mehr auf mich ziehen.

Ich lege das Kleid aufs Bett und ziehe den zerrissenen Fetzen aus, der einmal mein T-Shirt war. Da sticht mir an der Tür neben dem Bett eine weitere Notiz ins Auge. Darauf steht:

Badezimmer

Vorsichtig öffne ich die Tür und schiele hinein. Am anderen Ende des Raumes befindet sich eine Toilette und – wow! Da gibt's gar kein Dach. Zwei Eimer gefüllt mit Wasser hängen über einer quadratischen Holzfläche. Von beiden hängt eine Schnur herunter. Interessante Dusche. Ich frage mich, ob es wohl jemanden stört, wenn ich sie benutze. Ohne viel darüber nachzudenken, entledige ich mich rasch meiner restlichen schmutzigen Klamotten und werfe sie auf den Boden. Dann husche ich ins Badezimmer und stelle mich unter den ersten Eimer.

Als ich an der Schnur ziehe, entfährt mir erst einmal ein erbarmungsloses Fluchen durch klappernde Zähne. Das Wasser, das gerade über mich schwappt, ist eiskalt. Was hatte ich auch anderes erwartet – es ist schließlich

Meerwasser. In einem kleinen Körbchen an der Wand liegt ein Stück Seife. Als ich mich damit einreibe und sich Schaum auf meiner Haut bildet, steigt mir ein sanfter Duft von Mandarinen in die Nase. Oh nein, wenn ich hier fertig bin, werde ich riechen wie der Captain dieses Schiffes. Tja, was soll's? Daran ist jetzt auch nichts mehr zu ändern.

Ich ziehe am zweiten Seil und wieder erzittere ich unter der Eiseskälte des Wassers. Der Seifenschaum rinnt von mir ab und sammelt sich in einem kleinen Rinnsal im Boden. Diese schmale Rinne führt durch die Wand nach draußen und mein Badewasser plätschert in den Ozean.

Leider gibt es hier nirgends ein Handtuch, also versuche ich mir das Kleid über meinen noch nassen Körper zu streifen, was gar nicht so leicht ist. Meine zerrissenen Klamotten kann sowieso keiner mehr anziehen, also stopfe ich sie in den Mülleimer unterm Schreibtisch. Aber zuerst hole ich noch mein Zugticket aus der Hosentasche.

Das kleine Stück Papier hat gestern unter dem Sprung ins Meer leider sehr gelitten. Die gedruckte Schrift darauf ist stark verwischt und die Ecken sind zerknittert, aber das Wort *London* ist immer noch klar und deutlich darauf zu erkennen.

Während ich mit dem Finger die Buchstaben

nachfahre, seufze ich tief. Mum und Dad sind bestimmt krank vor Sorge. Wahrscheinlich haben sie nach meinem Verschwinden gleich die Polizei gerufen. Ich wünschte, ich könnte ihnen irgendwie mitteilen, wo sie nach mir suchen sollen. Ich wünschte, ich könnte sie wissen lassen, dass ich immer noch am Leben bin.

Guter Gott, ich wünschte ich könnte mich noch an ihre Gesichter erinnern!

Zutiefst bestürzt sinke ich auf das Bett hinter mir. Wie kann sich jemand denn plötzlich nicht mehr an seine Eltern erinnern? Das ist doch gar nicht möglich! Ich habe sie an jedem Tag meines Lebens gesehen. Beinahe achtzehn Jahre lang sind wir im gleichen Haus ein- und ausgegangen. Wie konnte ich sie da vergessen?

Aber je stärker ich versuche, mich an ihre Gesichter zu erinnern, umso mehr wird mir klar, dass dies nicht alles ist, was aus meinem Gedächtnis verschwunden ist. Ich erinnere mich auch nicht mehr an ihre Stimmen, ihre Namen oder auch nur an einen einzigen Moment, den ich mit ihnen verbracht habe. Ich weiß zwar, dass sie da waren, und trotzdem ist es so, als hätten sie nie existiert. Wenn ich versuche, das zu verstehen, zieht sich mein Gehirn zu einem zerknitterten Knäuel zusammen. Das ist einfach zu verwirrend.

Aber das ist längst noch nicht alles. Was mir an der ganzen Sache am meisten Angst macht, ist, dass ich nicht einmal traurig bin über ihren Verlust. Und das sollte ich doch sein, nicht wahr? Ich sollte weinen und am Boden zerstört sein, weil ich sie vermisse und nicht bei ihnen sein kann. Aber das bin ich nicht. *Mum* und *Dad* sind nur noch zwei leere Worte in meinem Kopf.

Eiskalte Panik packt mich. Wie lange dauert es wohl noch, bis ich alles aus meinem früheren Leben vergessen habe? Wie viel länger kann ich mir die kostbare Erinnerung an Paulina und Brittney Renae noch bewahren? Wie lange noch, bis ich schließlich nicht einmal mehr weiß, wo ich herkomme, wie unser Haus aussieht und wer ich wirklich bin?

Das darf nicht passieren!

Ich werde alles daran setzen, Nimmerland auf schnellstem Wege zu verlassen. Wenn es einen Weg nach Hause gibt, dann finde ich ihn auch. Ich drücke die Fahrkarte fest an meine Brust und verspreche mir selbst, niemals aufzugeben. Ich werde um jedes Fünkchen Erinnerung kämpfen und ich *werde* zu meinen Schwestern zurückkehren.

Erfüllt von neuer Hoffnung und Entschlusskraft, erhebe ich mich vom Bett und schiebe das Ticket in eine

Seitentasche, die ich vorhin beim Anziehen an dem Kleid entdeckt habe. Es ist an der Zeit, herauszufinden, wo wir eigentlich sind — ob sich das Schiff immer noch in Küstennähe aufhält und ein weiterer Fluchtversuch in Frage kommt oder ob wir schon wieder weit draußen bei den Haien segeln.

Meine Turnschuhe passen überhaupt nicht zu dem Kleid und auch nicht in diese Epoche, also lasse ich sie im Moment erst einmal weg. Das Holz ist warm genug unter meinen Füßen, Barfußlaufen sollte also kein Problem sein. Ich halte bereits den Türknauf in der Hand, doch ehe ich dazu komme, ihn herumzudrehen, entdecke ich eine dritte Nachricht an der letzten Tür. Diese ist mit einem Dolch an das Holz geschlagen.

Kein Zutritt!

Nicht der leiseste Ton dringt durch diese Tür zu mir. Was für ein Raum mag bloß dahinter sein? Eine Schatzkammer? Das Waffenarsenal des Schiffes? Das Quartier eines der Piraten? Vorsichtig tippe ich mit dem Finger an das Holz und warte auf eine Antwort. Nichts zu hören. Auch nicht, als ich etwas lauter klopfe. Wenn sich dahinter wirklich Schwerter oder sogar Schusswaffen befänden, würde mir das bei der Flucht von diesem Schiff wahnsinnig weiterhelfen. Nichts ist so überzeugend wie eine Pistole in der Hand.

Aufgeregt drehe ich den Knauf und öffne die Tür einen klitzekleinen Spalt. Nach dem ersten Blick in den dahinter liegenden Raum sinkt mein pochendes Herz zurück an seinen Platz. Leider ist das hier kein Waffenlager, sondern nur ein langweiliges Arbeitszimmer. Ungebeten trete ich ein und sehe mich um. Der Geruch von Rum hängt schwer in der Luft. Vor der Fensterreihe steht ein schwerer Eichentisch, eine Karte von Nimmerland hängt an der Wand, und gegenüber von den Fenstern befindet sich eine weitere Tür, die vermutlich ebenfalls raus an Deck führt. Gerade will ich auf meinen Fersen kehrtmachen, als eben diese Tür aufgeht und mir ein paar scharfe blitzblaue Augen entgegen funkeln.

Ich muss Hook wohl genauso erschreckt haben wie er mich, denn für einen kurzen Augenblick erstarrt er in der Tür. Dann streift er mit einer Hand durch sein windzerzaustes Haar und stiefelt durchs Zimmer.

Mein erster Impuls ist es, laut schreiend zu flüchten – vielleicht durch eines der Fenster – aber blinde Panik nagelt mich an Ort und Stelle fest. Hook stapft an mir vorbei und wirft einen Blick hinter die Tür, durch die ich gerade gekommen bin, als ob er nach etwas Bestimmten suchen würde. Klar ... nach der Notiz und dem Dolch. Vermutlich prüft er gerade, ob das Messer vielleicht auf den Boden gefallen und die Nachricht verloren gegangen ist.

Aber beide sind natürlich noch da, wo er sie hinterlassen hat. Nervös kaue ich auf meiner Unterlippe, bis Hook wieder mit verschränkten Armen vor mir steht. Die Ärmel seines weißen Hemds sind bis zu den Ellbogen nach oben gerollt und ich kann darunter das angespannte Zucken seiner Muskeln erkennen. Sein Kragen ist weit offen. Zum ersten Mal sehe ich den kleinen goldenen Schlüssel, von dem Peter gesprochen hat. Hook trägt ihn an einer Silberkette um den Hals.

„Ich nehme doch stark an, dass du lesen kannst?", fährt er mich an. Ich schlucke und nicke ängstlich. „Dann sag mir bitte, welchen Teil *genau* du nicht verstanden hast."

Er versucht mich damit einzuschüchtern. Und es gelingt ihm auch hervorragend. Mein Herz klopft einen hysterischen Buschtrommelrhythmus hinter meinen Rippen. Letzte Nacht habe ich erfahren, wozu dieser Mann fähig ist. Was ist die Strafe für Ungehorsam auf der Jolly Roger? Ganz bestimmt etwas Schmerzhaftes.

„Wirst du mich jetzt vor der gesamten Besatzung auspeitschen?", frage ich mit piepsiger Stimme.

„Was? *Nein!*" Er zieht seine Augenbrauen noch tiefer als gerade eben. „Wie kommst du denn darauf?"

Angst schnürt mir den Hals zu, doch er wartet auf eine Antwort, und die bekommt er auch. „Weil du ein herzloser Mensch bist ... mit einer bitterbösen Seele im Leib." Und ihm das ins Gesicht zu sagen hat vermutlich gerade die Zahl meiner Peitschenhiebe verdoppelt.

James Hook

Die Angst in Angels Augen schneidet mir die Luft ab. Ich war der Meinung, ich hätte meinen Fehler gestern Nacht wieder gutgemacht, indem ich sie aus der Falle geholt, sie zurück zum Schiff getragen und ihr meine Kabine für die Nacht überlassen habe, als sie zu erschöpft war, um auch nur noch zu blinzeln. Offensichtlich war das nicht genug.

„Ich werde dich nicht bestrafen", erkläre ich ihr mit Nachdruck in der Stimme, damit sie mir endlich glaubt.

Angel senkt den Blick auf ihre nackten Füße. „Na gut, dann ... danke."

Danke? Was soll denn jetzt der Mist? Ich bin zwar ein Pirat, aber Gott weiß, ich habe noch nie ein Mädchen gefoltert. „Hör zu, ich weiß, ich war gestern ein wenig schroff zu dir. Wird nicht wieder vorkommen. Du musst also keine Angst haben."

Ihre Augen finden meine. Verwunderung schimmert in ihrem Blick, aber auch ein Hauch von Hoffnung. Sie ringt mit den Händen vor ihrem Bauch. „Bin ich immer noch deine Gefangene?"

Theoretisch ist sie das, aber ich möchte auch, dass sie sich an Bord wohl fühlt. „Du bist mein Gast."

„Darf ich das Schiff verlassen?"

„Ähm ... nein."

„Dann *bin* ich also noch deine Gefangene." Die Trostlosigkeit in ihren Augen verdrängt die vorhin gewonnene Hoffnung und verwandelt sich dann schnell in giftigen Ärger, als sie an mir vorbei stapft, zurück in mein Schlafgemach, und die Tür hinter sich zumacht. Ein leises Klicken verspricht, dass sie auch den Schlüssel im Schloss umgedreht hat.

Ich glaub, ich spinne. Da sperrt die mich doch tatsächlich aus meinem eigenen Quartier aus. Selbstverständlich könnte ich einfach raus an Deck gehen und die andere Tür benutzen, aber ich bin sicher, die hat sie auch gerade verschlossen.

Das hätte sie lieber letzte Nacht tun sollen. Dann wäre ich nicht die halbe Nacht versucht gewesen, in der Tür zu stehen und sie im Schlaf zu betrachten. Und ich hätte auch niemals herausgefunden, dass sie tatsächlich weiß, wo mein Schatz versteckt ist.

Nachdem Smee und ich Angel in mein Bett gebracht haben und mein erster Maat gegangen war, habe ich versucht, mich selbst in meinem Arbeitszimmer um den Verstand zu trinken. Und das nur, damit ich dem Drang widerstehen konnte, zurück durch die Tür zu schleichen und noch einmal an ihrem Haar zu riechen, das so verführerisch nach Zimt duftet und mir auf dem gesamten Heimweg aus dem Dschungel den Kopf verdreht hat. Ich hatte gerade die zweite Flasche Rum aufgemacht, als ihre sanfte Stimme durch die Tür drang. Sie hat im Schlaf gesprochen. Über ihr Leben, ihr Zuhause, die Menschen dort, und darüber, wie gerne sie noch einmal das Lachen von jemandem hören will. Alles Dinge, die für mich überhaupt keinen Sinn ergeben haben. Ich glaube, sie hat sogar ihren richtigen Namen erwähnt, aber ich bin mir nicht sicher und außerdem interessiert mich der auch herzlich wenig. Als sie aber auf einmal anfing, sich bei Peter Pan dafür zu entschuldigen, dass sie ihn verraten hat, und ihm versicherte, dass sie dem *schrecklichen Captain Hook* keinesfalls erzählt hat, wo der hübsche Schatz versteckt ist, hatte sie meine vollste Aufmerksamkeit.

Leider hat sie den genauen Standort auch im Schlaf

nicht verraten, aber nun besteht kein Zweifel mehr daran, dass sie ihn trotz ihres beharrlichen Schweigens kennt. Nun bin ich gezwungen, sie an Bord zu behalten und die Information aus ihr herauszulocken. Und wenn sie wirklich so stur bleibt wie bisher und ich Nacht für Nacht an ihrer Tür lauschen muss ... tja, es gibt schlimmere Arten, sich die Nächte um die Ohren zu schlagen.

Aber was sie über mich gesagt hat – über meine hässliche Seele –, hallt immer noch in meinen Gedanken nach wie das Echo einer Glocke. Mir wird langsam klar, dass ich da draußen im Dschungel ihren Willen gebrochen habe. Ihr reizvolles Temperament. Vielleicht sollten wir es irgendwie zurückholen. Sie wirkt gar nicht mehr wie das freche, junge Ding, das ich im Hafen kennengelernt habe. Und auf eigenartige Weise stört mich das ... gewaltig. Wenn ich mit Angels Hilfe – freiwillig oder nicht – meinen Schatz wiederfinde, kann ich ihr im Gegenzug auch dabei helfen, nach Hause in dieses seltsame London zu finden.

„Smee!", rufe ich auf dem Weg hinaus aus meinem Arbeitszimmer. Er steht hinter dem Steuer und hält die Jolly Roger parallel zur Küste, so wie ich es ihm vorhin aufgetragen habe. „Wirf den Anker aus und komm runter!"

Zehn Minuten später erscheint Jack Smee neben mir an der Reling. „Was gibt's, Käpt'n?"

„Du musst mir noch einmal etwas besorgen."

Ein hämisches Grinsen spannt seine Mundwinkel auseinander. „Mehr Kleider für die Kleine?"

„Nein. Das Kleid, das sie trägt, steht ihr gut genug." Viel zu gut. Aufgrund des weit ausgeschnittenen Oberteils konnte ich vorhin kaum woanders hinsehen als auf ihren zarten Hals und ihre bloßen Schultern. „Nimm das Beiboot und rudere mit zwei Männern an Land. Geht zum Hafen und treibt mir dort alle nautischen Karten auf, die es gibt. Wenn ihr die habt, geht in den Wald und sucht die Feen."

„Remona und Bre'Shun?" Ein leichter Widerwille schleicht sich in seine Stimme ein. Mir ist klar, dass er nicht gerne mit den beiden Feenschwestern spricht. Keiner tut das. Es gibt Gerüchte, dass sie junge Männer für ihre unheimlichen Tränke und Zaubersprüche benutzen. Und dann sind sie zum Teil auch sehr ... anstrengend.

„Wenn jemand etwas über dieses *London* weiß, dann die beiden."

„Versuchen wir jetzt etwa, dem Mädchen zu helfen?" Verstimmt richtet er sich vor mir auf, verschränkt die Arme, neigt seinen Kopf und presst die Lippen aufeinander. Das ginge alles noch, aber für die provokant hochgezogene Augenbraue hätte er eigentlich eine aufs Maul verdient. „Was wird aus unserem ursprünglichen Plan? Ich dachte, wir wollten warten, bis sie mit der Information rausrückt, die wir brauchen."

„Es kann nicht schaden, in der Zwischenzeit mal einen Blick auf die Karten zu werfen, oder?" Ich brauche seine eingeschnappte Haltung nicht zu spiegeln. Mit einem harten Blick stelle ich klar, dass es äußerst unklug ist, seinen Captain zu hinterfragen, ob wir nun Freunde sind oder nicht.

Natürlich beeindruckt mein scharfer Tonfall Jack keineswegs. Das war noch nie der Fall. Es ist in dieser Sache auch nicht unbedingt hilfreich, dass wir uns schon seit unserem sechsten Lebensjahr kennen. Andererseits macht ihn genau das zu meinem loyalsten Mannschaftsmitglied.

„Wie du meinst." Er schlägt mir kameradschaftlich auf die Schulter. „Sonst noch was?"

„Ja. Bring mir einen neuen Hut", brumme ich. „Ich habe meinen gestern Nacht im Kampf verloren und ohne ihn fühle ich mich irgendwie nackt."

Smee lacht mir unverfroren ins Gesicht. „Ich werde dir einen mit einer noch größeren Feder besorgen."

Ich sehe zu, wie er gemeinsam mit Fin Flannigan und Kartoffel Ralph das Beiboot zu Wasser lässt. Es trifft sich gut, dass der Koch mit ihm fährt. Wenn er im Hafen ein paar Pfund Fleisch und Früchte aufgabeln kann, bekommen wir vielleicht endlich mal etwas anderes zu essen als immer nur Kartoffeln. Das Frühstück, das er heute Morgen für Angel zubereitet hat, war beeindruckend. Ich hatte keine Ahnung, dass wir auch nur die Hälfte von diesem Zeug an Bord hatten.

Kapitel 8

Ich weiß nicht, ob Hook die Schlüssel versehentlich in den Türen stecken ließ oder ob er sie aus einem bestimmten Grund nicht abgezogen hat, aber es ist zur Abwechslung mal ganz nett, einen kleinen, sicheren Ort auf diesem Schiff allein für mich zu haben. Da dies offenbar das Schlafzimmer des Captains ist, frage ich mich, wo er wohl letzte Nacht geschlafen hat.

Das Zusammentreffen mit ihm in seinem Arbeitszimmer vor einer halben Stunde hat mich ganz schön aufgewühlt. Seit ich den ersten Fuß auf sein Schiff gesetzt habe, hat er versucht, mir Angst zu machen. Mit unbestreitbarem Erfolg. Aber gestern da draußen im Dschungel, kurz bevor alles schwarz wurde, da erschien er mir so völlig anders. So als wäre hinter dieser rauen und unfreundlichen Schale tatsächlich ein echter Mensch versteckt. Er hat mich nicht in dieser schrecklichen Falle verenden lassen, er hat mir Kleider zur Verfügung gestellt, weil meine zerrissen waren, und gerade eben hat er versprochen, dass ich keine Angst mehr vor ihm haben müsse. Was hat das nur alles zu bedeuten? Dass er mich nicht noch einmal hinaus auf die Planke zwingen wird?

Mit dem Rücken an das Kopfende des Bettes gekauert und die Beine unter dem Rock des hübschen Kleides versteckt, fahre ich mir mit den Händen übers Gesicht und seufze in meine Handflächen. Jetzt bin ich erst seit zwei Tagen in diesem seltsamen Land und habe bereits so vieles aus meinem Leben vergessen.

Bammel kommt mit lautem Herzklopfen über mich. Ich will nicht noch mehr aus meiner Vergangenheit vergessen. Vielleicht sollte ich die Dinge aufschreiben, an die ich mich noch erinnern kann, so wie in ein Tagebuch. Aber was ist, wenn ich am Ende nicht einmal mehr weiß, was ich da eigentlich aufgeschrieben habe? Oder dass ich es war, die die Geschichte verfasst hat? Hier in Nimmerland scheint mir plötzlich alles möglich, und bei dem Gedanken ziehen sich meine Organe krampfhaft zusammen.

Woran kann ich mich denn überhaupt noch erinnern? Leise murmle ich: „Mein Name ist Angel." Na ja, höchstwahrscheinlich. „Ich bin siebzehn Jahre alt. Ich lebe in einer wunderschönen Villa gleich außerhalb von London. Ich liebe Zimtsterne und Erdbeermilch und mein Lieblingsfilm ist *Fluch der Karibik*." Abrupt bleibt mir die Luft weg und ich starre auf meine Zehen, die unter dem Rock hervorragen. Ist das nicht verrückt? In Zukunft werde ich mir diesen Film wohl nie wieder ansehen können, ohne dabei zu einem wimmernden Angsthasen zu werden.

Na schön, woran kann ich mich noch erinnern? „Meine Schwestern sind rotblonde Zwillinge und sie lieben es, mein Leben auf den Kopf zu stellen, wenn meine Eltern" – diejenigen, an deren Gesichter ich mich nicht mehr erinnern kann – „gerade nicht zu Hause sind." So weit, so gut. Mir ist nichts Wichtiges abhandengekommen, seit ich heute Morgen aufgewacht bin. Wenn ich mir diese Dinge nur den ganzen Tag über immer wieder vorsage, merke ich sie mir bestimmt.

Und das ist genau der Moment, in dem mich ein Geistesblitz erschlägt. Von morgens bis abends erinnere ich mich an alles – die ganze Zeit über. Was da ist, wenn ich aufwache, ist auch noch da, wenn ich zu Bett gehe. Es muss also die Zeit dazwischen sein, in der ich wieder einen Teil meiner Erinnerung verliere.

Ein arktisch kalter Schauer läuft mir den Rücken hinunter.

Schlaf ist die Antwort. Ich darf keinesfalls einschlafen, sonst breitet sich das schwarze Loch in meinem Kopf noch weiter aus. Und das bedeutet, ich habe noch etwa sechzehn bis zwanzig Stunden Zeit, um von dieser verwunschenen Insel runterzukommen. Oder sonst ...

Oh mein Gott! *Jetzt nur nicht panisch werden*!

Ich springe vom Bett und laufe aufgeregt im Zimmer auf und ab. Was für Möglichkeiten habe ich? Nimmerland ist eine kleine Insel. Die einzige Chance, von hier wegzukommen, ist zu schwimmen oder mit einem Schiff zu fahren. Die vielen Haie draußen im Meer schließen Nummer eins schon mal aus. Aber die Passagierschiffe im Hafen sind nutzlos. Sie sind heruntergekommen und segeln so schnell wohl nirgends mehr hin. Es würde Wochen, wenn nicht Monate dauern, sie wieder seetüchtig zu machen.

Offensichtlich ist die Jolly Roger das einzige Schiff, das momentan bereit ist, in See zu stechen. Ich brauche also schnellstens einen Plan, wie ich sie in die richtige Richtung lenken kann.

Oder ... jemand anderes tut es für mich.

Ein verwegenes Grinsen schleicht sich auf meine Lippen, als ich mich zur Tür hinter mir umdrehe und die *Kein-Zutritt*-Notiz noch einmal ins Auge fasse. Herrgott, sie ist mit einem Dolch befestigt! Wieso ist mir das nicht früher aufgefallen? Die rettende Antwort lag die ganze Zeit vor meiner Nase, und ich hab sie einfach übersehen. Scheint, als würde ich am Ende vielleicht gar keine Pistole brauchen.

Gerade als ich den Dolch mühselig aus dem Holz ziehe, höre ich, wie nebenan die Tür aufgeht. Hooks Stiefelhacken poltern auf dem Boden. Er ist also zurück und obendrein alleine. Eine bessere Gelegenheit, um ihn von meiner Absicht zu *überzeugen*, wird sich wohl nicht bieten. Ich verschwende keine weitere Sekunde mit Überlegen, sondern verstecke den Dolch in der tiefen Seitentasche des Kleides. Leider ist das Messer zu lang und der Griff ragt heraus. Ich lasse meine Hand ebenfalls in die Tasche gleiten und verdecke den sichtbaren Teil des Dolches locker mit meinem Handgelenk. So sollte es funktionieren.

Mit der linken Hand klopfe ich vorsichtig. „Darf ich reinkommen?"

„Engelchen, *du* hast die Tür abgeschlossen", dringt Hooks dumpfes Gemurmel zu mir.

Ach ja, richtig. Ich drehe den Schlüssel herum und nehme seine Antwort als eine Einladung an. Er steht mit dem Rücken zu mir vor einem der drei Fenster. Als ich die Tür hinter mir zuziehe, blickt er nur über seine Schulter zu mir. „Was kann ich für dich tun?"

Oh, jemand ist gereizt.

Bei seinem scharfen Ton mache ich beinahe einen Rückzieher. Aber das kommt nicht in Frage. Die Vorstellung von Paulina, die vielleicht gerade ihren Stoffhasen umarmt, verleiht mir den nötigen Mut, meinen Rücken gerade aufzurichten und meinen Plan durchzuführen. Ich nehme einen tiefen Atemzug und sage: „Nun ja, für den Anfang könntest du mich von diesem Schiff runter lassen." In leicht sarkastischem Ton füge ich noch hinzu: „Captain."

Hook richtet seine Aufmerksamkeit wieder nach draußen aufs Meer und schmunzelt. „Vom Schiff runter ..." Dann dreht er sich ganz zu mir um, kommt um den Tisch herum und lehnt sich an dessen Kante, die Knöchel entspannt überkreuzt und die Arme verschränkt. Mit leicht geneigtem Kopf lächelt er kaum wahrnehmbar, doch es reicht, um den Anschein zu erwecken, er hätte seine fürchterlichen Piratenmanieren für einen Moment in einer Schublade versteckt. Über die zwei Meter Abstand zwischen uns hinweg beobachtet er mich mit neugierigen Augen. „Verrate mir doch bitte, Miss London, wohin würdest du gehen, wenn ich dich wirklich freilassen würde?"

Ich zucke lässig mit den Schultern und hebe mein Kinn hoch. „Zurück zum Hafen. Dort finde ich schon jemanden, der mir sagen kann, wie man aus Nimmerland wegkommt."

„Darüber haben wir doch bereits gesprochen. Dieses Schiff ist das einzige, das derzeit die Insel verlässt. Im Hafen kann dir kein Mensch helfen. Den meisten von ihnen ist nicht einmal klar, dass es außerhalb von Nimmerland auch noch andere Orte gibt."

„Aber du glaubst daran?"

Er löst seine Arme und umfasst mit beiden Händen die Tischkante. Seine Finger trommeln dabei von unten gegen das Holz. „Ich habe schon andere wie dich kommen sehen, aber noch nie erlebt, dass je einer die Insel wieder verlassen hätte."

Meine Finger schließen sich fester um den Griff des Dolches. Aus ihm ziehe ich ein wenig mehr Mut für diese Unterhaltung. „Trotzdem glaubst du, dass es möglich ist?"

Ein sanftes Lachen schüttelt seine Brust. Es ist derselbe warme Klang, den ich gestern von ihm gehört habe, bevor er mich auf sein Schiff entführt hat. „Weißt du was?", sagt er. „Du verrätst mir, wo mein Schatz ist, und ich verrate dir, was ich denke."

Mein Schweigen auf der Planke gestern hat ihn offenbar nicht wirklich überzeugt. „Warum glaubst du, dass ich weiß, wo er ist?"

„Ach, nur so ein Gefühl", neckt er mich.

„Ein Gefühl?" Ich wäge das Wort für mich ab und kontere schließlich mit seinen eigenen Worten: „Weißt du was? Ich hab da auch so ein Gefühl."

„Tatsächlich? Und, willst du mir etwas darüber erzählen?" Hook schaut immer noch drein, als hätten wir hier den nettesten Plausch unter Freunden, während in mir bereits alles kocht und brodelt. Mein ganzer Körper ist steif, als wären meine Muskeln gespannte Drahtseile. Zugegeben, der freundliche Captain ist viel leichter zu ertragen als sein Alter Ego. Aber diesmal täuscht er mich nicht.

„Klar." Ich imitiere sein spitzbübisches Grinsen. „Ich habe das Gefühl, dass du deinen Männern gleich befehlen wirst, die Segel zu setzen und nach London zu suchen."

Als offenkundige Herausforderung zieht Hook beide Augenbrauen nach oben. „Und was macht dich da so sicher?"

„Mein kleiner Freund hier!" Ich mache einen Satz nach vorn und ziehe dabei den Dolch aus meiner Tasche. Mit gestrecktem Arm halte ich ihm die Spitze der Klinge an den Hals. *Hah!* Sprachlos vor Überraschung sieht Hook mich mit weiten Augen an und hebt dabei das Kinn, um dem Druck des Messers nachzugeben. „Na? Überzeugt?", frage ich schnippisch.

Belustigung vertreibt die Überraschung aus seinem Gesicht und er beginnt zu schmunzeln. „Nicht so ganz." Dann legt er seine Hand um meine auf den Dolch und führt ihn weg von seiner Kehle. Einfach so.

Vor Schreck steht mir der Mund offen.

Er richtet sich auf und tritt auf mich zu. Ich kann nicht einmal zurückweichen, weil er immer noch meine Hand festhält. Zweifellos würden meine Finger zittern, wenn er sie nicht so kräftig drücken würde.

„Lass mich eine Sache klarstellen, Angel", sagt er mit tieferer und viel ernsterer Stimme als zuvor und neigt dabei seinen Kopf nach unten, sodass wir uns aus fünf Zentimetern Entfernung in die Augen sehen. „Richte niemals eine Klinge auf einen Piraten, wenn du dir nicht einhundertprozentig sicher bist, dass du auch zustechen wirst." Er streift mir eine verirrte Haarsträhne aus den Augen und hinter mein Ohr. Seine Hand bleibt daraufhin sanft auf meinem Nacken liegen. „Wenn du auch nur einen Funken der Unbarmherzigkeit in dir hättest, die du gerade versuchst vorzutäuschen, dann hättest du längst den Standort des Schatzes benutzt, um dich freizukaufen."

Obwohl sein Atem nach Rum riecht, ist sein Blick nüchtern. Hat er mir etwa gerade einen Handel angeboten?

Zärtlich streichelt er die empfindliche Stelle unter

meinem Ohr mit seinem Daumen und ganz plötzlich kann ich mich kaum noch konzentrieren. Seine blauen Augen wirken so viel wärmer als bei unserer letzten Begegnung. Obwohl sich unsere Brauen nicht berühren, kann ich das sanfte Kitzeln seines Haars auf meiner Stirn spüren. Was hat er bloß vor?

„Ich vertraue dir nicht", flüstere ich und versuche durch mehrmaliges Blinzeln aus seinem nicht zu brechenden Bann freizukommen.

„Ich weiß", flüstert er zurück.

„Und was bedeutet das jetzt für uns?"

Langsam leckt Hook sich mit der Zunge über die Unterlippe und verzieht seinen Mund dann zu einem schiefen Grinsen. „Dass wir wohl für immer auf diesem Schiff bleiben werden. Zusammen. Bis in alle Ewigkeit."

Heiliger Strohsack, will der mich verarschen? Es ist nicht zu übersehen, wie sehr er dieses Spiel nach seinen eigenen Regeln genießt. Aber ich habe gerade keine Lust zu spielen. Mir bleibt keine *Zeit* dafür.

Ich mache einen Schritt zurück und erkläre mit energischer Stimme: „Du kannst mich nicht ewig als Gefangene halten."

Amüsiert neigt Hook wieder seinen Kopf. „Ist das wieder so ein Gefühl von dir?"

Am liebsten möchte ich schreien: „Du kannst mich mal!", doch stattdessen knirsche ich nur mit den Zähnen und funkle ihn wild an. Dann drehe ich mich um. Ich brauche so schnell wie möglich einen Plan B. Aus diesem Grund kehre ich wohl am besten erst mal in mein – sein – Schlafzimmer zurück. Aber Hook zieht mich an der Hand zurück, die er immer noch festhält.

Vorsichtig löst er meine Finger vom Griff des Dolches, während er mit seiner anderen Hand mein Handgelenk festhält. Dabei säuselt er charmant: „Wenn es dir nichts ausmacht, behalte ich den lieber." Er steckt das Messer in seinen Gürtel und kehrt zurück an seinen vorherigen Platz beim Schreibtisch, wobei er wie vorhin seine Arme vor der Brust verschränkt.

Ich habe gerade versucht, seine Kehle aufzuschlitzen, und er lässt mich einfach mit einem Grinsen ziehen? Was um alles in der Welt geht nur in diesem Mann vor? Mit schmalen Augen mustere ich ihn von der Seite, aber es ist unmöglich, aus ihm schlau zu werden. Ich gebe auf und stapfe mit hocherhobenem Haupt aus dem Zimmer. Aber bevor ich die Tür schließen kann, höre ich ihn meinen Namen rufen.

„Was ist?", fauche ich über meine Schulter.

„Es tut gut zu sehen, dass ich es nicht gänzlich

gebrochen habe."

Verwundert mache ich nun doch noch einmal kehrt und blicke um den Türstock herum zum ihm. „Was meinst du?", frage ich gezwungen langsam.

Zum ersten Mal, seit ich auf diesem Schiff bin, bekomme ich ein richtiges Lächeln von ihm. „Dein Temperament."

Ich öffne den Mund, weil ich etwas darauf antworten möchte, doch dann schließe ich ihn wieder, einfach so. Was kümmert ihn mein Temperament? Ich schüttle meine Benommenheit ab und mache die Tür zu, aber leise und nicht wie vorhin geplant mit einem lauten Knall.

Die Begegnung mit Hook gerade eben war sogar noch verstörender als die von heute Morgen. Seine Stimmungsschwankungen irritieren mich. Besonders, wenn sie damit enden, dass er meinen Nacken streichelt. In meinem Bauch geht es deswegen immer noch drunter und drüber. Ich schließe meine Augen und berühre die Stelle an meinem Hals, auf der vor zwei Minuten noch seine Finger gelegen haben. James Hook ist wirklich ein undurchschaubarer Mann.

Leider ist er nicht bereit, mir zu helfen, und mir läuft gerade die Zeit weg. Daher sollte ich schleunigst aufhören, über seine meerblauen Augen nachzudenken, und mich auf das Wesentliche konzentrieren, nämlich wie ich heute noch von Nimmerland wegkomme, bevor ich wieder einen Erinnerungsbrocken im Schlaf verliere.

Das Geschrei an Deck bringt mich schließlich auf eine Idee. Vielleicht gelingt es mir ja, die Besatzung zur Meuterei zu überreden. Aber was kann ich den Piraten schon anbieten, um sie von diesem Abenteuer zu überzeugen? Gar nichts.

Nun ja, das stimmt so nicht ganz. Zwar kann ich ihnen *hier* nichts anbieten, aber wenn ich es schaffe, die Männer dazu zu überreden, weit hinaus aufs Meer zu segeln und neue Städte zu entdecken, die sie dann plündern können, wird die Sache vielleicht ein klein wenig interessanter für sie.

Mit aufgeregtem Herzflattern husche ich zur Tür hinaus und drehe mich erst einmal in der warmen Vormittagssonne um mich selbst. Dabei schweift mein Blick über das gesamte Schiff mit seinen vielen Decks. Wo fange ich nur an? Vier Männer stehen unter dem niedrigsten der Segelmasten. Drei von ihnen halten eine Flasche Rum in der Hand und biegen sich vor Lachen. Betrunken und zu viele auf einmal – von denen halte ich mich lieber fern.

Rechts von mir entdecke ich den Piraten mit dem Goldzahn, der gestern auch den Captain an Bord begrüßt hat. Mit freiem Oberkörper sitzt er auf einem Fass und putzt einen seiner Stiefel. Erst spuckt er auf die Schuhspitze und rubbelt dann heftig mit einem schmutzigen Lumpen darüber, bis das Leder wieder glänzt. Krass. Aber er scheint mir der perfekte Kandidat zum Anzetteln einer Revolution zu sein. Bestimmt hat er hier auf dem Schiff etwas zu sagen, mal abgesehen von Smee, der seinem Captain gegenüber viel zu loyal ist, um bei einer Meuterei mitzumachen.

So unauffällig wie ein Schmetterling mache ich ein paar beschwingte Schritte zu ihm rüber, wippe ein paarmal auf meinen Fußballen auf und ab und lasse mich dann auf einen Haufen aus Fischernetzen und weißem Leinen neben ihn fallen. „Hallo ... Bootsmann." Ich versuche so fröhlich und unschuldig wie möglich zu klingen, aber meine Stimme zittert dennoch.

Der Mann wirft mir einen gierigen Blick zu, erwidert aber nichts auf meine nette Begrüßung.

„Was machen Sie denn da?"

„Siehst du doch – ich putze meine Stiefel", erklärt er mir mit tiefer Brummstimme und spuckt noch einmal auf den Schuh. Seine Spucke ist braun vom Tabak, und ich muss mich gerade mal kurz wegdrehen und tief durchatmen, damit ich mich nicht gleich auf seinen Stiefel übergebe.

Erst als sich mein rebellierender Magen wieder einigermaßen beruhigt hat, frage ich weiter: „Ist das alles, was Ihr den ganzen Tag hier macht?"

„Für den Moment ist es genug." Anscheinend ist er mit diesem Stiefel fertig und zufrieden, denn er zieht ihn wieder an und nimmt dann den zweiten in die Mangel. Ich sehe ihm wie gebannt dabei zu. Das ist ja so was von grausig. „Wie kommt's, dass du dich so für meine Stiefel interessierst, Mädelchen?"

„Hm? Och, ich hab mich nur gewundert, warum Sie so viel Zeit damit verbringen, sie zu putzen, anstatt – ich weiß auch nicht – Piratensachen zu machen."

„Piratensachen?", wiederholt er in amüsiertem Ton.

„Na ja, Sie wissen schon, Leute überfallen, Schiffe plündern, solche Sachen eben. Gehört das etwa nicht zum Alltag hier an Bord?" *Großartige Taktik, Angel*, feuere ich mich selbst an.

„Das würden wir ja tun. Nur ist die Jolly Roger das einzige Schiff draußen auf See." Mit schmalen Augen inspiziert er einen Spritzer Möwenkacke auf seinem Stiefel und holt dann einen echt ekelerregenden Schleimbatzen tief aus seiner Kehle hervor. Bei dem Geräusch läuft mir eine Gänsehaut über den Rücken und mich schüttelt's. Er spuckt das braune Zeug auf den Vogelmist und wischt ihn mit dem grauen Lumpen weg. „Hier in der Gegend gibt's nicht viel zu plündern."

„Das muss aber ein ziemlich langweiliges Leben für Sie und die Männer hier an Bord sein. Ich frage mich, warum euch der Captain nicht weiter raus segeln lässt, wo ihr bestimmt mehr Spaß haben könntet."

Ein sanftes Lachen dringt von oben zu uns herab. Ich blicke hoch und sehe, wie der Captain lässig an der Reling der Brücke lehnt und ganz unverhohlen unserer Unterhaltung lauscht. Ihm muss doch klar sein, worauf ich hier abziele, und trotzdem lacht er nur? Tja, dann schätze ich mal, dass ich nichts zu befürchten habe.

Um ihm zu beweisen, dass mich seine Anwesenheit nicht im Geringsten aus der Ruhe bringt, erlaube ich mir ein zynisches Lächeln mit geschlossenen Lippen und widme mich dann wieder voll und ganz dem Mann mit freiem Oberkörper. „Ihr solltet ihm eure Bedürfnisse als Piraten klarmachen. Welcher Captain zwingt schon seine Männer dazu, Jahr um Jahr vor der Küste einer unscheinbaren Insel herum zu dümpeln?"

„Einer, der hinter einem Schatz her ist." Als dieser Stiefel so sauber ist wie der andere, schlüpft er wieder hinein, steht auf und schüttelt den alten Fetzen aus, den er zum Putzen verwendet hat. Erst jetzt erkenne ich, dass es eigentlich ein Hemd ist. *Sein* Hemd. Und er zieht es auch noch an! Mann, wie widerlich ist das denn?

„Du klingst beinahe so, als wärst du mit der Entscheidung unseres Käpt'ns nicht einverstanden", murmelt der Pirat und kratzt sich am Kinn. „Hast du etwa vor, dich selbst für die Stelle zu bewerben, Mädelchen?"

Schulterzuckend stehe ich auf. „Ich will damit nur sagen, dass Piraten draußen auf dem Ozean sein und zumindest *irgendwas* tun sollten. Auf jeden Fall etwas anderes, als den ganzen Tag nur die Decks zu schrubben oder ihre Stiefel zu putzen."

„Einen hübschen Käpt'n würdest du abgeben, Mädelchen. So zierlich und in feinen Kleidern." Ein Lachen gurgelt in seinem Hals, als er mir die Hände auf die Hüften legt. Whoa, so hab ich diese Unterhaltung nicht geplant. Als er mir dann mit den schmutzigen Fingern über die Wange streicht, bin ich sicher, dass er eine schmierige Spur auf meiner Haut hinterlässt. Ich weiche zurück, doch er zieht mich mit einem Arm um meine Taille fester an sich. „Alle Männer an Bord würden dir zu Füßen liegen, Herzchen."

Plötzlich wird er starr vor Schreck, und es dauert nur eine weitere Sekunde, bis mir klar wird, wieso. Die schlanke Klinge eines Degens streichelt seine Kehle. „Nimm deine Finger von der Kleinen, Brant Skyler", befiehlt ihm Hook in fingiert freundlichem Ton. „Und zwar ein bisschen plötzlich."

Mr. Skyler wird kreidebleich und zieht augenblicklich seine Hände zurück. „Ich habe nur ein bisschen Spaß mit dem Mädel gemacht, Käpt'n."

„Der Spaß ist vorbei. Lass sie in Ruhe."

In Windeseile verzieht sich der Pirat zu seinen Rum trinkenden Freunden. Hook wirft ihnen einen warnenden Blick über seine Schulter zu, dann erklärt er so laut, dass sich jeder auf dem Schiff zu ihm umdreht: „Keiner fasst das Mädchen an. Der Nächste, der auch nur einen Finger an sie legt, kann eine Runde mit den Haien schwimmen. Hab ich mich klar genug ausgedrückt?"

Ein allgemeines Raunen von Ayes geht durch die Meute.

Mit festem Griff um meinen Oberarm zieht mich Hook zu der schmalen Treppe, die nach oben zur Brücke führt. Seltsam. Diese Stufen ist er nicht heruntergekommen. Das hätte ich gesehen, denn ich hatte sie die ganze Zeit über im Blick. Ist er etwa gerade über die Brüstung gesprungen, um mir zu Hilfe zu eilen?

Verdutzt blicke ich in sein Gesicht. In seinen Augen funkeln Ärger, Überraschung und ebenso viel Vergnügen. „Warum verführst du meine Männer, Angel?", fragt er mich.

„Das habe ich nicht."

„Ja richtig. Wenn ich mich nicht völlig irre, hast du gerade versucht, eine Meuterei zu starten, was wirklich nicht sehr nett von dir ist."

Einen Moment lang stelle ich mich auf die Zehenspitzen, um mit ihm wenigstens halbwegs auf Augenhöhe zu sein, und zische: „Der Schuss ging ja wohl gründlich nach hinten los. Bist du jetzt glücklich?"

Er zieht mich so nah an sich heran, dass unsere Nasenspitzen aneinanderstoßen, und ich schnappe erschrocken nach Luft. „Sehe ich etwa glücklich aus?", grollt er.

Nein, das tut er gewiss nicht. Aber er sieht auch nicht so verärgert aus, wie er vielleicht sein sollte. Auf beinahe zärtliche Weise legt er mir die kalte Klinge seines Degens an die Neigung zwischen Hals und Schulter. Ich weiß nicht, was genau er damit bezweckt, aber seltsamerweise jagt es mir nicht die zu erwartende Angst ein.

„Schlitzt du mir jetzt die Kehle auf?", necke ich ihn.

„Nein", antwortet er und lächelt dabei sogar ein wenig. „Aber wenn du je wieder einen meiner Männer belästigst, sehe ich mich gezwungen, dich in diesem Quartier dort einzusperren." Mit einem kurzen Nicken hinüber zu seinem

Schlafzimmer macht er seinen Standpunkt unmissverständlich klar.

Ich fühle mich mutig genug, um sein Lächeln zu erwidern. „Klingt fair."

„Es freut mich, dass wir uns diesbezüglich so gut verstehen." Er lässt meinen Arm los und steckt seinen Degen zurück in die Scheide.

Im selben Moment krächzt ein Mann von einem korbartigen Gebilde oben auf dem höchsten Mast zu uns herunter: „Lasst die Leiter hinab! Die Jolle ist zurück!"

Ich hab keine Ahnung, was eine Jolle ist, aber bald bekomme ich mit, dass Smee und zwei andere Piraten in einem Ruderboot von ihrem Ausflug in den Hafen zurückgekehrt sind. Sie binden das Beiboot ans Schiff und erklimmen die Strickleiter an Bord. Smee trägt dabei ein Bündel aus langen Papierrollen unterm Arm. Der Captain muss schon darauf gewartet haben, denn seine Augen strahlen vor Begeisterung, als er sie sieht.

„Ich hab die Karten, die du wolltest, James", sagt Smee und tätschelt sanft das zusammengerollte Papier.

„Hier rein", befiehlt Hook und beide Männer verschwinden in seinem Arbeitszimmer.

Karten? Was für Karten? Könnte mir das vielleicht von Nutzen sein? Auf Zehenspitzen schleiche ich näher an

Hooks Quartier heran und lausche durch die verschlossene Tür.

„Das sind alle nautischen Karten rund um Nimmerland, die es gibt", sagt Smee. „Aber Bre'Shun lässt dir ausrichten, du wirst darauf nicht finden, was du suchst. Stattdessen hat sie mir das hier gegeben."

Ich höre Hooks Lachen. „Was wollte sie denn im Austausch dafür? Deinen Erstgeborenen?"

„Biberfleisch", antwortet Smee in gereiztem Tonfall. „Zu jeder verfluchten Sonnenwende für die nächsten fünf Jahre."

Die beiden sprechen in Rätseln. Doch als Nächstes höre ich, wie Papier auseinandergerollt wird, und Hooks Stimme dringt erneut zu mir nach draußen. „Eine Sternenkarte? Glaubt die Fee etwa, dass wir London am Himmel finden?"

Spinn ich, oder hat er wirklich gerade London gesagt? Mehr braucht es nicht, um meinen klaren Verstand außer Gefecht zu setzen, und ich platze durch die Tür.

Hook, der mit dem Rücken zu mir steht, die Hände auf den schweren Schreibtisch vor sich gestützt, lässt den Kopf hängen und seufzt. „Mir ist klar, dass dich ein Dolch und eine Notiz an einer Tür nicht fernhalten können. Aber auch noch ohne anzuklopfen, Angel?"

Wieso weiß er, dass ich es bin?

Wie zur Steinfigur erstarrt, stehe ich mitten im Zimmer und kämpfe gegen meine Überraschung an. Dann verschränke ich die Arme vor der Brust und kontere: „Ihr habt gerade über London gesprochen. Ich will hören, worum es geht." Während ich darauf warte, dass er sich zu mir umdreht, bete ich, dass seine Stimmung immer noch im grünen Bereich ist.

Er richtet sich auf und rollt die Karte vor sich ein. „Wir werfen nachher noch mal einen Blick darauf", erklärt er Jack Smee, der lautlos nickt und zur Tür marschiert. Als er an mir vorbeigeht, zieht er bewundernd die Augenbrauen hoch und pfeift leise durch seine Zähne hindurch. Es ist nicht zu übersehen, dass er im Moment alles dafür geben würde, um weiter im Zimmer bleiben zu dürfen und mit ansehen zu können, was sich hier gleich abspielen wird.

Erst als das Klicken der Tür verkündet, dass nur noch wir beide im Raum sind, dreht sich Hook langsam zu mir um. Sein Blick ist schwärzer als der dunkelste Sturm.

Ich schlucke.

James Hook

Wir sind hier auf einem Piratenschiff, verdammt noch mal! Hat dieses Mädchen denn überhaupt keinen Selbsterhaltungstrieb – oder Respekt vor dem Captain?

Ich hole erst mal tief Luft, um mein Temperament zu zügeln, anstatt Angel übers Knie zu legen, wie sie es eigentlich verdient hätte. Kein Mann auf dieser Welt könnte mir das verübeln.

„Du hast doch vorhin gesagt, ich bin immer noch eure Gefangene hier an Bord", sagt Angel kleinlaut. Wenigstens jetzt scheint ihr klar zu werden, dass sie diesmal einen Schritt zu weit gegangen ist.

„Das habe ich."

„Und du wolltest mir auch nicht helfen, nach Hause zu finden."

Weil mir gerade danach ist, necke ich sie, indem ich ihre verschlossene Haltung imitiere und eine Augenbraue provokant hochziehe. „Ach nein?" Meine Frage trifft sie offenbar unerwartet und sie bleibt ausnahmsweise mal still. Nur ihre süßen Lippen zieht sie auf eine Seite und ihre Augen werden argwöhnisch schmal. „Ich wollte lediglich verhindern, dass du mich mit meinem eigenen Messer durchbohrst", füge ich hinzu ... und lächle.

Neugier spricht aus ihrem Blick. „Dann hast du es also doch in Betracht gezogen, mir bei der Suche nach London zu helfen?"

‚In Betracht gezogen' ist der richtige Ausdruck. „Aye." Und jetzt bin ich sogar noch mehr dazu geneigt, wo ich weiß, dass sie wichtige Informationen zurückhält, die ich möglicherweise mit der richtigen Taktik aus ihr hervorlocken kann. Ihr mit dem Tode zu drohen hat nicht funktioniert. Sie mit ewiger Gefangenschaft auf der Jolly Roger zu erpressen hat Angel nur dazu ermutigt, eine Meuterei unter meinen Männern anzuzetteln. Zu verhandeln ist etwas, das mir zutiefst zuwider ist, aber mir scheint, ich habe keine andere Wahl. Der Wille dieses Mädchens ist wie ein verdammtes Fort.

Ein Fort, das ich letzte Nacht beinahe niedergerissen hätte. Und in dem Moment habe ich mich absolut fürchterlich gefühlt. Das kommt bei mir nicht häufig vor. Wahrscheinlich, weil ich mich normalerweise nicht mit Problemen dieser Art herumschlagen muss. Vielleicht ist es an der Zeit, dieses kleine Engelchen nach Hause zu schicken.

Angel neigt ihren Kopf leicht zur Seite und mustert mich aus dem Augenwinkel. „Ich dachte, du wolltest mich für immer auf diesem Schiff behalten? Oder zumindest so lange, bis du gefunden hast, wonach du suchst?"

„Ich hab meine Meinung geändert."

Während sie meine Worte schweigend für sich abwägt, kneift sie sich abwesend in die Unterlippe. Großer Gott, ich könnte ihr den ganzen Tag dabei zusehen. Wie hatte ich anfangs nur übersehen können, was für ein hübsches Mädchen sie doch in Wirklichkeit ist? Der selbstzerstörerische Drang, einfach zu ihr rüber zu marschieren und ihre zarte Haut noch einmal zu berühren, steigt in mir hoch und kriecht bis in meine Fingerspitzen. Ich lehne mich zurück gegen den Tisch und fasse mit festem Griff an die Kante.

Vorsichtig fragt sie: „Und jetzt hilfst du mir, weil ...?"

„... Ich dich loswerden will."

Überraschung taucht in ihren Augen auf. Es könnte aber auch sein, dass ich gerade ihren Stolz verletzt habe.

„Nun, *Captain*, dafür gäbe es doch sicher auch einen einfacheren Weg, nicht wahr?"

„Tatsächlich?", frage ich neckisch nach.

„Du bist ein Pirat. Du könntest mich ganz einfach umbringen", gibt sie schnippisch als Antwort.

„Sei nicht lächerlich. Ich töte doch keine kleinen Mädchen."

„Ah ja, richtig." Sie macht einen hitzigen Schritt auf mich zu und hebt ihr Kinn, was sie immer tut, wenn sie mir besonders unerschrocken entgegentreten will. So viel habe ich bereits gelernt. „Darf ich dich dann daran erinnern, dass du mich gestern noch ohne mit der Wimper zu zucken raus auf die Planke geschickt hast, nur um an ein paar Informationen zu gelangen?"

„Ja, aber wir beide wissen auch, wie gut dieser Plan am Ende funktioniert hat, oder?", sage ich lachend und senke meinen Blick auf Angels Augenhöhe. Wo sie nun so nahe vor mir steht, kann ich sogar meine Seife an ihr riechen.

Die Hände zu Fäusten geballt und in die Hüften gestemmt, kontert sie mit vorwurfsvoller Stimme: „Du hast gedroht, mir die Kehle durchzuschneiden, nur weil ich dich Jamie genannt habe!"

Und dazu hatte ich auch allen Grund, Herrgott noch mal! Ich richte mich wieder auf und erschließe mit einem großen Schritt das letzte bisschen Abstand, das noch zwischen uns war. Mein Ton wird genauso energisch wie ihrer. „Weil du meine Autorität vor der gesamten Crew untergraben hast! Jemand muss dir Manieren beibringen!"

„Manieren? Und das aus dem Mund eines Piraten!" Sie verdreht die Augen. Zum Teufel, ist das sexy! „War es auch Teil der Lektion, mich die Führung in einem Labyrinth aus tödlichen Fallen übernehmen zu lassen?"

„Ich war mir sicher, dass du weißt, wo die Fallen liegen", verteidige ich mich, die Arme vor der Brust verschränkt, und werde dabei ebenso laut wie sie.

Angel stellt sich auf die Zehenspitzen. Dadurch berührt ihr Gesicht beinahe meines, als sie mich anschreit: „Ich bin in eine hineingefallen!"

„Und ich hab dich verdammt noch mal da rausgeholt! Ich hab dir das Leben gerettet, bedeutet dir das gar nichts?"

„Hah, du machst wohl Witze! Willst du den Spieß jetzt etwa umdrehen, weil ich nicht dankbar bin?" Der Rock ihres blauen Kleides schwingt wütend hinter ihr her, als sie herumwirbelt und in mein Schlafquartier stapft. Ich folge ihr, aber in der Tür dreht sie sich noch einmal aufbrausend zu mir um und wirft mir an den Kopf: „Du bist ja so ein *ehrenvoller* Mann, Captain Hook!" Dann schlägt sie mir die Tür ins Gesicht.

Was. Zum Henker. War das?

Ich bin der Captain dieses Schiffes. Niemand schlägt mir hier Türen vor der Nase zu oder sperrt mich aus meinen eigenen Räumlichkeiten aus. Mit einem kraftvollen Tritt trete ich die Tür auf und sie knallt gegen die Wand. Das Schloss ist hinüber. Kleine Holzsplitter fliegen über den Boden und landen vor Angels nackten Füßen.

Ihre Wangen sind glühend rot von unserer Auseinandersetzung und ihre Augen weit aufgerissen. Sie starrt mich an, als hätte ich ihr gerade Fliegenpilz als Nachtisch angeboten. „Warum ruinierst du dein Schiff, Captain? Die Tür war nicht abgeschlossen!"

Nicht verschlossen? Gerade noch wollte ich etwas sagen, doch plötzlich komme ich mir wie ein Idiot vor. In der kaputten Tür drehe ich mich um, und dann doch noch einmal zurück zu Angel. Was um alles in der Welt hat mich nur dazu gebracht, so auszurasten? Alles, was ich wollte, war, ihr klarzumachen, dass ich niemals vorhatte, sie sterben zu lassen — weder auf der Planke noch sonst wo. Aber dieses Mädchen hat ein Talent, an einem ganz bestimmten Nerv in mir zu kratzen. „Das ist nur deine Schuld!", schnauze ich.

Angel hebt ihre Arme in einer verständnislosen Geste. „Oh bitte, dann erklär mir doch mal, warum *ich* daran schuld bin, wenn *du* dein Schiff kaputt machst!"

„Weil du es einfach nicht verstehen willst!"

„Was soll ich denn verstehen?"

„Dass es —" Ich unterbreche mich selbst und balle meine Hände zu festen Fäusten. Das ist echt hart. Ich presse meine Lippen aufeinander und versuche, die Worte hinunterzuschlucken, die sich gerade wie Wasser hinter einem Damm in mir aufstauen. „Es tut mir leid, okay?", bricht es schließlich doch noch heraus und ich stapfe aufgebracht davon.

Da jetzt nicht einmal mehr eine intakte Tür zwischen uns steht, fühle ich mich in meinem Arbeitszimmer genauso unwohl wie Auge in Auge mit Angel. Ohne einen weiteren Blick zu ihr zurückzuwerfen, hetze ich aus meinem Quartier an Deck und nehme erst mal einen tiefen Atemzug der Meeresbrise, die mich umweht.

Als Nächstes suche ich Smee und finde ihn alsbald am Bug des Schiffes. Ohne ein Wort ergreife ich ihn am Arm und hole ihn weg von Fin und Black Death Willie. Bei der frisch geölten Kanone in der Schiffsmitte halte ich an.

„Du wirkst etwas durchgerüttelt", veralbert mich mein erster Maat. „Hattest du denn eine nette Unterhaltung mit der Kleinen?"

Für diesen Schwachsinn habe ich gerade wirklich

keine Zeit. „Wir müssen sie umsiedeln."

Smee zieht beide Brauen hoch.

„Wir müssen sie aus meinem Quartier raus schaffen, und zwar auf der Stelle", erkläre ich ihm. „Diese Art von Ablenkung kann ich im Moment absolut nicht gebrauchen."

Bei dem unüberhörbaren Anflug von Panik in meiner Stimme bricht Jack in schallendes Gelächter aus. „Aber wie willst du sie weiterhin im Schlaf belauschen, wenn du nicht direkt nebenan bist?"

Dafür habe ich auf dem Weg hierher schon eine Lösung gefunden. „Ein Mann wird rund um die Uhr vor ihrer Tür postiert."

„Und wo genau willst du sie unterbringen?"

Gute Frage. So weit habe ich ehrlich gesagt noch nicht gedacht. Alle Kajüten an Bord sind belegt. Wir müssen wohl jemanden von der Crew ausquartieren. „Einer der Männer soll für einige Zeit an Land gehen. Wer hatte denn am längsten keinen Landurlaub mehr?"

Smee überlegt kurz und präsentiert dann ein *Das-wird-dir-nicht-gefallen*-Grinsen. „Tja, das wäre dann wohl ich."

Ich soll meinen besten Mann von Bord schicken, wenn ich ihn am nötigsten brauche? Niemals. Er kann an Land gehen, wenn alles vorbei ist, wenn wir unseren Schatz wieder- und Angel sicher zu Hause abgeliefert haben. Vielleicht. „Kommt gar nicht in Frage. Du bleibst hier und wirst mir da durchhelfen." Ich starre ihn warnend an, damit ihm auch klar ist, dass ich es bitterernst meine. „Was ist mit B. B. Radley?"

„Barnacle Breath? Er ist der Einzige, der hier an Bord wirklich einen Finger krumm macht. Dann schon lieber den einäugigen Scabb. Die Ratte drückt sich vor jeglicher Arbeit. Säuft uns nur den ganzen Rum weg und schläft die meiste Zeit in der Bilge."

Ich lasse meinen Blick über die Decks schweifen, bis ich die Bilgeratte mit einer halbleeren Rumflasche unterm Arm entdecke. Er verschläft den Tag auf einem Stapel Segelleinen in einer Ecke. Ich streiche mir über die Bartstoppeln am Kinn. „Du hast recht. Und da er auch kaum einmal in seiner Kajüte schläft, stinkt sie wahrscheinlich weit weniger als die der anderen. Ich rede mit ihm. Du treibst inzwischen ein paar frische Laken auf diesem gottverdammten Schiff auf und bereitest sein Quartier für den Einzug einer Lady vor."

„Aye." Jack nickt und teilt dann bellende Order an die Männer aus. Zumindest herrscht noch ein winziger Hauch von Piratenalltag auf diesem Schiff.

Es ist gar nicht so leicht, den betrunkenen Seeräuber

mit Brandmalen auf dem halben Gesicht zu wecken. Die Verbrennungen stammen noch aus einer Zeit, bevor er als Freibeuter auf der Jolly Roger angeheuert hat. Als er endlich sein gutes Auge gerade auf mich richtet, anstatt es in alle Richtungen zu rollen, und ich ihn nicht mehr stützend an den Schultern festhalten muss, informiere ich ihn über seinen bevorstehenden Landurlaub, der mit sofortiger Wirkung in Kraft tritt. Sein darauffolgender Blick ist zum Totlachen. Als ob er zum ersten Mal in seinem Leben ein Geburtstagsgeschenk bekommen hätte. Etwas, das niemals passieren wird, wie ich annehme. Das gilt für uns alle hier an Bord.

Nachdem Scabb das Schiff verlassen hat und mit dem Beiboot an Land rudert, steige ich die schmale Treppe zur Brücke hinauf und sehe von oben aus zu, wie Jack Angel quer übers Hauptdeck zu ihrer neuen Unterkunft führt. Ich weiß ja nicht, was die Männer angestellt haben, um das Piratenloch in etwas zu verwandeln, das den Geschmack eines jungen Mädchens trifft, aber als Angel noch mal ihren Kopf aus der Tür streckt, klebt ein Lächeln in ihrem Gesicht.

Bei Davie Jones' Grab, hat Smee etwa einen Strauß Gänseblümchen für sie in eine Vase gesteckt? Als er vom anderen Ende des Schiffes zu mir hochblickt, winke ich ihn mit einem Kopfnicken zu mir herüber. Ich kann sehen, wie er noch etwas zu Angel sagt, dann macht er sich auf den Weg. In der Zwischenzeit hole ich die nautischen Karten aus meinem Arbeitszimmer und breite sie hier oben auf der Brücke auf einer Kiste neben dem Steuerrad aus.

„Hierauf befindet sich nichts, was auch nur annähernd so aussieht, wie Land", erkläre ich Smee. „Nimmerland scheint wirklich die einzige Insel in diesen Gewässern zu sein."

„Das ist doch nichts Neues, oder? Ich meine, seit damals — seit dem Vorfall mit Peter Pan — wurde kein fremdes Schiff mehr gesichtet. Kein Land entdeckt. Warum sollte sich das ändern, nur weil wieder einmal ein verlorenes Kind aufgetaucht ist."

Ich blicke zwar hoch in Smees Gesicht, sehe ihn in diesem Moment aber nicht wirklich. In Gedanken kehre ich zurück in mein Quartier, wo ich vor Kurzem noch mit Angel gestanden habe. „Sie ist nicht einfach nur ein weiteres Kind", murmle ich. „Zum einen ist sie älter als alle anderen, die vor ihr gekommen sind. Und dann ist sie auch nicht bei Pan geblieben."

„Worauf willst du hinaus?"

Mein Blick wird klarer. „Alles deutet darauf hin, dass sie irrtümlich hier gelandet ist. Und wenn das wirklich der

Fall ist, dann sollte es auch möglich sein, sie wieder zurückzuschicken."

„James?"

Ich ziehe eine Braue hoch und warte.

„Du machst dir etwas aus dem Mädchen."

„Nein, mache ich nicht." Ich bin ein Pirat – ich kann lügen wie gedruckt und trotzdem wird meiner Seele kein Unheil widerfahren.

Smee spitzt neugierig die Lippen. Er ist ebenfalls Pirat, und natürlich riecht er meinen Bluff auf zehn Seemeilen Entfernung. Allerdings kümmert mich das einen Dreck und ihn offensichtlich ebenso. „Na schön. Dann verrat mir mal, warum wir plötzlich mehr daran interessiert sind, dieses *London* zu finden als unseren Schatz."

„Angel ist stur. Sie wird uns nur Bockmist erzählen, das muss mittlerweile selbst dir klar sein. Anstatt also Nächte lang darauf zu warten, dass sie uns irgendwann einmal etwas im Schlaf erzählen wird, habe ich vor, mit ihr zu verhandeln."

„Du denkst, wenn du sie nach Hause bringen kannst, wird sie dir im Gegenzug verraten, wo der Schatz ist?"

„Aye. Sie vertraut mir nicht. Wenn ich sie also zuerst nach London schaffe, kann ich sie vielleicht überzeugen."

Smee überlegt kurz. „Mal angenommen, wir schaffen

es wirklich weg von Nimmerland – denkst du, wir können dann einfach so wieder hierher zurückkommen, nachdem wir die Kleine abgeliefert haben?"

Ich atme tief ein und versuche dabei möglichst zuversichtlich dreinzuschauen. „Das wird sich zeigen."

Wieder spitzt Jack die Lippen. Mein Plan gefällt ihm ganz und gar nicht. Da gibt es nur eine Möglichkeit, ihn auf meine Seite zu bekommen. „Hast du etwa die Hosen voll?", frage ich mit einem milden Lächeln. „Was bist du? Eine Prinzessin oder ein Seeräuber?"

Verächtlich schnaubend verdreht er die Augen, und ich weiß, ich habe ihn gerade überzeugt. Er lehnt sich nach vorn und stützt sich mir gegenüber mit beiden Händen auf die Kiste mit den Karten. „Aber falls sie doch vorher in ihren Träumen die Information ausspucken sollte –"

„– dann brauchen wir uns nicht weiter um London zu kümmern." Ich grinse. Und Jack ebenso.

Nachdem er mich hier oben alleine gelassen hat, studiere ich die Karten noch eine Weile länger. Darauf ist wirklich überhaupt nichts zu erkennen. Aber was wollte die Fee nur mit der Sternenkarte bezwecken? Es ist ja nicht so, als ob wir irgendwie *dorthin* gelangen könnten."

Aber ein Blick kann wohl nicht schaden. Die Karte liegt immer noch auf dem Schreibtisch in meinem Quartier.

Ich drehe mich um, und gerade als ich zur Treppe losstarten möchte, krache ich beinahe in Angel rein.

„Grundgütiger!" Ich weiche zurück. „Kann ich auf diesem Schiff keinen einzigen Schritt mehr machen, ohne dass du plötzlich hinter mir auftauchst?"

Angel bleibt stehen, wo sie ist. Ihre Hände hat sie hinter dem Rücken verschränkt, und auf ihren Lippen lungert immer noch ein Schatten des Lächelns, das ich zuvor aus der Ferne ausgemacht habe. Sie wippt auf ihren Fußballen auf und ab, so wie vorhin, als sie Yarrin' Brant Skyler zum Aufstand verführen wollte. Mir schwant Übles.

„Die Brücke ist dem Captain vorbehalten. Was suchst du hier oben?", frage ich in barschem Tonfall.

„Ähm ..." Sie kaut unsicher auf ihrer Unterlippe. „Eigentlich wollte ich nur Danke sagen."

Das ist ja mal eine Überraschung. „Und wofür?"

„Na ja, für ein Zimmer mit einer heilen Tür für den Anfang." Sie macht eine kleine Pause. Das Sonnenlicht funkelt in ihren braunen Augen, die sie fest auf mich gerichtet hat. „Und dann noch dafür, dass du mich gestern Nacht aus dem Erdloch geholt hast."

„Gern geschehen." *Gern geschehen*? Welcher Teufel reitet mich denn gerade?

Auf ihren Zehenspitzen stehend wirft Angel einen

Blick über meine Schulter auf die Karten hinter mir. „So, du machst das also, weil du ein schlechtes Gewissen hast." Das war keine Frage, es war eine ruhige Feststellung.

„Teilweise", gebe ich zögerlich zu.

„Teilweise ist doch ... *gut*." Angel sieht aus, als versuchte sie dabei zu lächeln, aber es wirkt mehr wie eine schüchterne Grimasse. „Was ist der andere Grund?"

Der Zeitpunkt ist so gut wie jeder andere, um die Angelegenheit mir ihr zu besprechen, also räuspere ich mich und sage: „Ein Handel."

Sie runzelt die Stirn. „Mit mir?"

„Aye. Du hast gesagt, du vertraust mir nicht – was ich dir nicht verübeln kann. Also versuche ich, dir einen Grund zu geben, damit du mir vertrauen kannst." Als Angel stocksteif dasteht und nichts mehr aus ihrem lieblichen Mund kommt, mache ich zwei langsame Schritte auf sie zu. Ich weiß genau, welchen Effekt sie auf Angel haben werden. Und sie enttäuscht mich nicht. Für jeden meiner Schritte macht sie einen rückwärts. „Ich bringe dich nach Hause", sage ich sanft, „und wenn wir dort angekommen sind, verrätst du mir, wo Peter Pan meinen Schatz versteckt hat."

Wir erreichen die Treppe, die auf das Hauptdeck hinabführt. Angel legt beide Hände auf das Geländer links und rechts und steigt eine Stufe nach der anderen rückwärts hinunter, während ich weiter auf sie zugehe. Unser Augenkontakt reißt dabei nicht für den kürzesten Moment ab.

„Abgemacht?", frage ich. In diesem Augenblick schenkt sie mir ein Grinsen, das sich von einem Ohr zum anderen krümmt. Sieht aus, als wären wir im Geschäft. Ich lege meine Hände vor ihre auf das Holzgeländer. Sie macht einen Schritt hinunter; ich folge ihr. „Allerdings solltest du wissen, dass ich dich erst von Bord lasse, *nachdem* du die Information preisgegeben hast."

Angel nickt. „Brechen wir jetzt gleich auf?"

„Nein."

Ihr plötzlicher Halt überrumpelt mich und ich schiebe meine Hände unbeabsichtigt über ihre. Sie sind warm, jedoch nicht so warm wie meine. Und sie sind zierlich, genau wie der Rest von ihr. Sie zittert ein wenig, als ich meine Finger um ihre schlinge und damit ihre Hände vom Geländer löse. Ich weiß nicht wieso, aber aus irgendeinem Grund möchte ich sie deshalb an mich ziehen. Stattdessen führe ich unsere Hände zwischen uns zusammen und dränge Angel vorsichtig weiter nach unten, bis wir auf dem Hauptdeck stehen. „Wir setzen morgen bei Sonnenaufgang die Segel."

Die Farbe weicht aus ihrem Gesicht. „Bei

Sonnenaufgang ..."

Es kommt mir vor, als hätte ich sie in diesem Moment verloren. Natürlich möchte sie so schnell wie möglich nach Hause, aber sie hat schon so viel überstanden. Ein paar Stunden mehr sollten sie nicht derart niederschmettern. Aus einer seltsamen Anwandlung heraus fasse ich ihr sanft unters Kinn und hebe ihren Kopf an, sodass sich unsere Blicke noch einmal treffen. „Warum ist dir das zu spät?"

Angel zögert einen langen Moment. Unendlich lange. Ohne Zweifel versucht sie mich wieder auszuschließen. Das habe ich mit Sicherheit verdient, und es sollte mir auch nichts ausmachen. Doch es nervt mich. Und zwar ganz gewaltig. „Hmm?", dränge ich noch einmal sachte.

„Weil –" Mit einem tiefen Seufzen macht sie einen Schritt weg von mir und dreht sich zum Horizont. Die Hände legt sie dabei auf die Reling. „Weil ich morgen vielleicht schon gar nicht mehr weiß, wer ich eigentlich bin."

Ich kann mir nicht vorstellen, wie es sich anfühlen muss, grundlegende Informationen über sich selbst zu vergessen. Aber ihr verzweifelter Blick gerade eben hat etwas in mir wachgerüttelt, das die meisten Leute wohl als Gewissen bezeichnen würden. Unsereins hier an Bord weiß allerdings, dass genau dieses Gewissen die schlimmstmöglichen Probleme mit sich bringt. Wenn man es nicht unter Kontrolle hat, macht es einen schwach. Und ich bin gerade auf bestem Wege, die Kontrolle über diesen gefährlichen Teil von mir leichtsinnigerweise in die Hände eines fremden Mädchens zu legen. Peter muss mir gestern wohl einmal zu oft eins übergebraten haben.

„Smee!", rufe ich über meine Schulter.

„Aye?"

„Lass die Männer den Anker lichten. Wir laufen aus."

Angel wirbelt zu mir herum und greift mit beiden Händen nach hinten an die Reling. Der Schwall von Überraschung und Aufregung, der sie gerade überkommt, ist beinahe zu spüren. „Wir brechen auf?"

Mit zusammengepressten Lippen nicke ich langsam.

„Offenbar habe ich Euch wirklich unterschätzt, Captain." Ihr aufrichtiges Lächeln fährt mir durch Mark und Gebein. Ich sehe, wie sich ihre Hände fester um die Reling klammern, und bekomme das Gefühl, es hätte nicht mehr viel gebraucht und sie hätte ihre Arme vor Freude um meinen Hals geschlungen. Was hat sie daran gehindert? Habe ich etwas falsch gemacht? „Ich hoffe nur, dass du nicht wieder ein gemeines Spiel mit mir treibst", fügt sie mit ruhigerer Stimme hinzu.

Wie ich heute Morgen schon herausfinden durfte, ist

ihr Lächeln ansteckend wie die Pocken. Den Kampf dagegen verliere ich haushoch. Meine Mundwinkel wandern nach oben und ich hebe feierlich eine Hand. „Wir werden dich nach Hause bringen, Angel. Darauf gebe ich dir mein Wort als Pirat." Damit sollte ich sicher sein.

Ihre Hände rutschen von der Reling. Sie macht einen schüchternen Schritt auf mich zu. Da, fast! Ich kann bereits die Wärme ihres Körpers spüren. Sie hebt ihre Hände an. In weniger als zwei Sekunden wird sie mich berühren, und es schockiert mich, wie angespannt ich darauf warte. Doch dann macht sie einen unverhofften Rückzieher und fragt in sanftem Ton: „Macht es dir was aus, wenn du mir stattdessen dein Wort als *einfach nur Jamie* gibst?"

Schlau, die Kleine. Obwohl mir gerade die Schultern herabsinken, weil sie den Abstand zwischen uns wieder vergrößert hat, muss ich doch schmunzeln. Dann hebe ich noch einmal meine Hand und verspreche: „Du hast mein Wort als *einfach nur Jamie*."

Hinter meinem Rücken kreuze ich die Finger meiner anderen Hand, nur für den Fall.

Kapitel 9

Die Sonne sinkt gerade in das orange funkelnde Meer. Die vergangenen Stunden sind wir geradewegs auf sie zugesteuert, aber immer noch ist kein Land in Sicht. Nicht einen Augenblick lang habe ich mich von der Reling wegbewegt. Das rege Treiben an Deck ist mit der Zeit verstummt. Einige der Seemänner haben sich in ihre Quartiere zurückgezogen, andere sind unter Deck verschwunden, um den Tag mit einer Flasche Rum zu begießen. Ich bin allein hier draußen. Na ja, fast.

Ich kann seinen Blick auf mir spüren. Obwohl Hook kaum ein Wort mit mir gesprochen hat, seit wir aufgebrochen sind, um London zu finden, hat er mich den ganzen Tag über aus der Ferne beobachtet. Ich vermute, er steckt auch dahinter, dass mir der lange, dünne Kartoffel Ralph vorhin ein Sandwich und einen Apfel auf einem

Teller gebracht hat.

Als wir unsere Reise begonnen haben, bin ich noch aufgeregt die Backbordseite auf und ab gelaufen. Jetzt, wo das Licht schwindet und die kühle Nacht über das Schiff hereinbricht, sitze ich nur noch still auf einem Stapel aus großen Frachtkisten, umschlinge die Beine mit meinen Armen und blicke hinaus aufs Meer.

Ich will nicht einschlafen, doch ich weiß genau, in nur wenigen Stunden werden meine Augenlider so schwer sein, dass ich sie nicht länger offen halten kann. Und wenn das geschieht, werden weitere Teile meiner Erinnerung für immer verschwinden. Mir fehlen Paulinas liebevolle Umarmungen und der Zauberstab vom Feenknirps, den sie mir ständig vor die Nase gehalten hat. Bei der Erinnerung an die beiden beginne ich zu lächeln, denn sie ist das Einzige, was mich jetzt noch davon abhält, in Tränen auszubrechen.

Für einen Moment mache ich die Augen zu, schließe die Welt um mich herum aus und lege meine Wange auf meine Knie. *Ich werde zurück nach Hause finden*! Als ich meine Augen wieder öffne, finde ich Hook hinter dem Steuerrad auf der Brücke, und unsere Blicke begegnen sich quer über das Schiff hinweg. Ein langer schwarzer Umhang ruht auf seinen Schultern und er trägt einen weiten Hut mit einer einzelnen Feder. Der muss wohl neu sein, so sauber wie der noch ist.

Hook ist der Einzige hier draußen bei mir. Befürchtet er etwa, dass ich noch mal in den kalten Ozean springen und flüchten könnte? Seine Gesichtszüge wirken weich in der untergehenden Sonne. Nein, das ist nicht der Grund, warum er immer noch dort oben steht. Er beobachtet mich, weil er sich um mich sorgt.

Es kommt mir so vor, als glaubte er manchmal selbst nicht daran, dass er mehr sein kann als nur ein Pirat. Die Überwindung, die ihn diese einfache Entschuldigung heute Morgen gekostet hat, bestätigt meine Vermutung. Da steckt noch mehr hinter dieser rauen Schale. Er versucht es zu verbergen, aber hin und wieder schimmert es durch. Diese Momente überraschen mich ebenso sehr, wie sie ihn zu schockieren scheinen. Sie machen ihn beinahe liebenswert, wenn der grausame Captain Hook zu *einfach nur Jamie* wird. Mir wird klar: Ich mag Jamie. Ob das jedoch so klug ist, wird sich zeigen.

Mein Blick schweift wieder hinaus auf den ruhigen Ozean und ich stütze mein Kinn auf mein Knie. Die Sonne ist verschwunden und die Nacht umhüllt das Schiff. Nur hier und da sind Laternen mit dicken Kerzen platziert, damit niemand in der Dunkelheit stolpert. Eine steht direkt über mir – auf einer weiteren Holzkiste hinter der, auf der ich sitze – und lässt meinen Schatten auf dem harten Deck tanzen.

Am Himmel drängen sich Tausend und Abertausend Sterne aneinander. Einer von ihnen leuchtet heller als alle anderen. Ich schließe meine Augen und schicke einen Wunsch zu ihm nach oben.

Leise Schritte nähern sich, doch ich blicke nicht auf. Ich weiß ja, wer es ist. Die Schritte verstummen neben mir und nach einem Moment der Stille werde ich in etwas Warmes, Weiches eingewickelt. Es riecht nach Mandarinen.

„Danke", sage ich leise und ziehe Hooks Umhang vor meiner Brust zusammen.

Wieder hallen seine Schritte durch die Nacht. Ich nehme an, er kehrt zurück auf die Brücke, doch als ich aufschaue, hält er sich am Netz fest, das vom Mast über mir gespannt ist, und hievt sich auf die Reling vor mir. Die Feder seines Hutes flattert im Wind, und das Rauschen der Wellen, die gegen den Schiffsrumpf klatschen, ist das einzige Geräusch, das uns umgibt.

„Kann ich dich was fragen?", sagt Hook leise, nachdem er mich lange Zeit einfach nur angesehen hat.

„Mm."

„Was wartet in London auf dich?"

Dass er wirklich mit mir über mein Zuhause reden will, zieht meine Mundwinkel nach oben. „Familie", antworte ich. „Ein warmes Zuhause. Schule und Freunde."

Er nickt und versteht offenbar, was all diese Dinge für mich bedeuten. Erfüllt von Heimweh, lasse ich meine Beine über die Kante der Holzkiste sinken und greife in die Tasche meines Kleides. Heraus ziehe ich die Fahrkarte. Die Ecken sind umgeknickt und ich streife sie vorsichtig glatt.

Hook lehnt sich zu mir nach vorn und nimmt mir das Ticket aus der Hand.

„Hey!", protestiere ich. „Fragst du eigentlich auch jemals, bevor du dir etwas nimmst?"

„Ich bin ein Pirat." Unter seinem Hut blinzelt er verschlagen hervor. „Ich stehle Dinge. Danach zu fragen fühlt sich komisch an."

Er bringt mich damit zum Lachen. „Zu dumm für dich, dass du mir nicht einfach die Information stehlen kannst, auf die du so sehr wartest. Das macht dich bestimmt verrückt."

„Das tut es." Sein Ton ist todernst, aber seine Augen bleiben warm und freundlich. Als Nächstes betrachtet er mein Ticket genauer. „Was ist das?"

„Es ist eine Fahrkarte für ein Transportmittel in London. Damit gelange ich von unserem Ort in die Stadt, wo ich auch zur Schule gehe." Ich seufze. „Sie ist das Einzige, was mich noch an mein Zuhause erinnert."

Nach einer Weile gibt mir Hook das Ticket zurück und ich bringe es wieder in meiner Tasche in Sicherheit. „Wie ist es dort so, in dieser Stadt?", will er wissen und klingt dabei wirklich enthusiastisch. Ich frage mich, ob er einfach nur versucht, mich in eine bessere Stimmung zu bringen. Falls das seine Absicht ist, gelingt es ihm.

„Oh, es würde dir dort gefallen. Immer tut sich was. Alles ist so aufregend. Fast so wie auf dem Marktplatz im Hafen, nur viel, viel größer. Größere Häuser, breitere Straßen. Um von einem Stadtende ans andere zu gelangen, fahren die Leute mit Autos oder mit dem Bus."

„Autos?"

„Ja genau. Das ist auch so ein Transportmittel. Du kannst es dir wie eine Kutsche vorstellen, nur ohne die Pferde. Autos fahren so schnell, damit kommst du vom Norden dieser Insel in den Süden in weniger als einer halben Stunde." Hier mache ich eine kurze Pause und sehe ihn prüfend an. „Du weißt doch, was eine Kutsche ist, oder?"

Hook lacht in die stille Nacht hinein und nickt. „Natürlich weiß ich, was das ist. Aber ich bevorzuge *sie* hier." Er tätschelt liebevoll die Reling der Jolly Roger. „Aber eure Autos hören sich faszinierend an."

„Sie sind nicht die einzigen coolen Dinge, die es bei uns gibt. Wir haben auch *fliegende* Kutschen. Und Computer. Das sind Maschinen, die Schreibarbeit für dich erledigen und vieles mehr. Mit ihnen kannst du einen Brief an eine Person in tausend Meilen Entfernung senden und schon in der nächsten Sekunde hat diese Person deine Nachricht. Du kannst mit dieser Person auch über ein kleines Ding sprechen, das wir Telefon nennen." Bei Hooks konzentriertem Blick, als er versucht sich vorzustellen, wie so ein Telefon wohl funktioniert, fange ich an zu kichern. „Außerdem haben wir auch noch Kisten, in denen du Leute sehen kannst, die dir Geschichten vorspielen. Sie heißen Fernseher. Du musst dir das so vorstellen, dass da viele kleine Menschen zu sehen sind, und du kannst sie den ganzen Tag beobachten bei dem, was sie tun." Mittlerweile müssen meine Augen vor Begeisterung bereits leuchten. „Du wärst beeindruckt!"

Hook sieht mich wieder lange Zeit nur schweigend an. Dann sagt er in einer ruhigen, verständnisvollen Stimme: „Das klingt wirklich nach einer ganz unglaublichen Welt ... Angelina McFarland."

In meiner Brust beginnt etwas, wie wild zu flattern, und ich setze mich ein wenig aufrechter hin. „Was hast du gerade gesagt?"

„Ich glaube, das ist dein richtiger Name, nicht wahr?"

„Ich —" Mein Atem beschleunigt sich. Ich drehe mein Handgelenk und starre auf das langsam verblassende Wort *Angel* auf meiner Haut. Das war nur die Abkürzung für ... *Du meine Güte*! Paulina und Brittney Renae haben mich ständig so genannt! „Ja." Ich blicke hoch zu Hook, der gerade das Netz loslässt und von der Reling herunterrutscht. „Woher weißt du das?"

Er setzt sich neben mich auf die große Holzkiste. Beinahe zärtlich streichelt er mit seinen Fingerknöcheln über meine Wange und lächelt dabei. „Du sprichst im Schlaf."

Ich will gar nicht erst wissen, woher er *das* weiß. Und ich glaube auch nicht, dass ich seine Berührung als so angenehm empfinden sollte. Seine Hände sind schwielig, aber seine Berührungen sind immer sanft — wenn er sich entscheidet, Jamie zu sein, und nicht der Piratencaptain.

„Habe ich sonst noch etwas im Schlaf erzählt?", will ich wissen. Vielleicht hilft es mir ja, mich wieder an alles zu erinnern.

Hook nickt wieder, und diesmal wird sein Grinsen ein wenig verschlagener. Seine Augen funkeln spitzbübisch. „Du hast mich einen ekelhaften Mistkerl genannt."

„Das warst du auch! *Bist* du." Ich hole tief Luft. „Na ja, du kannst einer sein. Manchmal."

Er lacht unverhohlen über mein Stottern. Dann beißt er sich auf die Unterlippe und sieht mir in die Augen. „Was ist mit jetzt?"

„Jetzt gerade ... bist du anders." Ich ziehe wieder meine Knie an meine Brust und umschlinge meine Beine. „Wenn du nicht immer diesen Hut tragen würdest, mit dem du so gefährlich aussiehst, könnte man fast meinen, du wärst ein ganz normaler, vielleicht sogar netter Kerl."

„Ah, der Hut." Er hebt sein Kinn und neckt mich mit einem herablassenden Blick. Und dann verblüfft er mich, als er etwas völlig Unerwartetes macht. Er nimmt seinen Hut ab und setzt ihn mir auf den Kopf. „Vielleicht sieht er an dir ja nicht so gefährlich aus."

Die weite Krempe verdeckt mir die Sicht. Ich schiebe den Hut etwas nach oben und begegne *Jamies* Lächeln. Er fährt sich mit der Hand durch die platt gedrückten Haare und zerzaust sie. Dadurch sieht er so viel jünger aus. Niedlicher. Ich kann mir fast vorstellen, dass er ein einfacher Junge aus meiner Schule sein könnte. Jemand, dem ich an einem stinknormalen Tag über den Weg laufen und der ganz ohne Anstrengung meine gesamte Aufmerksamkeit auf sich ziehen könnte. Jemand, der mich fragen würde, ob ich vielleicht mal mit ihm ausgehen möchte, wenn die Dinge anders wären.

Und ich würde Ja sagen.

Wir sehen uns so lange in die Augen, bis es mir vorkommt, als würde die See, das Schiff, die Nacht, einfach alles um uns herum bedeutungslos werden. Wird es hier gerade sehr viel heißer? Vielleicht ist es auch nur der Umhang, der mich wärmt, und ich beginne schon, mir Dinge einzubilden. Aber wer würde das nicht, wenn er plötzlich der einzige Fixpunkt eines berüchtigten Seeräubercaptains wäre?

„Kann ich dich auch etwas fragen?", unterbreche ich nach einer Weile die immer intensiver werdende Stille zwischen uns.

„Nein, du bekommst keine Läuse von meinem Hut."

Ich breche in so lautes Gelächter aus, dass man es meilenweit über das ruhige Meer hinweg hören kann. „Das habe ich auch nicht angenommen. Ich wollte etwas ganz anderes fragen."

Hook grinst. „Na dann, schieß los."

„Peter und die Verlorenen Jungs haben mir etwas Seltsames über dich erzählt."

„Dass ich hässlich, grausam und gemein bin?" Er zwinkert mir zu, während er mir meine eigenen Worte in den Rachen schiebt.

Meine Wangen werden daraufhin unangenehm warm. „Ja, das und dann noch etwas anderes. Sie sagten, du hättest einen Haken am rechten Arm. Zuerst dachte ich noch, du hättest vielleicht deine Hand in einem Kampf verloren und sie mit einem Haken ersetzt. Aber offensichtlich lagen die Jungs da falsch."

„Nun ja, nicht ganz." Jamie schlägt die Augen langsam nieder und wieder auf. Nach kurzem Zögern öffnet er den rechten Manschettenknopf seines weißen Hemds und schiebt den lockeren Ärmel bis zu seiner Schulter nach oben. Dann dreht er sich zur Seite und lässt mich einen Blick auf seinen nackten Oberarm werfen.

Whoa, da ist tatsächlich ein Haken. Er reicht vom Schultergelenk bis zur Hälfte seines Bizeps. Eine feine Silberschnur ist durch das Öhr am oberen Ende gefädelt und windet sich zweimal um seinen Oberarm. „Ein Tattoo", wispere ich voll Bewunderung und streiche mit meinen Fingerspitzen über das außergewöhnliche Design. Bei meiner Berührung huscht eine zarte Gänsehaut über seinen Arm. Verunsichert blicke ich hoch in sein Gesicht, doch es scheint ihm nichts auszumachen, also betrachte ich auch noch den Rest des Tattoos. Unterhalb des Hakens schaukelt die Jolly Roger mit eingerollten Segeln auf ruhiger See. Das gesamte Bild ist nur in hellen und dunklen Blau- und Grautönen des Mondlichts gehalten. Es ist wunderschön.

„Wer hat das gemacht?"

„Nachdem Redeye Johnson jedes einzelne Mitglied meiner Besatzung tätowiert hat, war ich der Meinung, er hat genug Praxis gesammelt, und ich hab ihn auch an meinen Arm gelassen."

„Du hattest recht, was mein eigenes Tattoo anbelangt. Da ist wirklich ein gewaltiger Unterschied."

„M-hm." Jamie lässt seinen Ärmel los, sodass er bis zu seinem Ellbogen runterrutschen kann. Dann nimmt er meine Hand und streichelt sanft mit dem Daumen über das Klebetattoo auf meiner Haut. „Deines verblasst mit der Zeit. Meines ist für die Ewigkeit gemacht."

Unter seiner zarten Berührung fängt meine Hand an, leicht zu zittern, und ich weiß, dass auch Jamie es bemerkt hat, doch er lässt mich nicht los. Er hebt nur seinen Blick und zieht mich in den Bann seiner blauen Augen. „Ich denke, ein Totenkopftattoo würde dir auch gut stehen. Damit würdest du dann voll und ganz zu uns Piraten gehören." Er klingt charmant. Und gefährlich. Die einzig passende Kombination für einen Mann wie Hook.

„Ein echtes Tattoo? Wo würdest du es hinmachen?", flüstere ich, getragen von einem riskanten Hauch von

Verwegenheit.

Ein schiefes Lächeln sitzt auf seinen Lippen. Mit der Innenseite nach oben hebt er meinen Arm langsam hoch zu seinem Mund. „Hier wäre eine gute Stelle." Den Blick immer noch fest auf meine Augen gerichtet, haucht er einen zarten Kuss auf mein Handgelenk.

In diesem Moment durchzuckt mich ein Schauer wie ein sanfter Stromstoß. Der Mann, der mich auf sein Schiff entführt hat – durch den ich letzte Nacht im Dschungel beinahe mein Leben verloren hätte –, genau der Mann bricht nun sanft durch all meine Barrieren.

Nach einem verführerisch langsamen Augenaufschlag senkt er seinen Blick auf meinen Arm und küsst die sensible Stelle gleich unterhalb meines Ellbogens. „Oder hier ...", flüstert er dabei und blickt wieder hoch in meine Augen.

Mein Herz tanzt gerade einen wilden Flamenco. Ich kann mich kaum bewegen, ja, noch nicht einmal meinen Arm aus seinen Händen ziehen. Ich kann gar nichts machen, außer seine Berührungen zu spüren. Und ich genieße sie wie nichts anderes je zuvor.

Als Jamie einen unermesslich langen Moment innehält, genauso reglos wie ich, denke ich: Das war's mit seiner Liebkosung. Aber ich hätte es besser wissen müssen. Das Einzige, was er getan hat, war, meine Reaktion abzuwarten, ehe er sich weiter zu mir herüber lehnt und vorsichtig seine Fingerspitzen an meinem Hals unter den Umhang schiebt. Langsam zieht er ihn ein wenig zur Seite. „Ich habe auch schon Frauen gesehen, die hier ein hübsches Tattoo hatten", murmelt er. Als Nächstes küsst er mich direkt über meinem linken Schlüsselbein.

Meine Hände fangen an zu schwitzen. Fest umklammere ich den Saum des Umhangs, damit sie nicht erneut zu zittern beginnen.

Jamie rückt den Kragen wieder zurecht und nimmt mir stattdessen den Hut ab, während seine Lippen in einer kaum spürbaren Liebkosung meinen Hals hochgleiten. Hinter meinem Ohr hält er inne. „Wir könnten auch hier einen kleinen süßen Haken platzieren." Bei jedem Wort, das er sagt, kann ich den sanften Hauch seines Atems auf meiner Haut spüren.

Mein Herz schlägt viel zu schnell, als sich unsere Wangen berühren und seine kurzen Bartstoppeln sanft an meiner Haut reiben. Plötzlich nehme ich nur noch den Duft von Mandarinen wahr und ich schmelze dahin.

Mit einer Hand stützt er sich hinter mir ab und legt mir die andere auf die Wange. Vorsichtig dreht er meinen Kopf etwas mehr in seine Richtung. Dabei streift er mit seiner Nasenspitze über mein Jochbein, bis wir uns direkt in die Augen sehen. Er blickt mich erbarmungslos an und dann doch wieder so zärtlich. Ich bekomme kaum noch Luft. An seinem Blick erkenne ich, dass er genau weiß, was er will, doch er wartet. Und ich habe eine Vermutung, worauf.

Er bittet mich wortlos um Erlaubnis für einen Kuss.

Als echter Pirat hätte er ihn einfach stehlen können. Doch heute Nacht ist einfach nur Jamie bei mir und lässt mir – so schwer es ihm auch fallen mag, um etwas zu fragen – die Wahl.

Meine Antwort ist ein kleines Lächeln.

Bei unserer stillschweigenden Übereinkunft beginnt auch er zu lächeln und überwindet die letzten paar Zentimeter, die uns noch voneinander trennen. Ich schließe meine Augen.

Als seine Lippen ganz sanft die meinen berühren, zucken mir abwechselnd warme und kalte Schauer den Rücken hinunter. Allmählich lasse ich den Umhang los und lege meine flache Hand auf sein Herz. Es schlägt genauso schnell wie meins.

Jamie haucht erst einen Kuss auf meine obere Lippe, dann auf meine untere, und beim dritten Mal wendet er gerade so viel Druck an, dass sich auch meine Lippen öffnen. Seine Finger schieben sich etwas weiter nach hinten in mein Haar und er hält mich sanft. Vorsichtig tippt er meine Zunge mit seiner an, und dann noch einmal. Er beginnt, sie in langsamen Kreisen zu umspielen.

Mir ist, als würde ich in diesem Moment noch einmal vom Himmel fallen. Ich schiebe meine Hände weiter nach oben über seine Schultern in seinen Nacken und halte ihn fest, als wäre er meine einzige Rettung. Wir teilen uns denselben Atemzug und es fühlt sich wundervoll an. Aufregend. Ich weiß genau, wer und was er ist, doch er küsst mich so sanft, als hätte er nicht einen Tag als Pirat gelebt. Es kommt mir so vor, als würde diese Nacht, dieser Augenblick nur uns ganz allein gehören.

„Käpt'n?"

Adrenalin zischt durch meine Adern. Vor Schreck weichen Jamie und ich im selben Augenblick zurück, als Jack Smees Ruf um den Stapel Holzkisten herum zu uns dringt. „James!"

Von Panik erfüllt, setze ich mich aufrecht hin. Doch Jamie bleibt völlig unbefangen. Ich sehe noch sein verschmitztes Grinsen aufblitzen, ehe er mir seinen Hut wieder aufsetzt und sich dann gelassen an die Kiste hinter uns lehnt. Seine Beine baumeln entspannt über die Kante und er verschränkt die Finger vor seinem Bauch. „Ich bin hier", sagt er laut genug, sodass auch Smee ihn hören kann.

Das Poltern von Stiefelabsätzen dringt näher. „Ich hab das verlassene Ruder gesehen und dachte – *Hol mich der Teufel!*" Jack Smee sieht drein, als hätte ihn gerade eine Kanonenkugel gestreift, als ich meinen Kopf hebe. Sein Blick ist auf mich gerichtet, so als ob er mich gerade mit dem Captain verwechselt hätte. Verständlich, wo ich doch dessen Hut und Umhang trage.

Ein unbehagliches Gefühl macht sich in meinem Magen breit. Ich drehe mich zu Jamie, der immer noch pure Gelassenheit ausstrahlt und mich damit ein wenig beruhigt. Dass wir hier draußen von seinem ersten Maat überrascht wurden, scheint ihm überhaupt nichts auszumachen. „Was dachtest du?", fragt Jamie ihn und greift damit Jacks Wortwahl auf.

„Ah ..." Smee streift sich mit einer Hand durch die zerzausten Haare. „Ich dachte, du willst vielleicht, dass ich das Ruder übernehme."

„Ist nicht nötig. Ich hab's fixiert, bevor ich runtergekommen bin."

Nichts bringt Jamie aus der Ruhe. Er bleibt absolut cool, während mir hier vor Verlegenheit viel zu heiß wird und ich sogar ein wenig zittere. Ich wünschte nur, Smee hätte einen späteren Zeitpunkt gewählt, um an Deck zu kommen. Viel, viel später.

„Du kannst wieder zu den anderen gehen. In einer Minute bin ich wieder oben auf der Brücke", teilt Jamie Smee mit, der als Antwort nur ein Aye murmelt. Als er endlich verschwindet, richtet Jamie seine ganze Aufmerksamkeit wieder auf mich. Er streift mir mit dem Daumen über den Wangenknochen. „Ich muss wirklich wieder hinters Steuer."

Er will schon gehen? Ungeachtet dessen, dass ich gerade einen der fürchterlichsten Seeräuber dieser Welt geküsst habe, kann ich meine Enttäuschung darüber nur schwer verbergen. Zwar nicke ich, doch ich hasse es, wie schnell er seine Wärme mit sich nimmt, als seine Hand von meinem Gesicht gleitet.

Mein Blick haftet an ihm, als er langsam von der Kiste aufsteht. Er macht nur einen Schritt von mir weg, doch ich fühle mich sofort einsam auf dem weiten, verlassenen Deck. Plötzlich dreht er sich noch einmal zu mir um und streckt seine Hand aus. Erst denke ich, er will nur seinen Hut und seinen Umhang zurückfordern, doch Jamie lächelt auf mich herab und fragt: „Kommst du mit nach oben?"

James Hook

Ich kann nicht glauben, dass ich tatsächlich hier stehe und Angel frage, ob sie mit mir hoch zur Brücke kommt. Andererseits ist heute schon eine Menge geschehen, das mir zurzeit noch unfassbar vorkommt. Sie zu küssen steht auf dieser Liste ganz oben.

Angel starrt mich mit ihren großen, dunklen Augen an. *Kommt sie jetzt endlich, oder nicht?* Anderen die Wahl zu lassen ist eine neue Erfahrung für mich und ich fühle mich dabei ziemlich unbehaglich. Ehrlich gesagt komme ich mir gerade vor wie ein Vollidiot, weil ich immer noch meine Hand ausgestreckt halte, Angel sich aber keinen Millimeter bewegt. Langsam sinkt mein Arm nach unten, doch gerade als ich aufgeben will, legt sie ihre zarte Hand in meine.

Warum hat das so lange gedauert?, möchte ich am liebsten grollen. Stattdessen merke ich, wie ich das mache, was ich heute schon die meiste Zeit getan habe, wenn sie in meiner Nähe war. Ich lächle.

Angel steht auf und ich führe sie hinüber zu der schmalen Treppe. Mein Cape reicht gerade mal bis zum oberen Ende meines Stiefelschafts, wenn ich es trage, aber im Moment schleift es über die Bodendielen, während es von Angels Schultern hängt. Ich lasse ihr auf der Treppe den Vortritt und schließe gerade wieder meinen Manschettenknopf, als mich die Feder meines Hutes an der Nase kitzelt. Ein leises Schmunzeln entkommt mir.

„Was ist so lustig?", will Angel wissen und wirft mir einen Blick über ihre Schulter zu.

Ich bemühe mich um ein ernstes Gesicht. „Du gibst einen prima Piraten ab, Angelina McFarland."

„Pirat? Nur wenn ich der Captain sein darf." Sie streckt mir frech die Zunge raus und huscht die letzten paar Stufen nach oben.

„Du willst Captain der Jolly Roger sein? Meinetwegen." Ich greife nach ihren Händen, was sie ganz offensichtlich ein wenig überrascht, und lege sie auf die Griffe am Steuerrad. Dann entsichere ich das Ruder und lege meine Hände über ihre, wobei ich hinter ihr stehe.

Sie zwischen meinen Armen einzuschließen war keine so kluge Idee, denn jetzt drückt sich dieses Mädchen sanft gegen meine Brust, und alles, woran ich noch denken kann, ist ihren reizenden Hals zu küssen.

„Ich kann nichts sehen", murmelt sie und kichert dabei. Der Hut ist ihr über die Augen gerutscht, und da ihre Hände unter meinen gefangen sind, kann sie ihn auch nicht richten. Ich nehme ihn ihr ab und setze ihn zurück auf seinen rechtmäßigen Platz. Das Gefühl, meinen Hut wieder aufzuhaben, bringt zumindest ein wenig Normalität zurück in den Moment. Den Seeräuber in mir zu verleugnen ist anstrengend und sonst nichts. Aber seltsamerweise bemühe ich mich um Angels willen.

Sie wippt das Steuerrad sanft hin und her, und ich lasse ihr den Spaß, damit sie sich an das Ruder gewöhnt. „Woher weiß man denn, dass man immer noch auf dem richtigen Kurs ist, wenn überall um einen herum nur Wasser zu sehen ist?", will sie wissen.

„Wir sind in Richtung Osten losgesegelt." Ich erkläre ihr, wie man den Kompass liest, der in das kleine Pult neben dem Steuer eingebaut ist, und sie lauscht aufmerksam. Niemals hätte ich gedacht, dass sie Interesse daran zeigen würde, wie man ein Schiff steuert. Dass sie aber mit Feuereifer dabei ist, finde ich höchst aufregend. Ich ertappe mich dabei, davon zu träumen, sie noch etwas länger bei uns an Bord zu haben. „Du behältst diese Nadel immer im Auge", ich tippe auf den Kompass, „und passt auf, dass sie immer auf dieses *N* hier gerichtet ist."

„Ah, ich verstehe. Und was passiert, wenn ich das hier mache?" Sie reißt das Steuer in einem vollen Kreis herum. Augenblicklich kippt die Jolly Roger nach backbord und erwischt mich in einem unerwarteten Moment – genauso wie den Rest der Crew, da bin ich sicher.

„Grundgütiger!" Ich stolpere seitwärts und halte mich gerade noch am Steuer und der Reling fest, damit ich Angel nicht mit mir zu Boden reiße. „Mach das nicht, Mädel!"

Angel dreht das Steuerrad in die andere Richtung, wodurch das Schiff noch einmal kippt. Dabei schüttelt sie sich vor Lachen. „Wieso denn nicht?" Sie hat wirklich einen Mordsspaß dabei.

Das Cape rutscht ihr von den Schultern und landet auf dem Boden hinter ihren nackten Füßen. Damit hat sie auch das letzte bisschen Freibeuterei verloren und ist wieder das hübsche, einfache Mädchen, das ich vor nicht ganz zwei Tagen kennengelernt habe. Der Klang ihres herzhaften Lachens füllt meine Brust mit einer eigenartigen Wärme, die ich um jeden Preis darin festhalten will. Zuletzt hatte ich dieses wohlige Gefühl vor zehn Minuten, als ich sie geküsst habe. Davor ... noch nie. Ich stelle mich wieder hinter sie, lege meine Hände auf ihre und bringe die Jolly Roger zurück auf Kurs. „Und jetzt halt still", flüstere ich in Angels Ohr.

„Aye, aye, Captain." Sie dreht ihren Kopf zu mir nach hinten und präsentiert ein kühnes Lächeln. Womit sie offenbar nicht gerechnet hat, ist, wie nahe ihr Gesicht dabei dem meinen kommt. Ich brauche nur einmal zu blinzeln, und schon halte ich sie in meinem Blick gefangen. Angel dreht sich nicht weg. Mit leicht geöffnetem Mund atmet sie etwas schneller.

Ich weiß, es ist eine schlechte Idee, doch ich kann nicht widerstehen. Behutsam streiche ich mit meinen Händen über ihre Arme, hinauf bis zu ihren Schultern und dann an ihren Seiten wieder hinunter. Ich will sie spüren, festhalten und jedes kleine bisschen von ihr erobern. Aber noch viel mehr als das möchte ich sie noch einmal küssen. Also drehe ich sie mit meinen Händen an ihren Hüften sanft zu mir herum.

Ihre Augen wirken so scheu wie die eines Rehs und sie legt mir ihre Hände auf die Brust. Ich frage mich, ob das eine natürliche Reaktion ist, um mich auf Distanz zu halten. Doch als sich ihre Finger in mein Hemd graben und sie sich daran festkrallt, wird mir klar, dass sie mich keinesfalls von sich drängen will.

Ich schiebe meine Finger in ihr seidiges Haar, wische ihr noch ein paar verirrte Strähnen aus der Stirn und streichle ihr sanft mit den Daumen über die Wangen. Langsam neige ich meinen Kopf etwas nach unten, bis meine Stirn an ihrer liegt, dann atme ich tief ein, in der Hoffnung, noch einmal ihren Zimtduft auszumachen. Aber ich finde nur den vertrauten Geruch von Mandarinen vor. Nie hätte ich für möglich gehalten, wie berauschend der bloße Gedanke sein kann, dass derselbe Duft nun uns beide umgibt.

Schritte an Deck durchbrechen diesen beinahe vollkommenen Moment. Auch ohne nachzusehen, weiß ich, wer auf uns zukommt und weshalb. Angels verwegenes Manöver von vorhin hat meinen ersten Maat wohl etwas aus der Ruhe gebracht. Ohne das Mädchen vor mir loszulassen, rufe ich laut übers Deck: „Ich hab hier alles unter Kontrolle! Verschwinde, Smee!"

Sein kehliges Lachen dringt zu uns nach oben, aber Gott sei Dank auch seine leiser werdenden Schritte, als er sich wieder zurückzieht.

„Das war aber nicht nett von dir", haucht Angel gegen meine Lippen.

Was zum Henker —? „Ich lasse nicht zu, dass er das

hier noch einmal unterbricht." Und dann neige ich meinen Kopf ein wenig und erobere sie so, wie ich es den ganzen Tag schon tun wollte, seit sie heute Morgen mit dem Dolch auf mich losgegangen ist.

Diesmal verführe ich sie nicht mit zarten Küssen, sondern hole mir vom ersten Moment an, was ich will. Angel stöhnt leise. Es ist das aufregendste Geräusch, das ich je gehört habe, und dabei stellen sich die kleinen Härchen in meinem Nacken auf.

Wie Möwen in der Luft spiele ich mit ihrer Zunge, lasse meine darüber gleiten und erfühle jeden Zentimeter in ihrem Mund. Ich presse Angel gegen das Steuerrad hinter ihr und halte sie dort mit meinem eigenen Körper gefangen. Die Piratenseite in mir lebt dabei auf wie nie zuvor. Angel kann mir nicht entkommen, und ich schwelge in dem Gefühl der Überlegenheit. Sie zu besitzen ... wie einen kostbaren Schatz.

Aber eine leise Stimme in meinem Kopf erinnert mich daran, wie wundervoll es war, als Angel von sich aus in meinen Armen sein wollte. Das Gefühl, sie nicht zu zwingen und dennoch alles von ihr zu bekommen, war über alle Maßen erregend. Ich sehne mich danach, es noch einmal zu erleben. Sanft lege ich meine Hände auf ihre Hüften und drehe mich mit ihr, bis wir die Plätze getauscht haben. Ich lehne nun am Steuerrad, stelle meine Beine etwas weiter auseinander und Angel steht dazwischen. Es kommt mir vor, als spielte ich hier mit dem Feuer. Angel kann mich nun küssen, oder sie kann sich umdrehen und mich alleine hier stehen lassen. Es ist ihre Entscheidung.

Ein Augenblick zieht vorbei und sie sieht mir einfach nur in die Augen. Sie weiß ganz genau, warum ich das eben getan habe. Diese Erkenntnis in ihrem Blick zu sehen ist so berauschend wie in einem Pokerspiel alles zu setzen, ohne die geringste Ahnung, welche Karten der Gegner in der Hand hält.

Als es für Angel an der Zeit ist, ihre Karten aufzudecken, stellt sie sich auf die Zehenspitzen und stupst mit ihrer Nase gegen meine. Ein keckes Grinsen huscht über ihre Lippen. „Es muss schwer für einen Piratencaptain sein, die Kontrolle aufzugeben."

Ich schlinge meine Arme fester um ihren Körper, drücke sie an mich und necke sie: „Du dachtest doch nicht wirklich, dass ich dich hätte gehen lassen?" Doch plötzlich bekommen diese Worte eine viel tiefere Bedeutung für mich. Es wird eine Zeit kommen, wo ich Angel gehen lassen muss. Wenn diese Reise von Erfolg gekrönt wird, sogar schon sehr bald. Stellt sich nur die Frage, ob ich dann Pirat genug sein und darüber hinwegsehen werde, was

Angel will, und sie zurück an meine Seite stehle, oder ob *einfach nur Jamie* sein Versprechen halten wird.

Eigentlich will ich darüber noch gar nicht nachdenken, doch es ist zu spät. Angel hat meinen betrübten Blick bereits bemerkt. „Was ist los?", fragt sie mit ihrer weichen Stimme.

„Nichts." Ich schüttle mein Stirnrunzeln ab und bemühe mich um ein Lächeln. Die Nacht ist zu schön, um auch nur eine einzige Minute davon zu vergeuden. Angel befindet sich in meinen Armen, und ich habe vor, dieses Gefühl voll und ganz auszukosten. Ich lehne mich vor und küsse sie noch einmal.

Diesmal ist Angel diejenige, die das Geräusch als Erste hört und erstarrt. „Es kommt jemand."

Reglos lausche ich in die Nacht hinein. Sie hat recht. Schritte kommen näher. Diesmal sind es zwei Männer.

„Denkst du, es ist schon wieder Smee?", fragt Angel leise.

Ich schüttle meinen Kopf. Über die Jahre habe ich gelernt, meine Männer sogar am Klang ihrer Stiefel auf den Holzdielen zu unterscheiden. „Fin und Brant Skyler."

Und wie um meine Behauptung zu bestätigen, ruft Skyler im nächsten Moment: „Käpt'n! Wo seid Ihr?"

Ich hole gerade Luft, um ihm zu antworten, doch da

überrascht mich Angel und legt mir ihre Hand über den Mund. Mit mädchenhafter Kraft schiebt sie mich hinter die kleine Besenkammer. „Nein! Der Captain hat sich in sein Quartier zurückgezogen!", schreit sie. Dann sieht sie mich mit leuchtenden Augen an und flüstert rasch: „Führt noch ein anderer Weg hier runter als über die Treppe?"

Da sie ihre Hand nicht von meinem Mund nimmt, nicke ich nur und genieße ihren neu entdeckten Wagemut. „Der Captain sagt, ihr könnt jetzt das Steuer übernehmen", teilt sie meinen Männern lauthals mit.

Ich nehme ihre Hand und verziehe meinen Mund zu einem schiefen Grinsen, bücke mich dann, um mein Cape vom Boden aufzuheben, und ziehe Angel hinter mir her. Geduckt schleichen wir an der Reling entlang bis zum hinteren Ende der Brücke, wo eine Leiter backbord nach unten auf das Achterdeck führt. Während meine Männer über die Treppe nach oben steigen, verlassen wir die Brücke heimlich auf diesem Weg und stehlen uns unbemerkt um die Ecke. Ich weiß nicht, wo Angel ursprünglich hinwollte, aber als wir an meinem Quartier vorbeikommen, öffne ich die Tür und ziehe sie hinein.

„Was willst du denn hier drinnen?", flüstert sie verwirrt.

„Du hast gesagt, ich hätte mich in mein Quartier

zurückgezogen. Nun, genau das mache ich jetzt." Ich schließe die Tür, lehne mich mit dem Rücken dagegen und beobachte Angel, wie sie unsicher ins schale Mondlicht vor dem Fenster tritt. Es ist viel zu dunkel. Ich will sie wieder sehen können, daher werfe ich mein Cape und meinen Hut aufs Bett und zünde die halb heruntergebrannte Kerze auf dem kleinen Schreibtisch neben der Tür an. In ihrem warmen Schein schwanken unsere Schatten über die Wand wie betrunkene Fischer.

Als Angel sich wieder zu mir umdreht, liegt ihr Gesicht in skeptischen Falten. „Als ich das letzte Mal hier drin war, hast du die Tür eingetreten."

„Wenn ich mich recht erinnere, hast du mich vorher mit einem Messer bedroht."

Sie beginnt zu grinsen, und ich frage mich, ob es ihr wohl auch so vorkommt, als läge dieser Moment schon unendlich weit zurück. Gar nicht so, als wäre es erst heute Morgen geschehen.

Die Uhr schlägt gerade elf. Angel ist bestimmt müde, aber ich bin noch nicht bereit, sie jetzt schon in ihr eigenes Quartier gehen zu lassen. Ich möchte sie noch für eine Weile in meiner Nähe haben. Vielleicht für eine Stunde, sage ich mir selbst, dann bin ich zufrieden. Aber im selben Moment habe ich dieses Gefühl, dass eine Stunde nicht einmal annähernd ausreichen würde. Am heutigen Tag habe ich herausgefunden, dass ich einfach nicht genug von Angels Lachen und ihrer lieblichen Stimme bekommen kann. Ich bin süchtig nach ihr.

Ohne Eile lasse ich mich auf die Bettkante sinken und ziehe sie dann an ihrer Hand näher zu mir heran. „Was möchtest du gerne machen?"

Zwar lässt sie meine Hand nicht los, doch ihr Griff ist viel schwächer als zuvor. „Am liebsten möchte ich einfach nur am Fenster stehen und darauf warten, dass endlich Land vor uns auftaucht." Sie seufzt tief. „Aber das würde mich nur in den Schlaf wiegen, und ich kann mir nicht einmal ein klitzekleines Nickerchen erlauben."

„Weil du Angst hast, dass du dann noch mehr Dinge aus deinem Leben vergisst?"

„M-hm."

„Warum schreibst du die Dinge nicht einfach auf?"

„Daran habe ich auch schon gedacht." Ihre Finger gleiten aus meinen. „Aber ich habe Angst, dass am Ende nicht einmal mehr diese Aufzeichnungen einen Sinn für mich ergeben könnten." Sie tapst um den Bettpfosten herum und klettert hinter mir auf die Matratze. Ich blicke ihr nach. Erst schüttelt sie das Kissen auf und bringt es vor dem Kopfteil des Bettes in Position, dann lehnt sie sich dagegen und zieht ihre Knie an die Brust, so wie sie es draußen auf den Kisten getan hat. „Macht es dir was aus, mir dabei zu helfen, noch etwas länger wach zu bleiben?"

Ganz und gar nicht. Ich drehe mich zu ihr um und lasse ein Grinsen über mein Gesicht fegen.

„Erzähl mir mehr von dir", fordert sie mich auf und zertrampelt gleichzeitig all meine Hoffnung auf einen weiteren Kuss. „Egal was. Ich möchte dir einfach nur zuhören und dabei munter bleiben."

Sie sieht so fürchterlich verloren auf meinem Bett aus. Hilflos, aber voll Hoffnung. Ihr Vertrauen in mich bringt mich dazu, seltsame Dinge zu sagen und zu tun, und so stehe ich auf, nehme ihre Hand und ziehe sie raus aus dem Kissen. Dann zwänge ich mich mit gegrätschten Beinen hinter sie. „Ich hab eine bessere Idee", sage ich leise in ihr Ohr und ziehe sie zurück an meine Brust. „Warum erzählst du mir nicht einfach alles, was du nicht vergessen möchtest? Wenn dir manche der Dinge morgen wirklich nicht mehr einfallen, kann ich deine Erinnerung sein und sie dir alle wieder erzählen."

Angel neigt ihren Kopf zurück und blickt mir erstaunt ins Gesicht. „Ist das dein Ernst?"

„Klar." Ich verschränke meine Finger vor ihrem Bauch und sie legt ihre Hände oben drauf. So eine einfache Geste und doch wärmt sie mich wie ein Lagerfeuer von innen. Sanft hauche ich ihr einen Kuss auf die Augenbraue, dann schmiegt sie ihre Wange an meine Brust und beginnt zu erzählen.

Einige Zeit später kommt es mir vor, als würde ich alles über dieses Mädchen wissen, was es zu wissen gibt. Wie sie aufgewachsen ist, was sie gerne isst und welche Kleider sie am liebsten trägt — größtenteils Männerkleidung, nach allem was ich so herausgehört habe — und wie Kinder in ihrem Alter in die Schule gehen und dort Tests schreiben müssen. Und dann natürlich auch alles über ihr Zuhause und ihre Familie; oder zumindest über den Teil ihrer Familie, an den sie sich noch erinnert. Brittney Renae und Paulina. Sie hat mir die beiden bis ins kleinste Detail beschrieben. Am Ende habe ich beinahe das Gefühl, als ob ich die beiden Mädchen als Babys selbst auf dem Arm in den Schlaf gewiegt hätte.

Als Angels Stimme mehr und mehr zu einem Murmeln mit längeren Pausen wird, weiß ich, dass sie knapp davor ist, einzuschlafen. Wir haben es bis kurz nach zwei Uhr morgens geschafft. Ich glaube nicht, dass sie noch viel länger durchhält, egal wie sehr sie auch darum kämpft. Daher fordere ich sie auch nicht mehr auf — im Gegensatz zu den vergangenen Stunden —, mir weiter von sich zu erzählen, sondern verhalte mich still und streichle einfach ihre zarte Wange, bis ihre Atemzüge immer tiefer und ruhiger werden.

Die nächste halbe Stunde starre ich einfach nur auf die Uhr an der Wand und beobachte den Minutenzeiger dabei, wie er sich Millimeter um Millimeter weiter vorkämpft. Wenn ich jetzt einschlafe und Angel wieder im Schlaf spricht, verpasse ich vielleicht das Wichtigste. Allerdings besteht eine berechtigte Chance, dass sie heute Abend schon so viel von sich erzählt hat, dass für den Rest der Nacht gar nichts mehr passiert.

Angel zittert ein wenig in meinen Armen. Da wir beide auf der Bettdecke sitzen, kann ich sie nicht einmal zudecken. Am Bettende liegt zwar mein Cape, aber da komme ich im Moment auch nicht ran, ohne sie von mir runter zu schieben, was ich keinesfalls tun werde, denn ich will sie nicht aufwecken. Sie hat sich ein wenig Ruhe verdient.

Es gibt wirklich nichts, was ich tun kann, außer meine Arme fester um sie zu schlingen und sie damit zu wärmen. Sie seufzt leise gegen meine Brust und kuschelt sich ein wenig tiefer an mich. Mit einem Lächeln auf den Lippen schließe ich die Augen.

Ich wache von uns beiden als Erster auf. Es ist bereits

Morgen und vor den Fenstern schaukelt eine Bergspitze auf und ab. Das Schiff macht keine Fahrt mehr. Mein erster Gedanke ist, aus dem Bett zu springen und nachzusehen, wo wir sind. Aber Angel schläft immer noch friedlich auf mir. Sie hat sich in der Nacht wohl auf die Seite gedreht und ihre Wange ruht sanft auf meiner Brust.

Während ich zärtlich mit den Fingern durch ihr Haar streiche, um sie zu wecken, blicke ich noch einmal durch die Fenster hinaus. Etwas an dieser Bergspitze ist eigenartig. Sie kommt mir bekannt vor. Und plötzlich überfällt mich ein Schauer des Grauens, denn mir wird klar, wo wir sind. Wir sind auf der westlichen Seite von Nimmerland gelandet. Kein London weit und breit.

Um Angels willen sinkt mein Herz wie die untergehende Sonne. Sie wird daran zerbrechen.

Und ich komme niemals an die Information, die ich brauche.

Kapitel 10

Jemand murmelt meinen Namen. Die Stimme ist federweich, genau wie das sanfte Streicheln auf meiner Wange. Ich erwache aus einem wunderschönen Traum von zu Hause, in dem ich Captain Hook gerade meiner Familie vorgestellt habe, öffne meine Augen und blicke geradewegs in Jamies Gesicht. Er sieht besorgt aus.

„Was ist denn los?", frage ich und reibe mir dabei den Schlaf aus den Augen, dann setze ich mich zwischen seinen Beinen auf.

Jamie steigt aus dem Bett und geht ans Fenster. Erst nach einem langen Moment dreht er sich zu mir um. „Das wird dir nicht gefallen."

Jetzt steigt auch in mir Unruhe auf. Ich folge seinem Beispiel und verlasse ebenfalls das Bett. „Was meinst du?" Doch im selben Moment entdecke ich Land hinter den weiten, salzverschmierten Fenstern. Mein Herz beginnt wie wild in meiner Brust zu rattern. „Wir haben eine Insel gefunden? Glaubst du, da komme ich her?"

Ach du grüne Neune! Mein Zuhause ist vielleicht gar nicht mehr weit weg!

„Komm schon! Was stehen wir hier noch lange rum?", rufe ich begeistert und ziehe ihn mit mir zur Tür. Doch dann fällt mir ein, dass ich ja gar keine Schuhe trage, also lasse ich seine Hand erst einmal wieder los. Meine Turnschuhe stehen immer noch unterm Tisch. Auf dem Boden sitzend, schlüpfe ich hinein und binde mir die Schnürsenkel. Dabei blicke ich hoch zu Jamie, der immer noch diesen verzagten Gesichtsausdruck trägt. Meine Hände sinken langsam zu Boden, als eine unsichtbare Hand sich fest um meinen Hals schließt und mir die Luft abschnürt. „Was ist denn?", frage ich noch einmal mit heiserer Stimme.

Jamie seufzt erst einmal tief, dann reicht er mir beide Hände und zieht mich hoch. „Das ist nicht London da draußen. Und auch keine andere fremde Insel."

Meine Brust zieht sich fest um mein Herz zusammen. Mir fällt plötzlich das Atmen schwer. „Was sagst du da?"

„Diese Insel ... das ist Nimmerland."

Das sanfte Streicheln seiner Finger über meinen

Handrücken kann den Schmerz meines gerade brechenden Herzens nicht lindern. „Wie ist das möglich?", krächze ich? Aber die Antwort liegt bereits offen auf der Hand. „Du hast mich angelogen."

„Was? *Nein!*"

„Doch, das hast du!" Von Zorn erfüllt, reiße ich meine Hände aus seinen. „Du hast versprochen, dass du mich nach Hause bringen wirst. Aber in Wirklichkeit sind wir nur raus auf den Ozean gesegelt und haben nachts einfach wieder umgedreht. Du bist ein gottverdammter Lügner!" Ich wirble herum und stürme aus seinem Quartier, runter vom Achterdeck und quer über das Hauptdeck. In meinem Augenwinkel sehe ich die große grüne Insel – Nimmerland. Hinter mir ruft Jamie meinen Namen. Tränen drücken mir die Luftröhre zu und ich laufe noch schneller.

Endlich in meiner eigenen Kajüte angekommen, verriegle ich die Tür und werfe mich aufs Bett. Meine Tränen sinken in das Kissen, in dem ich mein Gesicht vergrabe. Warum hat er das gemacht? Warum hat er mir letzte Nacht diesen fürsorglichen Jamie vorgespielt, wenn dieser doch nichts als eine Illusion ist? Es gibt nur Captain Hook und der ist ein grausamer Mann.

Schlimmer noch, ich weiß genau, dass ich im Schlaf erneut Teile meiner Erinnerung verloren habe. Energisch wische ich mir die Tränen aus dem Gesicht und setze mich mit dem Rücken an das Kopfteil des Bettes gelehnt auf. Aus der Tasche in meinem Kleid hole ich diese kleine Karte. Das *Zugticket*. Schniefend streichle ich sanft über das verwitterte Stück Papier. Darauf steht der Name meiner Heimatstadt. Aber *London* ist jetzt nur noch ein schwarzes Loch in meiner Erinnerung, mit einem allein stehenden weißen Haus in der Mitte. Gerüche, Geräusche, Farben und Gefühle – alles ist noch lebendig in diesem Haus. Doch die Welt drumherum ist einfach weggebrochen.

Morgen schon könnte das Leben, so wie ich es kannte, komplett aus meiner Erinnerung gelöscht sein. Was geschieht mit mir, wenn ich erst einmal alles vergessen habe? Werde ich daran glauben, dass ich schon immer hier in Nimmerland gelebt habe? Bleibe ich dann vielleicht auf der Jolly Roger und werde ein Pirat, oder ziehe ich in den kleinen Hafen nicht weit von hier?

Werde ich hier glücklich sein, ohne zu wissen, dass draußen in der Ferne, in einer anderen Welt, zwei kleine Mädchen um mich weinen?

All diese Gedanken machen mir schreckliche Angst. Ich schleppe mich aus dem Bett und stelle mich vors Fenster neben dem Tischchen aus Holz. Hier drin ist alles viel kleiner als im Quartier des Captains, doch Smee hat es geschafft, dieser Kajüte warmes Leben einzuhauchen: mit dem rosa Teppich, der vor dem Bett ausgerollt ist – bestimmt gestohlenes Gut – und den lila Schleifen, die die weißen Vorhänge seitlich vom Fenster zusammenhalten. Gestern habe ich seine Kreativität noch bewundert. Heute erinnern mich die Farben nur noch an Brittney Renae und mir kommen erneut die Tränen.

Als es wenig später an der Tür klopft, drehe ich mich zwar um, antworte jedoch nicht. Jemand klopft noch einmal und rüttelt dann am Türknauf. „Angel, mach auf! Bitte!"

„Nein", wehre ich Hook ab. Nach allem, was er getan hat, will ich ihn am liebsten nie wiedersehen. „Lass mich in Ruhe!"

„Verdammt noch mal, Angel, mach endlich die Tür auf, oder ich schwöre, ich trete diese hier genauso ein wie die andere."

Er klingt wütend genug, um seine Drohung wahrzumachen. Mit einer Hand wische ich mir über die Wangen und halte die Fahrkarte fester in der anderen. Mit zaghaften Schritten gehe ich zur Tür und schließe auf. Hook trägt seinen Hut nicht – das ist das Erste, was mir an ihm auffällt. Das Nächste ist eine Karte in seiner Hand.

Seine harten Gesichtszüge verwandeln sich in stilles Entsetzen, als er mich sieht. Ich weiß nicht, was genau ihn so schockiert, doch im nächsten Moment gleitet die Karte aus seinen Fingern und er legt mir beide Hände auf die Wangen. Mit seinen rauen Daumen wischt er meine Tränen weg. „Mach das nicht", flüstert er und zieht mich unerwartet an seine Brust.

Aber wie soll ich meine Tränen zurückhalten, wenn ich an diesem Morgen mein letztes bisschen Hoffnung auch noch verloren habe? „Ich dachte, gestern Nacht wäre etwas geschehen. Etwas, das uns zu mehr gemacht hat als nur Seeräuber und Gefangene", schluchze ich in sein Hemd. Jedes einzelne Wort kratzt in meinem Hals. „Ich dachte, wir wären Freunde. Warum hast du mich angelogen, Jamie?"

Seine Muskeln spannen sich für einen Augenblick lang an, und er hört auf, mein Haar zu streicheln. „Ich weiß nicht, was letzte Nacht aus uns beiden gemacht hat. Aber ich habe dich nicht angelogen. Dass wir wieder vor Nimmerland gelandet sind, war für mich ein genauso großer Schock wie für dich."

Ich blicke schniefend hoch in sein Gesicht. „Dann sag mir, wie das geschehen konnte! Warum sind wir wieder hier?"

Jamie schließt seine Finger um meine Schultern und drückt mich ein kleines Stückchen von sich weg. „Es ist merkwürdig", sagt er und beugt sich dabei runter, um die

Karte aufzuheben. „Aber im Wesentlichen ist Folgendes passiert: Wir sind von hier losgesegelt –" Er dreht die Karte so, dass ich Nimmerland darauf erkennen kann, und tippt auf die Ostküste der Insel. Dann zieht er mit dem Finger eine gerade Linie quer über den Ozean, wobei er die Karte wie einen Zylinder zusammenrollt, und tippt schließlich auf die westliche Seite von Nimmerland. „Und heute Morgen sind wir hier gelandet."

„Wie ist das möglich?"

Er zuckt hilflos mit den Schultern. In seinen Augen spiegelt sich die traurige Wahrheit wider.

„Es ist vorbei", flüstere ich. „Ich sitze für immer hier fest." Mein Herz fühlt sich an, als würde es bei jedem Schlag von einer Lanze durchbohrt werden. Jamies Hand sinkt mit der Karte nach unten. Die andere Hand legt er mir sanft auf die Wange, offensichtlich am Ende mit seiner Weisheit.

„Ich will aber nicht für alle Ewigkeit hierbleiben!", platzen die Worte aus meiner verengten Kehle. „Ich will nach Hause, Jamie! Ich will zurück zu meiner Familie!"

Das Seufzen, das ihm in diesem Moment entweicht, klingt, als würde sein Hals genauso schmerzen wie meiner. Es ist zwar schwer zu glauben, dass dieser Mann, der vor zwei Tagen noch so getan hat, als wäre ihm mein Leben keinen Pfifferling wert, mit mir leidet, doch in diesem Moment kann ich fühlen, wie sehr er sich um mich sorgt.

Nur wenige Sekunden später verschwindet plötzlich sein hoffnungsloser Blick. Entschlossenheit tritt an seine Stelle. „Komm mit", sagt er und nimmt meine Hand.

„Wohin gehen wir?", erkundige ich mich, als er mich hinter sich her über das gesamte Deck zieht. In einem rauen Ton befiehlt er Brant Skyler die Gangway herunterzulassen, damit wir an Land gehen können.

Obwohl Jamie diesmal vorausgeht, hält er die ganze Zeit meine Hand fest und gibt mir so die nötige Sicherheit auf der schmalen Planke. Mit steten Blicken über seine Schulter vergewissert er sich, dass er nicht zu schnell vor mir herläuft, und teilt mir mit: „Wir besuchen eine Fee."

„Eine Fee? So wie eine Elfe?" Ich frage mich, ob er wohl Tami damit meint, aber als mir klar wird, dass wir in Richtung Hafen laufen und nicht zum Dschungel, verschwindet der Gedanke wieder.

„Nein, nicht wie eine Elfe. Eher so was wie eine Waldnymphe. Um genau zu sein, sind es sogar zwei."

„Ist denn da ein Unterschied?"

Jamie wirft mir seitlich einen Blick zu und kräuselt nachdenklich seine Lippen. „Das wirst du dann schon selbst sehen."

„Und warum gehen wir zu ihnen?"

„Weil die beiden die Einzigen sind, die dir sagen können, wie du nach Hause kommst. Falls es überhaupt einen Weg gibt, Nimmerland zu verlassen."

Wegen seiner langen Beine fällt es mir schwer, mit ihm Schritt zu halten. Er ist wohl wirklich der Meinung, dass diese Feen mir helfen können. Die Euphorie in seinen Augen ist mir neu. Sie gibt mir Hoffnung.

Als wir den verträumten Hafen erreichen, begeben wir uns nicht auf den geschäftigen Marktplatz, sondern machen einen Abstecher nach links und erreichen alsbald einen saftig grünen Wald. Die Bäume hier am Rande sind klein und Pilze sprießen überall aus der mit Moos bedeckten Erde. Kleine Häschen ducken sich unter den Büschen. Vor Staunen völlig außer Atem bleibe ich kurz stehen, drehe mich im Kreis und sauge dabei diese märchenhafte Umgebung förmlich auf. Dieses Wäldchen ist nicht einfach nur romantisch, es ist schlichtweg bezaubernd.

„Hoffentlich sind sie zu Hause", brummt Jamie, während er mich über Stock und Stein weiterzieht. Woher er weiß, wo es langgeht, ist mir ein Rätsel, denn wir folgen keinem erkennbaren Pfad. Je tiefer wir in den Wald hineinlaufen, umso dicker und höher werden die Bäume um uns herum. Bald kommt es mir vor, als wäre es nicht erst

Mittag, sondern schon Abend, so dämmrig ist das Licht hier drinnen. Mittlerweile gelangen nur noch vereinzelte Lichtstrahlen durch die Blätterdecke über uns und landen wie hunderte Goldmünzen auf dem Boden. Ich komme beinahe in Versuchung, mich zu bücken, um eine von ihnen aufzuheben. Ist natürlich kompletter Blödsinn, aber so echt kommen sie mir vor.

Hinter einer Gruppe aus Fichten, auf die wir zusteuern, erscheint ein kleiner weißer Gartenzaun. Er umgibt ein niedliches weißes Häuschen mit einem Dach aus Stroh und Reisig. Aus dem Schornstein erhebt sich eine dünne Rauchwolke und schlängelt sich durch die Baumkronen des Waldes hindurch.

„Wir sind da", sagt Jamie, dann bleibt er stehen und dreht mich zu sich. Auf einmal wird mir unbehaglich zumute, vielleicht wegen der Sorgenfalten um seine Augen. Er nimmt mein Kinn in seine Finger und ringt sich ein kleines Lächeln ab. „Du brauchst keine Angst zu haben. Die beiden sind wirklich nett. Aber egal was du tust, sprich auf keinen Fall mit Remona." Seine Miene wird todernst. „Nicht ein Wort, hörst du?"

In meinem Nacken stellen sich die kleinen Härchen auf.

Mir bleibt keine Zeit, um Fragen zu stellen, denn die

kleine Tür aus grün gestrichenem Holz geht bereits auf. Mein Blick bleibt an der wunderschönen, großen Frau hängen, die sich gerade durch die Tür duckt und dabei ihr bodenlanges Kleid aus granatapfelroter Seide leicht anhebt. Langsam schreitet sie auf uns zu. Sie ist mindestens zehn Zentimeter größer als Jamie und dabei trägt sie nicht einmal Schuhe. Ihre Lippen glänzen in einem moosigen Grün, was seltsamerweise aussieht wie ihre natürliche Farbe und überraschend gut zu ihrer blassen Gesichtsfarbe passt. Betörend türkisblaue Augen funkeln im Tupfenlicht des Waldes, als sie uns mit einem Lächeln begrüßt.

„James Hook", sagt sie und seufzt dabei erfreut auf. „Wie lange ist es her, dass du uns hier draußen besucht hast?"

„Eine Weile", antwortet Jamie mit Schuld in seiner Stimme und lässt zu, dass die Fee ihn sanft auf die Wange küsst. „Ich war beschäftigt."

„Das sehe ich. Die Zeit steht immer noch still."

Während ich keine Ahnung habe, weiß Jamie offenbar genau, wovon sie spricht. Das Gesicht zu einer reumütigen Grimasse verzogen, reibt er sich über den Nacken. „Ich weiß. Ich habe die Uhr noch nicht gefunden. Aber wir sind nahe dran."

„Es wird kein Morgen geben, wenn du scheiterst."

„M-hm", murmelt er. Ich sterbe vor Neugier, was das hier alles zu bedeuten hat, doch da ich in keinster Weise sagen kann, ob dies Remona ist oder nicht, wage ich es nicht, danach zu fragen. Als ob Jamie vom Thema ablenken möchte, legt er mir eine Hand auf den Rücken und schubst mich einen kleinen Schritt nach vorn. „Das ist Angel – Angel, ich möchte dir Bre'Shun vorstellen." Mit einem Lächeln ermutigt er mich dazu, ihre Hand zu schütteln.

Die Haut der Fee ist kalt wie Quellwasser. Innerhalb nur eines Augenblicks werden meine Finger taub. Sie hält mich mit sanftem Druck fest und tritt noch näher, wobei sie ihren Kopf leicht zur Seite neigt und mich neugierig ansieht.

„Angelina McFarland. Es ist mir eine Freude, dich kennenzulernen."

Mein Kinn sackt nach unten. Ich werfe Jamie einen raschen Blick zu und flüstere: „Hast du –?" Doch er schüttelt sogleich den Kopf und zieht selbst die Brauen verwundert tiefer.

Aus Bre'Shuns Kehle ertönt ein Glockengeläut von Lachen. „Ich weiß viele Dinge, Angelina. Zum Beispiel, dass du eine Besucherin bist und den Weg nach Hause nicht mehr finden kannst.

„Das hat dir Smee erzählt", gibt Jamie zu bedenken.

„Nein." Als sie ihren Kopf schüttelt, glitzern ihre langen goldenen Locken wie Sternenstaub, wo vereinzelte Sonnenstrahlen darauf fallen. „Ich hab es *ihm* erzählt."

Tja, darauf sollte man vermutlich gefasst sein, wenn man es mit Feen zu tun hat. Ich finde sie höchst faszinierend und folge ihr gerne in das kleine Häuschen, als sie uns hereinbittet. Der Türbogen ist so niedrig, dass sogar ich mich bücken muss, um hindurchgehen zu können. So wie die Hütte von außen aussieht, rechne ich damit, gleich in ein drei mal drei Meter großes Wohnzimmer geführt zu werden. Doch das Innere des Hauses ist riesig! Es ist sogar noch größer als riesig. Es kommt mir so vor, als hätte hier jemand einen Palast in einer Schuhschachtel errichtet.

Verdutzt drehe ich mich um und vergewissere mich, dass wir wirklich gerade durch diese Tür gekommen sind. Draußen kann ich das offen stehende Gartentürchen erkennen. „Was um alles in der Welt —?", flüstere ich, doch Jamie schüttelt nur seinen Kopf. Ganz gewiss war er darauf vorbereitet, was uns hier drinnen erwarten würde. Eine kleine Vorwarnung war wohl zu viel verlangt?!

Bre'Shun legt mir ihre Hand auf die Schulter und führt mich an den großen runden Glastisch in der Mitte der Halle. Bei ihrer Berührung durchzuckt mich erneut ein kalter Schauer. Ich bin froh, als sie mich wieder loslässt und reibe schnell die Stelle, bis sie wieder warm ist.

Die Wände dieser Halle bestehen aus Felsbrocken, die ineinander gesetzt wurden. Der Fußboden gleicht einem Schachbrett aus weißem und schwarzem Marmor. Obwohl sich in den Felswänden keine Fenster befinden, ist das Innere mit hellem Tageslicht durchflutet. Wo das herkommt, kann ich mir allerdings nicht erklären.

Einer nach dem anderen tauchen drei hohe, gusseiserne Stühle mit rosa Polsterung um den Tisch herum auf. Jamie und ich nehmen Platz, während in den Händen der Fee wie aus dem Nichts ein Tablett erscheint, auf dem sich eine Kanne Tee und drei zierliche Porzellantassen befinden. Sie stellt es vorsichtig in der Mitte des Tisches ab und lässt sich dann auf dem dritten Stuhl nieder. Heiliger Bimbam, eine Tasse zischt von ganz allein zu jedem von uns über den Tisch.

Als Bre'Shun ihre Finger vor sich auf dem gläsernen Tisch verschränkt, bedenkt sie Jamie mit einem durch und durch freudigen Lächeln. „Was kannst du für mich tun?"

Wie alles in diesem Hexenhaus überrascht mich ihre Frage. Ich nehme einen Schluck Tee, während ich darauf warte, dass sie ihren Versprecher korrigiert. Aber das tut sie nicht. Und dann passiert in der hinteren Ecke des Raumes etwas Eigenartiges, das all meine Aufmerksamkeit auf sich zieht. Eine schwere Standuhr erscheint an der Wand und schlägt halb eins.

Die Fee bemerkt mein Erstaunen und nickt mir verständnisvoll zu. Entweder habe ich diese Uhr wirklich übersehen, als wir den Raum betreten haben, oder etwas äußerst Unheimliches geht hier vor. Ich frage lieber nicht danach.

Bre'Shun richtet ihre Aufmerksamkeit wieder auf Jamie und legt dabei eine Hand auf seine. Sein Körper erzittert, genau wie meiner vorhin. Offenbar empfindet er ihre Berührungen als genauso unangenehm wie ich. „Nun? Was bietest du mir an?", fragt sie ihn.

„Das Dach sieht ein wenig heruntergekommen aus. Ich könnte es für euch beide reparieren."

„Ach, mein lieber James. Die Antwort, nach der du suchst, ist weit mehr wert, als eine weitere Schicht Stroh auf unserem Dach."

Jamie zuckt mit den Schultern. „Das und frisches Meerwasser in Flaschen gefüllt an jedem Morgen. Für ... ein Jahr?"

Himmel noch mal, jetzt verstehe ich. Er verhandelt mit ihr um eine Antwort. Und die Frage lautet: Wie kann ich Nimmerland verlassen? Beeindruckt davon, wie weit er gehen würde, um mir zu helfen, drehe ich mich zu ihm und studiere sein Gesicht. Er ignoriert mich und nimmt stattdessen lieber einen Schluck von seinem eigenen Tee. Eine Sekunde lang fixiert er etwas hinter Bre'Shuns linker Schulter, aber ich kann dort nichts erkennen.

„Netter Versuch", bügelt ihn die Fee ab. „Aber das ist nicht, was ich von dir will."

Was will sie dann? Plötzlich kommt mir eine seltsame Unterhaltung, die ich gestern belauscht habe, in Erinnerung. Hook hat Smee gefragt, was er der Fee für die Karte geben musste. Seine Vermutung war Smees Erstgeborenes. Gestern habe ich noch gedacht, das sei nur ein schlechter Scherz gewesen. Jetzt bin ich mir da nicht mehr so sicher. Ist es vielleicht genau das, was diese Zauberin von Jamie will?

Bre'Shun lacht laut auf und wieder läuten die Glocken in meinen Ohren. „Nein, Angelina. Sein erstgeborenes Kind nützt uns nichts. Wir werfen keine Babys in unsere magischen Tränke."

Sie kann Gedanken lesen! Verdammt! Also sind es Zutaten, die sie will. Meine Wangen glühen vor Scham über meine dumme Vermutung und noch viel mehr, weil sie meine blöden Gedanken sogar hören konnte und Jamie verraten hat. Verlegen senke ich meinen Kopf und trinke noch etwas Tee. In diesem Moment erscheint ein weiteres

Objekt neben der Standuhr. Ein Schaukelstuhl. Und obwohl niemand darin sitzt, schwingt er sanft vor und zurück. Erschrocken stelle ich die Tasse ab und das Porzellan klirrt wütend auf der Untertasse. Guter Gott, was für ein Zauber ist das denn?

Ich kann Jamies fragenden Blick auf mir spüren und bin sicher, dass er mit meiner überaus geistreichen Vermutung zusammenhängt, und nicht mit meinem gerade wohl sehr seltsamen Verhalten. Ich erwidere seinen Blick kurz und zucke dabei gehemmt mit den Achseln. Er schmunzelt, was meine Anspannung ein wenig lockert.

„Du hast doch bestimmt schon eine konkrete Vorstellung", sagt er anschließend zur Fee. „Was willst du?"

Lange Zeit betrachtet sie ihn eindringlich mit unverändert freundlicher Miene. „Das Badewasser eines Kleinkindes", fordert sie am Ende völlig unerwartet. „Nach einem Neumond."

Heiliger Strohsack, wie soll Jamie jemals so etwas Verrücktes herbeischaffen? Dafür müsste er ja in ein fremdes Haus einbrechen.

„Einverstanden."

Bei Jamies Antwort schnappe ich entsetzt nach Luft.

„Nun gut, James Hook, ich nehme dich beim Wort." Ihre Augen schimmern mehr blau als türkis, als sie seine

Hand in ihre beiden nimmt. Das sanfte Lächeln, das seit unserer Ankunft auf ihren Lippen ruhte, verschwindet im nächsten Moment. Sie blickt zwar immer noch freundlich, aber sehr viel bestimmter drein. „Man kann Nimmerland nur auf demselben Weg verlassen, auf dem man auch hierher gefunden hat."

Ich warte auf mehr.

Da kommt aber nicht mehr.

Mir wird klar: Ich bin am Arsch.

Jamie zieht seine Hand aus der der Fee. Seine Finger sind bereits blau von der Kälte. „Warum hast du das gestern nicht Jack erzählt, als er hier war?", brummt er durch zusammengebissene Zähne hindurch.

Jemand kichert hinter uns und ich wirble erschrocken in meinem Stuhl herum. „Du hast ihn mit der falschen Frage zu uns geschickt", erklärt ihm eine bildhübsche Frau in der Tür. Ihr glattes silbernes Haar ist so lang wie das von Bre'Shun, und sie zwirbelt gerade eine seidige Strähne davon um ihren Finger. Bei dieser Frau muss es sich um Remona handeln. Ihr ärmelloses Kleid fließt an ihr hinab wie geschmolzene weiße Schokolade.

„Natürlich", seufzt Jamie und klingt, als würde ihm gerade ein fürchterlicher Fehler klar werden. Dann erhebt er sich aus seinem Stuhl und legt mir eine Hand auf die

Schulter. „Wir sollten jetzt besser gehen", flüstert er mir zu.

Ich stehe ebenfalls auf, doch plötzlich überkommt mich ein verrückter Gedanke. Was ist, wenn ich noch ein bisschen mehr von diesem Tee trinke? Werden dann vielleicht weitere Gegenstände aus dem Nichts erscheinen?

Bre'Shun kommt zu uns um den Tisch herum und verabschiedet sich von Jamie. Zwar lausche ich nur mit einem Ohr, doch ihre Worte verwirren mich deshalb nicht weniger. „Du befindest dich am Anfang deines größten Abenteuers, James Hook. Wende dich nicht ab." Da ich sowieso nicht schlau werde aus dieser Frau oder ihrem Hokuspokus, konzentriere ich mich mehr auf die Teetasse vor mir. Schnell nehme ich noch einen Schluck. Eine schwere Topfpflanze materialisiert sich neben dem Schaukelstuhl.

Das ist so aufregend und total gruselig. Trotzdem kann ich nicht widerstehen, noch mehr von dem Tee zu trinken. Bei meinem nächsten Schluck erscheint plötzlich ein Fenster in der Wand und der Saal beginnt zu schrumpfen. Noch ein Schluck – und dann ist da ein offener Kamin. Ein kleines Feuer brennt darin ruhig vor sich hin. In einem Zug trinke ich auch noch den restlichen Tee aus meiner Tasse. Als ich danach wieder aufblicke, befinden sich um uns herum noch drei weitere Fenster, der

Raum ist auf ein Drittel des ursprünglichen Saals geschrumpft, die Marmorfliesen sind verschwunden und an ihre Stelle ist ein lila Teppich getreten. Soweit ich das jetzt sehe, haben wir in den vergangenen zehn Minuten nicht auf mittelalterlichen Stühlen um einen Glastisch herum gesessen, sondern auf einer weichen Couch mit einem hölzernen Tischchen davor.

Mein Mund steht sperrangelweit offen. Bre'Shun tritt an mich heran und nimmt meine Hände in ihre. „Willkommen in meinem Zuhause, Angelina." Ihre Haut fühlt sich plötzlich gar nicht mehr so kalt an.

Dankbar drücke ich nun auch ihre Hände und verabschiede mich. Doch als ich mich umdrehe, grinst mir Remona ins Gesicht. Ihr Blick ist nicht so warm und freundlich wie Bre'Shuns, sondern neugierig und schauerlich durchdringend. Sie streicht mir mit den Fingern durchs Haar, befühlt mein Kleid und bückt sich sogar, um meine Schuhe genauer unter die Lupe zu nehmen.

„Unfassbar! Ein richtiger Besucher! Ich bin noch nie zuvor einem Ausländer begegnet." Sie zieht an meinen Schnürsenkeln und hält ein Ende davon in ihrer Hand. „Sieh dir das an, Bre! Was würde ich für einen Blick in ihre Welt geben."

Ich fühle mich ein wenig unbehaglich unter ihrer

Inspektion, auch deshalb, weil immer noch Jamies Warnung von vorhin in meinem Kopf herumgeistert.

„Gefällt es dir hier in Nimmerland?", fragt sie mich und steht wieder auf.

„Ich ... ah ...", stottere ich händeringend und ziehe es dann vor, in die Hocke zu sinken und meine Schnürsenkel wieder zu binden. Jamie sagte, ich solle nicht mit ihr reden, doch wie unhöflich ist es, ihre Frage nicht zu beantworten? Und was soll schon Schlimmes dabei rauskommen? Als ich wieder hochkomme, sage ich: „Es ist eine wirklich interessante Insel. Aber ich möchte jetzt lieber wieder nach Hause."

„Ah ja, ich verstehe." Sie huscht mit aufgeregten Hopsern um mich herum, bis wir uns wieder Auge in Auge gegenüber stehen. Dann grinst sie bis über beide Ohren. „Könntest du mir bei deinem nächsten Besuch vielleicht ein Paar von diesen da mitbringen?" Sie deutet dabei auf meine Turnschuhe.

„Ich denk, das kann ich ma –"

„Nein! Kommt gar nicht in Frage!", stößt Jamie hervor und zwängt sich zwischen mich und Remona. Mit seinen Lippen an meinem Ohr flüstert er: „Dein Wort einer Fee gegenüber ist für alle Zeit bindend." Ich brauche ihm nur kurz ins Gesicht zu sehen und weiß, was er damit meint.

Hätte ich zu Remonas Bitte Ja gesagt, hätte ich auf jeden Fall zurück nach Nimmerland kommen müssen, um ihr die versprochenen Schuhe zu bringen.

„Wir müssen jetzt los", sagt er über seine Schulter zu Remona und schiebt mich bereits durch die Tür raus ins Freie.

„Wartet, ich mach euch das Gartentürchen auf." Ihre Stimme kommt von irgendwo hinter mir, doch im nächsten Moment fühle ich mich, als hätte jemand meinen Körper durch einen eiskalten See geschleift. Ich erschaudere und huste, als hätte ich meinen letzten Atemzug getan. Da taucht Remona vor uns aus dem Nichts auf und hüpft freudig zum Gartenzaun. Oder vielleicht ist sie ja gar nicht aus dem Nichts aufgetaucht ... sondern aus mir.

Ich klammere mich an Jamies Arm und suche entsetzt seinen Blick. „Ist sie etwa gerade durch mich hindurchgegangen?"

Das Gesicht zu einer mitleidigen Grimasse verzogen, nickt er. Oh Mann, ich kann gar nicht früh genug von diesem gruseligen Ort wegkommen.

Seinen Arm um meine Taille geschlungen, führt mich Jamie raus aus dem unscheinbaren Feengarten und den Weg entlang, den wir gekommen sind. Nach nur wenigen Metern bleibe ich jedoch stehen und schaue noch einmal zurück. Bre'Shun steht noch immer auf der Türschwelle. Hinter ihr erkenne ich einen Glastisch mit drei gusseisernen Stühlen rundherum und einen Schachbrettmarmorboden.

„James", sagt sie mit sanfter Stimme und blickt nur ihn allein an. „Deine nächste Frage wird sogar noch größer sein, als die heutige. Wenn du kommst, um mich um die Antwort zu bitten, bring mir einen Regenbogen mit. Aus Nimmerlands Mitte."

Ich kann spüren, wie Jamies Griff um meine Taille lockerer wird. Seine Augen sind weit wie Bre'Shuns Untertassen, und langsam streift er sich mit der Zunge über die Unterlippe. Ganze zehn Sekunden lang starrt er sie einfach nur fassungslos an. Schließlich findet er aber seine Stimme wieder und sagt in ruhigem Ton: „Bis zum nächsten Mal, Fee."

Sie nickt und verschwindet in ihrem Haus. Die Tür fällt von allein hinter ihr zu.

James Hook

Ein gottverdammter Regenbogen aus dem Vulkan? Was kann für mich in der Zukunft wohl so wichtig sein, dass ich dafür einen Regenbogen fangen soll? Hätte mir das irgendjemand anderes erzählt, hätte ich es wohl mit einem Lächeln abgetan. Aber wir sprechen hier von Bre'Shun. Sie behält immer recht mir ihren Vorahnungen. Ein Schauer läuft mir über den Rücken.

„Lass uns gehen", sage ich zu Angel. Sie folgt mir, ohne zu zögern.

„Ist dir aufgefallen, dass etwas mit dem Tee nicht gestimmt hat?", flüstert sie nach einer Weile, obwohl wir schon mindestens eine halbe Meile vom Haus der Feen entfernt sind.

Ich antworte ihr in normaler Lautstärke: „Ja. Mir kam

es so vor, als seien bei jedem Schluck Dinge erschienen. Ich bin mir allerdings nicht ganz sicher, ob es wirklich am Tee lag. In diesem Haus weiß man nie."

„Besuchst du sie häufiger?"

„Die Feenschwestern? Ich war schon seit Jahren nicht mehr dort. Es gab keinen Grund dafür."

Angel wirft einen prüfenden Blick zurück, so als wollte sie sich vergewissern, dass wir endlich weit genug vom Feenhaus entfernt sind und sie wieder durchatmen kann. Dann ergreift sie meinen Arm und hält mich an. Um ihre Augen ziehen sich argwöhnische Falten. „Okay, dann schieß mal los."

„Wie bitte?"

„Erklär mir, was Bre'Shun mit ihrer kryptischen Aussage gemeint hat. Was hat das zu bedeuten – ich kann Nimmerland nur auf dem Weg verlassen, auf dem ich hierhergekommen bin?"

„Du hast gesagt, du bist durch den Himmel gekommen."

„Ja und? Ihr habt ja wohl kaum ein Flugzeug, mit dem ich auf gleichem Weg wieder heimkomme. Wie soll ich also bitte durch den Himmel abhauen?"

Ich frage mich, was ein Flugzeug ist. Vielleicht meint sie damit ja eine dieser fliegenden Kutschen, von denen sie mir gestern Nacht erzählt hat. Mit Sicherheit hätte sie es mit so einem Ding leichter als mit dem, was noch vor ihr liegt. Ich seufze. „Im Grunde denke ich, du musst lernen, wie man fliegt."

„Ich? Fliegen?" Ihre Stimme donnert durch den Wald. „Vielleicht ist es dir ja noch nicht aufgefallen, aber ich habe keine Flügel!"

„Die brauchst du auch nicht, um zu fliegen. Was du brauchst, ist jemand, der es dir zeigt." Was ich gleich sagen werde, will mir am liebsten im Hals stecken bleiben, aber ich sehe leider keine andere Möglichkeit. „Du musst fliegen lernen wie Peter Pan."

So wie die Luft aus ihren Lungen entweicht gerade auch die Farbe aus ihrem Gesicht. „Das geht nicht. Ich weiß doch gar nicht wie. Und selbst wenn Peter es mir beibringen könnte ... er ist stinksauer auf mich. Er *hasst* mich!"

Weil Angel sich gerade in einen mittleren hysterischen Anfall redet, umfasse ich ihre Schultern und versuche, sie zu beruhigen. Doch sie nimmt mich nicht einmal mehr wahr, obwohl ihre Augen fest auf mich gerichtet sind. „Er würde niemals zustimmen, Jamie. Und eigentlich ist das auch egal, weil ich ihn sowieso nicht fragen kann. Er lebt im Dschungel und *da* setze ich nie wieder einen Fuß rein, das schwöre ich!"

„Angel. *Angel*!" Sanft streiche ich ihr das Haar aus der Stirn und kämpfe um ihre Aufmerksamkeit. „Du musst nicht zurück in den Dschungel. Das lasse ich nicht zu. Wir werden einfach warten, bis Peter zu uns kommt. Er kann das Schiff mühelos aus der Luft entdecken."

„Bist du jetzt völlig übergeschnappt? Warum sollte er freiwillig zu uns kommen? Selbst wenn er sich eines Tages zu Tode langweilen und auf einen spaßigen Kampf mit dir aus sein sollte, dann passiert das frühestens in ein paar Wochen. Ja, vielleicht Monaten … oder sogar Jahren!"

„Mit etwas Glück kommt er schon in den nächsten zwei Tagen."

Das holt sie schließlich aus ihrer Panik und endlich nimmt sie mich wahr. „Wie um alles in der Welt kommst du denn darauf?"

„Ich habe einen Plan." Keinen sehr guten, zugegeben, und die Chancen stehen zehn zu eins, dass er gewaltig nach hinten losgeht. Doch nachdem ich Angel heute Morgen weinen gesehen habe, bin ich bereit, eine ganze Menge in Kauf zu nehmen, nur um sie sicher wieder nach Hause zu bringen. Außerdem ist es auch die einzige Möglichkeit, die mir noch bleibt, um an meinen Schatz zu gelangen. „Wir hinterlassen Peter eine Nachricht."

Angel sieht mich an, als hätte ich den Verstand verloren. Sie macht einen Schritt zurück, verschränkt die Arme vor der Brust und kräuselt ihre Lippen. „Egal an welches Netz sie in ihrem Baumhaus angeschlossen sind, ich bin sicher, die haben keinen Anrufbeantworter."

Sie kommt aus einer anderen Welt; ich muss nicht alles verstehen, was sie sagt.

„Peter ist mit den Meerjungfrauen befreundet. Wenn wir sie davon überzeugen können, ihm einen Nachricht zu überbringen, haben wir eine Chance."

Grübelnd reibt sich Angel die Schläfen, während sie in kleinen Kreisen um mich herumläuft. „Aber was willst du ihm den ausrichten lassen? Er wird mir sicher nicht freiwillig helfen." Sie bleibt stehen, hebt ihren Blick und schaut mir ins Gesicht. „Du hast doch selbst gesehen, wie er mich einfach in dieser fürchterlichen Falle hat hängen lassen. Es schert ihn nicht, was aus mir wird."

Ich streichle über ihre erhitzte Wange. „Er hat dich hängen lassen, weil er dachte, du hättest ihn verraten. Überlass das mir." Wenn ich ihn dazu bringen kann, dass er mir nur einen Moment zuhört, wird er es verstehen. Hoffentlich ...

Angel und ich kehren zurück auf die Jolly Roger, und ich befehle Smee, die Segel zu hissen. Wir steuern nach

Norden, zur Meerjungfrauenlagune. So nervös, dass die Luft um sie herum spürbar dicker wird, wird Angel von Minute zu Minute stiller. Kartoffel Ralph bringt ihr aufgeschnittenen Braten und Brot auf einem Teller angerichtet, doch sie sieht das Essen nicht einmal an. Ich mache mir langsam Sorgen um sie.

Wir haben den ganzen Tag lang nicht über London gesprochen. Jetzt, wo sie an der Reling sitzt und auf ihren Fingernägeln kaut, frage ich mich, woran sie sich überhaupt noch erinnern kann. Welchen Teil ihres Lebens hat sie im Schlaf verloren? Ich möchte auf sie zugehen, sie in die Arme schließen und ihr versichern, dass alles gut wird. Dass wir einen Weg finden werden, wie sie fliegen lernen kann. Doch in Wahrheit hatte sie recht. Peter ist ein sturer Bengel. Wenn er uns wirklich helfen soll, braucht es schon mehr als ein einfaches *Bitte* unter Brüdern. Die Frage ist nur, wie viel bin ich bereit zu geben, um Angel glücklich zu machen?

Gerade wird mir auch bewusst, dass ich Angel heute noch gar nicht geküsst habe. Es fehlt mir.

In der Abenddämmerung lasse ich Smee endlich den Anker auswerfen. Wir sind noch immer über eine Meile von der Lagune entfernt, doch näher können wir nicht heran, denn es besteht durchaus die Möglichkeit, dass die

Meerjungfrauen unter Wasser abhauen werden, sobald sie die Jolly Roger auch nur von Weitem sehen. Das letzte Stück gehen wir lieber zu Fuß. Aus diesem Grund helfe ich Angel in das kleine Beiboot und rudere uns an Land.

In der kalten Abendluft nehme ich mein Cape ab und hänge es Angel um die Schultern. Er wird bald dunkel, und ich habe keinen blassen Schimmer, wie lange wir auf eine Meerjungfrau warten müssen. Wenn wir Glück haben, vielleicht nur zwei Minuten. Es könnte aber auch Stunden dauern. Angel soll in der Zwischenzeit hier draußen nicht frieren.

Sie blickt mich nur kurz an und murmelt ein leises „Danke schön".

Ich nicke und nehme ihre Hand, wobei ich meine Finger mit ihren verschränke. Auf diese Weise bin ich noch nie mit jemandem spazieren gegangen. Als ich mit dem Daumen über ihre Fingerknöchel streichle, drückt sie im Gegenzug meine Hand ein wenig fester. Ich kann gar nicht beschreiben, wie aufregend das ist. So eng verbunden, durchzieht mich vor Vergnügen ein feines Zittern. Es lässt sich nicht mehr verleugnen; wenn sie weg ist, wird sie mir fürchterlich fehlen. Die Erkenntnis macht sich mit einem Stich in meiner Brust bemerkbar.

„Was ist los?", fragt sie leise, als wir uns der felsigen

Nordküste von Nimmerland nähern.

Mir ist wohl entgangen, was diese Frage ausgelöst hat. „Hm?"

„Du hast geseufzt. Was beschäftigt dich?"

Herrgott noch mal, ich habe geseufzt? Dann ist es wohl noch schlimmer um mich bestellt, als ich dachte. „Ach, es ist nichts", lüge ich. „Ich überleg mir nur gerade, wie wir es am besten anstellen, eine Meerjungfrau zu uns zu locken. Du betest wohl lieber dafür, dass diese Dinger nicht gleich schreiend wegrennen, wenn sie mich sehen."

„Wegschwimmen", verbessert mich Angel und macht sich mit einer hochgezogenen Augenbraue über mich lustig.

„Klugscheißer", necke ich sie zurück.

Angel kichert. Das Geräusch erwärmt mich von innen.

„Was ist eigentlich dein größtes Abenteuer?", fragt sie mich wenig später.

Irgendwie kann ich ihren Gedankensprüngen heute Nacht nicht folgen. „Was meinst du?"

„Bre'Shun hat vorhin etwas Seltsames zu dir gesagt. Na ja, neben all dem anderen verwirrenden Zeug, meine ich."

Wir erreichen die dunklen Felsen, die wie ein Steg hinaus aufs Meer führen. Ich mache einen großen Schritt auf den ersten Felsen vor mir, drehe mich dann um und strecke meine Hand nach Angel aus. Als sie sicher vor mir auf dem Steinbrocken steht, sieht sie mir ernst ins Gesicht und erklärt: „Sie hat gesagt, du stehst am Anfang deines größten Abenteuers. Was für ein Abenteuer ist das?"

Ich vermeide eine Antwort. Stattdessen halte ich sie fest an der Hand und führe sie behutsam über die nassen Felsen. Darüber zu sprechen würde nur bedeuten, dass ich an Bres Worte glaube ... was ich keinesfalls tue. Sie mag eine mächtige Fee sein, aber selbst die können sich mal irren.

Zumindest bete ich darum.

Ein mulmiges Gefühl befällt mich. Die Geschichte beweist, dass die beiden mit ihren Vorahnungen bisher immer recht behalten haben. Und zwar zu verdammten einhundert Prozent. Ich bin verloren.

„Gib auf die Felsspalten acht", murmle ich und passe auf, dass ich nicht zu schnell für Angel voranschreite.

„Da du mir offenbar keine Antwort geben willst, kann ich dich dann etwas anderes fragen?", dringen ihre Worte von hinten zu mir.

„Vielleicht."

„Was ist in der kleinen silbernen Schatzkiste?"

Diese Frage kann ich in der Tat beantworten, ohne dass mir dabei übel wird. „Eine Taschenuhr."

„Echt jetzt?" Angel zieht abrupt an meiner Hand und ich drehe mich zu ihr um. „Was ist so besonders an einer Uhr, dass du den Schlüssel für ihren Tresor ständig bei dir trägst?"

Automatisch greife ich an meine Brust und fühle den Schlüssel unter meinem Hemd. Ich sehe sie mit zusammengekniffenen Augen an. „Woher weißt du –? Ah, Peter Pan." Der kleine Mistkerl hat ihr bestimmt davon erzählt. Mit beiden Händen auf ihren Hüften hebe ich sie von ihrem Felsen rüber auf meinen. Sie stützt sich an meinen Schultern ab. Als sie wieder fest auf beiden Beinen steht, rutschen ihre Hände langsam herab, bis sie den Schlüssel finden. Ich lege meine Hände auf ihre, um sie an Ort und Stelle zu halten. „Es ist der Schlüssel für ein *Morgen*."

Angel runzelt die Stirn. „Bre'Shun hat so etwas Ähnliches auch gesagt. Ich versteh aber kein Wort davon."

Ich streife das nachdenkliche V zwischen ihren Augenbrauen mit meinem Daumen auseinander und erkläre ihr: „Vor langer Zeit ist in Peters Leben etwas Schreckliches passiert. Es hat ihn zerbrochen, und er hat daraufhin beschlossen, niemals erwachsen zu werden." Ich erinnere mich, wie auch mir einige Zeit zuvor dieses Schicksal widerfahren ist und wie es mir einen Teil meines Herzens herausgerissen hat. Manchmal kann ich Peter nicht einmal böse sein für das, was er angerichtet hat. „Durch seine blindwütige Entscheidung hat er es geschafft, Nimmerland irgendwie zu verfluchen. Und jeder Zauber muss an ein Objekt gebunden sein. Zumindest haben es mir die Feen so erklärt. Dieser Gegenstand ist ein Symbol für den Fluch."

Angels Augen gehen weit auf, als sie versteht, was ich damit sagen will. „Und für einen Zauber, der die Zeit anhält, gibt es natürlich nur ein passendes Symbol. Eine Uhr", kombiniert sie.

„Bei den Feen, ja so ist es. Sie haben mir die Taschenuhr in dieser Kiste zusammen mit dem Schlüssel anvertraut. Aber es ist nicht irgendeine Uhr. Es ist die Taschenuhr meines Vaters. *Unseres* Vaters." Ich lasse Angels Hand los und klettere weiter hinaus auf dieser felsigen Landzunge. Neben mir funkelt der weiße Mond im Wasser. Ohne sein Licht wäre es bereits zu dunkel, um die eigene Hand vor Augen zu sehen.

„Um ehrlich zu sein", meint Angel hinter mir, „habe ich mich seit der Nacht im Dschungel gefragt, wie ihr beide Brüder sein und euch trotzdem so fürchterlich hassen könnt."

„Wir sind nur Halbbrüder. Das ist der Grund." Das ist wirklich ein Teil meiner Geschichte, über den ich nur sehr ungern spreche, aber damit Angel es verstehen kann, muss ich ihr die ganze Wahrheit erzählen. „Meine Mutter war zwanzig Jahre alt, als sie meinen Vater kennengelernt hat. Sie hat sich auf den ersten Blick in ihn verliebt. Er war ein sehr charmanter Mann." Mir fällt auf, wie ironisch das ist, was ich gleich zu Angel sagen werde, und grinse deshalb schief über meine Schulter zu ihr zurück. „Er war ein Pirat."

Angel lächelt ebenfalls.

„Bereits im ersten Jahr bekam sie mich. Als ich aufwuchs, habe ich meinen Vater nur selten gesehen, aber ich erinnere mich noch genau, wie stolz er war, als er mich zum ersten Mal mit auf sein Schiff nahm. Ich war damals ungefähr fünf." Mir kommt es vor, als hätte ich in den Wellen ein Geräusch gehört, also bleibe ich stehen und lausche einen Moment, doch der Ozean bleibt ruhig.

Noch ist keine Meerjungfrau in Sicht, also gehe ich weiter und setze meine Geschichte dabei fort. „Meine Mutter ist gestorben, als ich zwölf Jahre alt war."

Angel schließt ihre Finger fest um meine. „Das tut mir leid, Jamie."

Mit einem Nicken in der Dunkelheit nehme ich ihr Mitleid an. „Mein Vater ist nach ihrem Tod niemals zurückgekommen, um mich zu sich zu holen. Es hat nicht lange gedauert, bis ich herausgefunden habe, warum nicht.

Kurz nachdem er damals meine Mutter geheiratet hat, lernte er auch noch eine andere Frau kennen. Mit ihr hatte er einen zweiten Sohn."

„Peter", wispert Angel entsetzt. „Es muss furchtbar gewesen sein, das herauszufinden, wo du doch noch dazu über den Tod deiner Mutter getrauert hast."

Es war wie ein Schlag ins Gesicht. Noch nie zuvor hatte ich mich so verloren gefühlt. Und auch nie wieder danach. Ich beiße die Zähne zusammen und lasse Angels Hand los. „Es war mir egal."

Wir erreichen die Spitze der Landzunge. Hier ist ein guter Platz, um auf die Fischmädchen zu warten. Ich steige auf den letzten Felsen hinab und helfe Angel zu mir herunter. Sie sieht mir lange in die Augen, als würde sie darin die Wahrheit suchen, die ich vor ihr verberge. Um ihrem durchdringenden Blick auszuweichen, lasse ich mich auf der glatten Oberfläche dieses Steinbrockens nieder, der immer noch die Wärme der Sonne gespeichert hat.

Doch natürlich gibt Angel nicht auf. Wie bin ich nur auf diesen dummen Gedanken gekommen, ich könnte sie mit einer Lüge abspeisen? Sie kniet sich vor mir nieder und legt ihre Hände auf meine aufgestellten Knie. „Wie viele Jahre bist du älter als Peter?"

Das könnte in der Tat spannend werden, stelle ich mit

einem Hauch von Sarkasmus fest. „Wie alt denkst du, bin ich, Angel?"

„Ich weiß nicht. Um die dreiundzwanzig, vielleicht auch etwas jünger."

Ich beginne zu lachen. Das Geräusch erschreckt mich, denn es ist mit Schmerz erfüllt. „Ich wurde gerade neunzehn, als Peter sich entschlossen hat, für immer ein Kind zu bleiben, und damit unser aller Schicksal besiegelt hat."

Angel kippt erstaunt zur Seite und landet auf ihrem Hintern. Tja, sie hat wohl nicht erwartet, dass ich noch so jung bin. Andererseits bin ich schon so lange neunzehn, dass ich aufgehört habe, die Jahre zu zählen.

„Weißt du denn, warum Peter diese Entscheidung getroffen hat?"

Traurigerweise, ja. „Nachdem ich damals die Wahrheit über meinen Vater herausgefunden hatte, habe ich Peter das Leben zur Hölle gemacht. Ich war voll Zorn und Hass, und er sollte dafür büßen, dass er meinen Vater gestohlen hat."

„Aber es war nicht seine Schuld."

Na und? Meine Schuld war's auch nicht, verdammt noch mal! „Ich war ein Kind. Alles, was ich gesehen habe, war, dass meine Mutter gestorben ist und mein Vater einen anderen Sohn statt mir großzog."

„Ich verstehe." Angel rutscht näher, legt ihren Kopf auf meine Schulter und verschränkt unsere Finger. „Hat denn Peter gewusst, dass ihre beide Halbgeschwister seid?"

Für einen langen Augenblick betrachte ich unsere verschlungenen Hände. „Am Anfang noch nicht. Eines Tages, unten im Hafen, da habe ich ihm aufgelauert und ihn auf den Boden gezwungen. Ich habe ihm mein Knie auf die Brust gesetzt, und er hat mich angefleht, ihn gehen zu lassen. Aber ich habe ihn nicht losgelassen. Dann hat er mir ins Gesicht geschrien und mich gefragt, warum ich ihm all diese grausamen Dinge antue."

„Hast du es ihm gesagt?"

Ich schüttle meinen Kopf. „Nicht an jenem Tag."

Angel hebt den Kopf. Ich kann ihren Blick auf mir spüren. „Wann hat Peter es herausgefunden?"

„Ich hab's ihm zwei Jahre danach erzählt, nachdem ich ihm den Arm mit einem Messer vom Ellbogen bis zur Schulter aufgeschnitten habe." Bei dieser speziellen Erinnerung werde ich still. Mein Hals verengt sich schmerzhaft. Der Tag hat in einer Tragödie geendet. „Zuerst war Peter wie betäubt. Zum ersten Mal, nachdem ich meine Mutter verloren hatte – und auch meinen Vater –, habe ich dieses kleine Gefühl des Triumphes über Peter verspürt."

„Was ist dann passiert?"

Eine eisige Kälte kriecht mir in die Knochen. Ich weiß, dass sie nicht von der dunklen Nacht kommt, sondern von den Bildern, die gerade vor meinen Augen vorbeiziehen. Weil ich mich nach ein wenig Geborgenheit sehne, ziehe ich Angel vor mich, damit sie so wie gestern zwischen meinen Beinen sitzt. Sie dreht sich zur Seite, schmiegt sich an meine Brust und streichelt in kleinen Kreisen über mein Herz. Ich reibe sanft über ihren Rücken.

„Als er wieder zu sich kam", erzähle ich Angel mit leiser Stimme weiter, „ist er nach Hause gelaufen und hat seine Mutter nach der Wahrheit gefragt. Sie hatte keine Ahnung."

„Es hat seine Familie zerstört, nicht wahr?"

„Schlimmer. Als Peters Mutter von mir erfuhr – und davon, dass ihr Ehemann sie all diese Jahre belogen und betrogen hat –, konnte sie mit der Wahrheit nicht umgehen. Völlig verzweifelt ist sie zum Ozean gelaufen und hat sich von den Klippen gestürzt."

Angel wird vor Entsetzen ganz steif in meinen Armen. Ich drücke sie fester an mich. Egal, was sie jetzt von mir denken mag, ich könnte es nicht ertragen, wenn sie sich von mir entfernen würde. Sie ist warm. Sie ist mein Trost.

„Unser Vater ist ihr hinterhergelaufen, doch er bekam sie

nicht mehr rechtzeitig zu fassen. Um sie aus den Fluten zu retten, ist er ihr nachgesprungen. Keiner von beiden ist jemals wieder an die Oberfläche gekommen." Ich hole Luft und sauge dabei den Duft von Angels Haar durch meine Nase ein. „Peter und ich waren nicht weit von ihnen. Wir haben alles mit angesehen."

Eine bedrückende Stille legt sich über uns. Erst nach Minuten nimmt Angel meine Hand und haucht einen Kuss auf meine Fingerknöchel. „Ich kann mir nur vorstellen, wie ich daran zerbrochen wäre, wenn ich auf diese Art meine Familie verloren hätte. Meine Schwestern. Es muss dir unglaublich schwergefallen sein, damit umzugehen."

Bisher habe ich Angels Situation noch nie von ihrer Seite aus betrachtet. Was sie verliert, wenn sie nicht mehr zurück nach Hause findet. „Es war schwer für mich, da hast du recht. Aber für Peter war es unmöglich. Siehst du, da war ich auf der einen Seite. Ich habe ihn seine ganze Kindheit hindurch immer nur gequält. Und auf der anderen Seite gab es da noch unseren Vater, der diese Blase aus Lügen um ihn herum aufgebaut hat. Und am Ende war es seine eigene Mutter, die nicht einmal einen Gedanken an ihn verschwendet hat, als sie sich dazu entschloss, sich das Leben zu nehmen."

Die Luft, die ich einatme, gefriert in meinen Lungen.

Ich schließe die Augen. „Es hat ihn zerrissen. Er brauchte einfach einen Weg, um dieser Situation zu entfliehen. Und den hat er mit dem Fluch gefunden. Er dachte wohl, wenn er für immer ein Kind bliebe, müsste er sich nicht mit dem Schmerz in sich auseinandersetzen. Kinder spielen. Sie vergessen. Das hat auch Peter getan. Und Pan war geboren."

„Armer Peter. Was muss in einem Jungen vorgehen, damit er solch einen Fluch auslöst? Und es tut mir auch leid um deine Familie, Jamie."

„Das muss es nicht. Es ist alles schon so lange her. Ich denke so gut wie nie daran." Die Stimmung hat ganz ohne Zweifel ihren Tiefpunkt erreicht. Ich brauche Angels Mitleid nicht, und ich will auch nicht länger die vergangenen Ereignisse in die Gegenwart holen, also bemühe ich mich um ein Lächeln und füge hinzu: „Außer, wenn wieder einmal ein fremdes Mädchen aus einer anderen Welt auf die Insel fällt und mein Leben auf den Kopf stellt."

Angel steigt auf mein Geplänkel ein und grinst. „Ja, ich hab gehört, solche Dinge passieren schon mal von Zeit zu Zeit. Besonders, wenn diese Mädchen in eine Falle geraten sind und Hilfe benötigen."

Ihre Worte tragen mich zurück in jene Nacht. Um

genau zu sein, zu jenem Moment, als Peter ihr den Rücken gekehrt hat. Er wirkte so verletzt. Und erst in diesem Moment wird mir bewusst, warum. „Wusstest du, dass du Peters Mutter sehr ähnlich siehst? Ihr habt das gleiche dunkle Haar und die gleichen großen braunen Augen. Ich kann mir vorstellen, dass du ihn sehr an sie erinnerst."

Angel nickt ganz leicht. „Vielleicht ist das ja der Grund, warum er so böse war, als ich ihm gesagt habe, dass ich zurück in meine Welt will."

„Und dann hat er dich auch noch mit mir gesehen. Bestimmt dachte er, du betrügst ihn so wie seine eigene Mutter, als sie ihn alleine zurückgelassen hat."

„Das würde zumindest einen Sinn ergeben. Er vermisst sie noch immer. Und du vermisst deine Familie bestimmt auch." Sie kratzt einen Kieselstein aus der Felsspalte neben ihr und wirft ihn ins Meer. „Also möchtest du die kleine Schatzkiste mit der Uhr deines Vaters zurück, weil du ein Erinnerungsstück an ihn haben willst?"

Ich greife mir ebenfalls eine Handvoll Kieselsteine und schleudere sie in die Fluten. „Ich will die Uhr finden, damit ich sie zerstören kann."

„Warum das?"

„Es ist schwer zu erklären."

„Versuch's wenigstens!"

Na schön. Ich lehne mich wieder zurück an den schweren Fels hinter mir und blicke hinauf zu den Sternen. „Als Peter beschlossen hat, für immer ein Kind zu bleiben, hat sich diese Entscheidung auf ganz Nimmerland ausgewirkt. Seit jenem Tag ist niemand mehr auch nur einen Tag gealtert. Das Leben hier auf der Insel geht zwar weiter, aber nicht so, wie man sich das vorstellen würde. Obwohl die Leute jeden Tag etwas anderes machen, kommen sie in ihrem Leben trotzdem nicht voran. Es ist wie eine endlose Schleife, aber niemandem scheint es aufzufallen."

„Niemandem? Warum weißt du es dann?"

„Das habe ich mich auch schon gefragt." Tausende Male. Es ist für mich immer noch seltsam, in den Hafen zu gehen und dieselbe Frau seit über hundert Jahren schwanger zu sehen. Oder die Kinder, die niemals älter werden. Niemand wird in Nimmerland geboren, niemand stirbt. Alles bleibt, wie es ist, an jedem neuen verdammten Tag. „Es muss wohl damit zusammenhängen, dass wir Brüder sind. Anders kann ich es mir nicht erklären. Oder vielleicht liegt es auch daran, dass ich der Auslöser für seinen Schmerz war, weil ich seine Familie zerstört habe. Wer weiß?" Ich seufze schwer. Nicht einmal die Feen wollen mir verraten, warum ich der Einzige bin, dem die

Dinge hier komisch vorkommen, während alle anderen Menschen auf Nimmerland ein glückliches Leben in Unwissenheit führen.

„Als ich Peter und die Verlorenen Jungs zum ersten Mal getroffen habe, haben sie mir von dir erzählt", sagt Angel.

Mit einem Grinsen im Gesicht stupse ich mit meiner gegen ihre Nasenspitze. „Hässlich und gemein, ich weiß."

Darüber muss sie lachen. „Ja genau. Aber es ist anders. Ich meine, die Geschichte ist anders, als du sie mir erzählt hast. Peter denkt, das alles sei nur ein Spiel. Er nimmt dich nicht einmal ernst."

„Mm." Ich nicke. „Das habe ich vorhin gemeint. Kinder vergessen. Unsere Kämpfe sind mit der Zeit ein Spaß für ihn geworden. Meinen Schatz zu stehlen war wohl seiner Meinung nach ein brillanter Streich. Dummerweise hat er auch die kleine Silberkiste gestohlen."

„Warum hast du die Uhr überhaupt so lange aufbewahrt? Wenn du sie unbedingt zerstören und damit den Fluch aufheben willst, hättest du das damals schon längst machen sollen."

„So einfach ist das nicht. Ich kann den Fluch nicht brechen. Das kann nur Peter, weil er ihn in die Welt gerufen hat. Ich habe versucht, ihn dazu zu bringen, die

Uhr zu zerstören." Ich zucke mit den Achseln. „Wie du siehst, ohne Erfolg."

„Er ist der Meinung, was auch immer sich in dem Kästchen befindet, bedeutet dir sehr viel."

Teuflisch wackle ich mit den Augenbrauen. „Er hat recht."

Angel setzt sich auf ihre Fersen und sieht mir in die Augen. Erst macht sie einen niedlichen Schmollmund, dann zieht sie ihre Augenbrauen in einer Parodie von Vorwurf zusammen. Ich bin mir nicht ganz sicher, ob ich sie im Moment für voll nehmen oder lieber über sie lachen soll. Sie schlägt mir leicht auf die Schulter. „Dann wolltest du mir also gar nicht helfen, nach Hause zu finden, weil du wegen der Falle im Dschungel ein schlechtes Gewissen hattest, du Strolch. Die ganze Zeit über wolltest du wirklich nur an die Information über das Versteck der Uhr kommen."

Ich lehne mich mit einem neckischen Grinsen vor und schiebe meine Hand in ihren Nacken. „Klar, was dachtest du denn?" Dann küsse ich ihre zarten Lippen.

In meinem Leben hat noch nie etwas so gut geschmeckt wie Angel. Ich knabbere an ihrer Unterlippe, bis sie anfängt zu lächeln und den Kuss erwidert. Ihre Schüchternheit von gestern Abend ist kaum noch präsent.

Sie lässt zu, dass ich sie wieder fester an mich ziehe, sitzt zwischen meinen Beinen und vergräbt ihre Finger in meinem Hemd.

Eine Sehnsucht nach diesem Mädchen überkommt mich, die ich kaum noch kontrollieren kann. Ich greife nach ihrer Hand, schiebe meine Finger zwischen ihre und führe sie an den offenen Kragen meines Hemds. Ich möchte ihre Haut auf meiner spüren, auch wenn es nur an dieser kleinen Stelle ist. Ihre Hände sind samtweich, ihre Finger erforschend. Sie krabbeln über meinen Hals nach hinten und hinauf in mein kurzes Haar. Ein belebendes Zittern zuckt durch meinen Körper.

Ich mache das Gleiche mit ihrem Haar, lasse die seidigen Strähnen durch meine Finger fließen. Angel ist unglaublich. Sie fühlt sich unglaublich an. Ich will sie nie wieder loslassen.

Vorsichtig streife ich ihr das Haar hinter die Ohren. Da befindet sich eine kleine Stelle, von der ich weiß, dass Angel zu zittern beginnt, wenn ich sie dort küsse. Darauf habe ich schon den ganzen Tag gewartet. Als ich sie dort zärtlich mit den Lippen und meiner Zunge kitzle, beginnt Angel zu kichern und das erwartete Frösteln überkommt sie. Es ist berauschend. Zärtlich beiße ich sie ins Ohr. Köstlich.

„Du bist ein skrupelloser Mann, James Hook", flüstert sie, als ich eine Linie auf ihrer samtweichen Haut den Hals hinab küsse.

Sie bringt mich zum Schmunzeln. „Da hast du recht." Und dabei hat sie noch nicht einmal die Hälfte davon gesehen, wozu ich fähig bin. Allerdings ist Angel auch die einzige Person auf dieser Welt, die diese Seite von mir zu Gesicht bekommt. Die Seite, die mich dazu verleitet, mich voll und ganz in ihr zu verlieren. Der Piratenteil in mir beginnt vor ihr zu zerbröckeln. Und ich habe es nicht eilig, die Scherben wieder zusammenzusetzen.

Ich lehne mich zurück und ziehe sie mit mir. Unser Kuss wird heißer und innig. Ich will sie vollständig in mich aufsaugen und jedes bisschen an ihr einatmen. Egal, wie viele Tage mir noch mit ihr bleiben, es sind niemals genug. Angel passt zu mir wie meine langersehnte andere Hälfte. Alles an ihr ist so wunderbar. Sie vervollständigt mich.

Ich halte sie noch fester im Arm, voll Angst, dass alles nur ein Traum sein könnte und ich aufwache, sobald ich die Augen öffne.

Aber wenn ich blinzle, ist sie immer noch da. Und sie lächelt mir zu. „Du siehst so überrascht aus."

Ich drücke ihr noch einen letzten, sanften Kuss auf die Stirn. „Nicht überrascht. Nur glücklich." Ausnahmsweise.

Nach sehr, sehr langer Zeit.

Angel kichert schon wieder. Ich liebe dieses Geräusch. „Hat das vielleicht irgendetwas mit mir zu tun?", zieht sie mich auf.

„Es hat alles mit dir zu tun", gebe ich zu und streichle über ihr Haar.

„Das ist schön." In mein Cape eingewickelt, kuschelt sie sich an mich. Ich nehme sie sanft in den Arm und kraule mit den Fingern über ihren Nacken. Nach einer Weile lege ich ihr meine Hand auf die Wange und streichle mit dem Daumen über ihr Jochbein vor und zurück. Angel zuckt ein paarmal, während sie ins Land der Träume entschwindet. Ich höre dabei nicht auf, sie zu streicheln.

Stunde um Stunde zieht vorüber. Langsam wandert der Mond über uns hinweg auf die andere Seite der Küste. Oben am Himmel glänzen die Sterne, als würden sie auf mich herab grinsen. Ich stelle ein Knie auf und lege meinen Arm darauf ab. Der Nachthimmel war noch nie schöner.

Allmählich überfällt auch mich eine schwere Müdigkeit. Aber ich kann es mir nicht erlauben, einzuschlafen, da ich den Ozean im Auge behalten muss. Also halte ich weiter nach einer Meerjungfrau Ausschau und schwelge dabei in Erinnerungen an all die wunderbaren Momente mit Angel. Es waren nur drei Tage, doch wenn ich Angel einen Kuss auf die Stirn gebe und sie zufrieden gegen meine Brust seufzt, kommt es mir vor, als würden wir uns schon ewig kennen.

Die See ist am ruhigsten kurz vor Sonnenaufgang. Als es so weit ist, wird mir bewusst, dass ich die ganze Nacht hindurch über Angels Schlaf gewacht habe. Und ich habe jede einzelne Minute davon genossen.

„Danke, dass du mir hilfst, Jamie", murmelt sie.

Ihre Stimme nach den vielen stillen Stunden wieder zu hören, bringt ein Lächeln auf mein Gesicht. „Das mache ich gerne." Ich zwirble eine Haarsträhne um meinen Finger. „Hast du gut geschlafen?"

„Nein, dort war er nie versteckt."

„Was?" Stirnrunzelnd blicke ich hinunter in ihr Gesicht. Ihre Augen sind immer noch geschlossen. „Angel?"

„Du suchst am falschen Ort", flüstert sie. „Er war nie im Dschungel."

„Angel? Bist du wach?"

„Ein Ort, den du mit deinem Schiff nicht erreichen kannst. Im Wasser. Nicht auf der Insel."

„Was ist nicht auf –?" Versenk mich doch! Sie spricht von meinem Schatz! Und sie schläft immer noch tief und fest. Mein Herz beginnt so wild zu schlagen, dass ich schon befürchte, ich wecke sie damit auf. Nachdem sie für mehrere Minuten lang still war, beuge ich mich vor und flüstere sanft in ihr Ohr: „Wo ist er, Angel?"

Sie seufzt verträumt und ihr Atem federt dabei warm gegen meine Haut unter dem offenen Kragen. „In einer Höhle ... Felsen wie eine Geburtstagstorte ... hier draußen. Du findest sie bei Ebbe."

Eine Höhle vor der Küste? Im Norden von Nimmerland? Ebbe ist ein Problem für die Jolly Roger, da dieser Teil des Ozeans viel felsiger ist als auf der anderen Seite. Wir können also nicht raussegeln. Aber mit dem Ruderboot –

Etwas platscht ins Wasser, etwa zwanzig Meter von uns entfernt. Die Fischmädchen. Sie sind tatsächlich gekommen.

Wenn sie nur zehn Minuten früher aufgetaucht wären, hätte ich sie ohne zu zögern herbeigerufen. Ich hätte Angel geweckt und mit den Meerjungfrauen verhandelt, damit sie meine Nachricht an Peter weitergeben.

Jetzt ... frage ich mich, was wohl passiert, wenn ich es nicht mache.

Ich habe alle Antworten, die ich brauche. Ohne es zu wissen, hat Angel mir das Versteck meines Schatzes verraten. Jetzt ist es nur noch eine Frage der Zeit, bis meine Männer die Felsen finden, die aussehen wie ein

Geburtstagskuchen bei Ebbe.

Eines der Mädchen bricht aus dem Schwarm aus und schwimmt zaghaft näher. Ihr dunkles Haar treibt auf dem Wasser. Unsere Blicke kreuzen sich über den Wellen. Natürlich weiß sie, wer ich bin, und trotzdem kommt sie näher. Ihre Schultern ragen aus dem Wasser, als sie ruhig mit den Wellen auf und ab schaukelt. Neugierig betrachtet sie mich im Morgengrauen. Als ihr Blick auf das Mädchen in meinen Armen fällt, blitzen ihre Augen. Sie scheint Angel von irgendwoher wiederzukennen. Vielleicht haben sie sich ja schon einmal getroffen. Sie sieht wieder hoch zu mir und neigt ihren Kopf leicht zur Seite. Ich bemühe mich um ein Lächeln, doch es ist wohl eher eine unsichere Grimasse, die ich schneide.

Wenn ich nicht gleich etwas zu ihr sage, taucht sie womöglich in der nächsten Sekunde unter Wasser und verschwindet. Und mit ihr unsere einzige Chance, Peter zu kontaktieren.

Da kommt mir ein selbstsüchtiger Gedanke. Ich muss Angel ja gar nicht nach Hause bringen. Sie hat mir bereits gesagt, wo der Schatz und die Uhr versteckt sind. Ich könnte sie bei mir behalten. Für immer in Nimmerland. Sie und ich.

Ich ignoriere das Fischmädchen im Wasser und drücke

Angel stattdessen fester an mich, wobei ich meine Augen schließe und sanft mit meinen Lippen über ihre samtige Augenbraue gleite. Ich will sie behalten ... mehr als ich diesen verdammten Schatz oder die Uhr finden will.

Mit schmerzender Deutlichkeit wird mir bewusst, dass die Fee trotz allem recht hatte. Ich stehe vor meinem größten Abenteuer. Und ich will egoistisch sein.

Kapitel 11

Ein sanftes Murmeln weckt mich aus einem Traum, in dem Jamie vorkam. Ich dachte, ich hätte meinen Namen gehört. Es könnte aber auch sein, dass ich wieder mal im Schlaf gesprochen habe und deshalb bei diesem wunderschönen Sonnenaufgang in Nimmerland wach geworden bin.

Ich spüre Jamies Lippen auf meiner Stirn und seine Hand in meinem Haar. Als ich aufblicke, begegnen mir seine warmen Augen, doch ein Anflug von Zerrissenheit ist ebenfalls darin zu erkennen. Vielleicht gelingt es mir, diesen Zwiespalt mit einem Lächeln zu vertreiben. „Hi."

„Guten Morgen", antwortet er leise. „Hast du gut geschlafen?"

„Viel zu gut", versichere ich ihm. „Aber du siehst ein wenig müde aus. Du hast wohl nicht sehr lange geschlafen, oder?"

„Keine Minute. Jemand musste doch auf dich aufpassen." Liebevoll streicht er mir mit den Fingerknöcheln über die Wange.

Hinter mir spritzt etwas im Wasser. Als ich mich erschrocken umdrehe, sehe ich gerade noch eine schillernd blaue Schwanzflosse in die Wellen eintauchen. „War das gerade eine Meerjungfrau?", rufe ich begeistert und wende mich wieder Jamie zu. Er nickt, doch er sieht bei Weitem nicht so entzückt aus wie ich. Zwar glaube ich mich daran erinnern zu können, dass wir gestern hierhergekommen sind, um eine Meerjungfrau zu sehen, aber warum, das ist mir komplett entfallen. „Ich hab vorhin deine Stimme gehört. Hast du mit ihr geredet?"

Jamie starrt mich so lange schweigend an, dass ich eine Gänsehaut bekomme. Dann nickt er langsam. Was um Himmels willen ist heute nur los mit ihm? Verspielt mache ich einen Schmollmund und rubble die Sorgenfalten von seiner Stirn. „Worüber habt ihr denn gesprochen?"

Wieder folgt nur elendig lange Stille, wobei Jamie seinen Kopf ein wenig schief neigt und mich voll Argwohn mustert. Schließlich rückt er zaghaft mit der Sprache raus: „Ich habe ihr gesagt, dass ich Peter einen Handel vorschlagen will."

„Ah ja ..." Ein wenig verwirrt kratze ich mich am Kopf und senke meinen Blick zu den Felsen, auf denen wir sitzen. Sollte ich wissen, worum es hier geht? Denn ich habe keinen blassen Schimmer. „Und warum?"

Jamie nimmt mein Kinn zwischen seine Finger und hebt meinen Kopf so, dass ich ihm direkt in die Augen sehe. „Angel, woran erinnerst du dich überhaupt noch?"

Was ist das denn jetzt für eine blöde Frage? „Was meinst du? An alles natürlich. Du hast mich gestern Nacht hier rausgebracht." Ein Grinsen huscht über mein Gesicht, wobei meine Wangen etwas heißer werden. „Und dann hast du mich geküsst."

Sein Blick wird kalt und hart, schlimmer als ich es je an ihm gesehen habe. „Davor", meint er fordernd.

„Davor waren wir auf deinem Schiff. Und dort hast du mich auch geküsst." Irgendwie kann ich heute Morgen einfach nicht aufhören zu grinsen.

„Das meine ich nicht", grollt er schon fast. Dann reibt er sich mit den Händen übers Gesicht. Als er sie einen Moment später auf meine Schultern legt, sieht er mir todernst in die Augen. „Was ist letzte Woche passiert? Wo warst du vergangenen Monat? Wo kommst du her, Angel?" Er spricht mit so ruhiger Stimme, dass mir ein unheimlicher Schauer über den Rücken läuft.

„Ich nehme an, ich war ... irgendwo und habe etwas gemacht."

„Was hast du gemacht?"

„Ich weiß nicht! Dinge eben!" In meinem Kopf spukt das Wort *London* herum. Vielleicht ist das ja die Antwort. Aber alles, was ich damit in Verbindung bringen kann, sind zwei kindliche Gesichter im Schatten. Ich weiß nicht, wer diese Mädchen sind, und um ehrlich zu sein, kümmert es mich auch herzlich wenig. Ich will viel lieber den fröhlichen Jamie zurück, als mich mit diesen Nebensächlichkeiten abzuplagen. „Warum willst du das überhaupt wissen?"

Er zögert einen Moment. „Du wirkst irgendwie anders heute Morgen."

Tatsächlich? „Na ja, ich schätze ich bin nach dieser schönen Nacht mit dir hier draußen einfach glücklich. Spricht etwas dagegen, Captain Hook?", necke ich ihn und drücke ihm einen raschen Kuss auf die Wange.

Jamie möchte etwas sagen, doch es kommt kein Pieps aus seinem Mund, also macht er ihn wieder zu. Sein linker Mundwinkel zuckt zu einem schiefen Lächeln nach oben. „Ich denke nicht." Er steht auf und zieht mich mit sich hoch. Dabei sieht er schon viel glücklicher aus als gerade eben. „Komm schon, lass uns gehen. Wir sind hier fertig."

Fürsorglich hilft er mir über die Felsen zurück an

Land und versäumt es dabei nie, mich einen Moment länger als nötig festzuhalten, wenn er mich wieder über einen der vielen Felsspalte hebt. Als wir endlich von der halsbrecherischen Landzunge runter sind, schlinge ich mit einem freudigen Strahlen meine Arme um seinen Hals.

„Was haben wir heute vor?"

„Keine Ahnung. Sag du es mir." Seine Augen funkeln geradezu.

Mit dem Zeigefinger auf den Lippen blicke ich nach oben und beobachte nachdenklich zwei Möwen, die auf dem warmen Wind über unsere Köpfe hinweg gleiten. „Hm, was könnte man an so einem schönen Tag in Nimmerland machen? Oh, ich weiß!" Ich wackle verwegen mit den Augenbrauen. „Wir könnten um die Insel herumsegeln, und du zeigst mir noch einmal, wie man das Schiff steuert."

Jamie lacht. „Du bist heute sehr leicht zufriedenzustellen."

„Bin ich das nicht immer?"

„Nicht so ganz."

Was auch immer das zu bedeuten hat ... Ich zucke belanglos mit den Achseln und schlinge meine Finger durch seine. Unsere Arme schwingen zwischen uns vor und zurück, während wir an der Küste entlang zurück zur Jolly

Roger spazieren.

Nach einer Weile legt mir Jamie den Arm um die Schultern und zieht mich dicht an sich. „Weißt du noch, wo wir gestern waren?"

„Klar. Wir sind in den Wald gegangen und du hast mir die Feen vorgestellt."

„Und warum waren wir dort?"

Wieder zucke ich mit den Schultern. „Zur Unterhaltung?"

Seitlich wirft er mir einen strengen Blick zu. Was hat denn nun schon wieder einen Umschwung seiner Laune ausgelöst? Heute verstehe ich einfach gar nichts mehr. Als Nächstes fragt er mich: „Vor zwei Tagen sind wir raus aufs Meer gesegelt. Wo wollten wir da hin?"

„Na, um die Insel herum."

„Aus welchem Grund?"

„Na, du stellst ja heute eine Menge komischer Fragen", antworte ich, bleibe dabei stehen und drehe mich zu ihm. „Was ist denn los?"

Viel zu lange bleibt er daraufhin wieder still. Und da soll man keine Panik kriegen. Doch am Ende zuckt er diesmal mit einer Schulter und schüttelt den Kopf. Sein misstrauisches Stirnrunzeln verschwindet. „Gar nichts. Vergiss, was ich gerade gesagt habe."

Vergiss, was ich gesagt habe ... Vergiss. Das Wort hallt mit einem unheilvollen Echo in meinen Gedanken wider. Ganz plötzlich wird mir ein bisschen flau und ich lege eine Hand auf meinen Bauch. Mein Blick sinkt langsam zu Boden. Sollte ich im Moment vielleicht ganz woanders sein? Mir ist bewusst, dass Nimmerland noch nicht allzu lange meine Heimat ist, aber nun bin ich hier und es gefällt mir. Es gibt keinen Grund, darüber nachzudenken, was ich letzte Woche gemacht habe, oder letzten Monat. Der Augenblick zählt. Und jetzt gerade bin ich glücklich.

Jamie schnappt mich an den Oberarmen und neigt seinen Kopf, um mir tief in die Augen zu blicken. „Geht's dir gut?"

„Ja, es geht schon wieder. Ich bin nur etwas hungrig, das ist alles."

„Dann lass uns weitergehen, damit du rasch etwas zwischen die Zähne bekommst." Mit seinem Arm, den er unter seinen Umhang geschoben hat, den ich immer noch trage, zieht er mich wieder fest an seine Seite und wir spazieren weiter.

Nachdem ich eine ganze Weile die Wellen neben uns beobachtet habe, wie sie an die Küste rollen, wandern meine Gedanken zu dem niedlichen Hafen und weiter zu den Feen im Wald. „Hey", sage ich zu Jamie, „wäre es nicht wundervoll, in einem Haus im Wald zu leben, so wie Bre'Shun und Remona?"

„Es hat dir dort wohl recht gut gefallen?"

Ich lehne meinen Kopf an seine Schulter und seufze verträumt. „Es war bezaubernd."

„Wenn du willst, können wir ja ein kleines Häuschen für dich bauen." Er schmunzelt und gibt mir einen kleinen Kuss auf den Kopf. „Dann komme ich dich jeden Tag besuchen und du kannst für uns Abendessen kochen."

„Oder ich komme zu dir aufs Schiff", erwidere ich und tänzle dabei aufgeregt vor ihm herum. Meine Hände auf seine Brust gelegt, mache ich ein paar Schritte rückwärts, während er weiterhin vorwärts geht, und grinse ihm ins Gesicht. „Dann kannst du mir beibringen, was man als Captain alles so machen muss. Und deinen Hut will ich auch wieder tragen!"

Er nimmt meine Hand und zieht mich wieder an seine Seite. „Smee würde mit Sicherheit ausflippen." Die Vorstellung bringt uns beide zum Lachen. „Wir müssten einen richtigen Piratennamen für dich finden."

„So? Was schwebt dir denn vor?"

„Das ist kein Name, den man sich einfach so ausdenkt. Er muss dich schon irgendwie beschreiben. Gib mir etwas mehr Zeit, um dich zu beobachten, und ich lass mir was Nettes für dich einfallen."

Ich schmiege mich an Jamie und atme seinen berauschenden Duft ein. Die Sonne scheint mir ins Gesicht und in den Bäumen zwitschern die Vögel fröhlich vor sich hin. Die Wellen, die gemächlich an die Küste platschen, vervollständigen dieses idyllische Bild. Im Moment gibt es keinen Ort, an dem ich lieber wäre. Um ehrlich zu sein, möchte ich überhaupt nie wieder irgendwo sein, außer in Jamies Armen. Er ist der Mann, auf den ich gewartet habe. Gut aussehend und fürsorglich, mit der richtigen Dosis von Gefahr. Er ist einfach perfekt. Und ich stehe kurz davor, mich Hals über Kopf in diesen widersprüchlichen Seeräuber zu verlieben.

Nur kurze Zeit später erreichen wir das Boot, das Jamie gestern Nacht an einen Felsen an der Küste gebunden hat. Er hält meine Hand und hilft mir hinein. Dann folgt er mir und setzt sich mit dem Rücken zum Bug. Seine Muskeln spannen sich bei jedem Ruderschlag an, den er macht. Ich könnte ihn den lieben langen Tag dabei beobachten.

Als wir der Jolly Roger näher kommen, lehnt sich der Kerl, der üblicherweise ganz oben auf dem Schiffsmast abhängt, aus seinem Korb und brüllt hinunter zur Crew: „Der Käpt'n kehrt zurück!" Sofort kommen Brant Skyler mit seinem roten Kopftuch und der strubbelige Jack Smee an die Reling und helfen uns an Bord.

Es dauert nicht lange, da fällt auch den anderen Männern an Deck auf, dass ich Jamies Umhang trage und er immer noch meine Hand hält, obwohl wir schon längst sicher auf dem Schiff angekommen sind. Lüsternes Geplänkel setzt ein, wir werden von neugierigen Blicken durchbohrt, und einige von ihnen pfeifen mir sogar hinterher.

Ich finde das ziemlich lustig. Jamie nicht so sehr. Er lässt meine Hand los und bellt in die Meute: „Haltet die Klappe, ihr elenden Hunde, und macht euch lieber an die Arbeit! Bringt sie eine Meile raus und haltet dann scharf Kurs auf Norden zu."

Die ganze Mannschaft überschlägt sich an Deck und einer stolpert über die Beine des anderen. Einige von ihnen ziehen an dicken Seilen und im nächsten Moment bläht der Wind die mächtigen Segel der Jolly Roger auf. Ich verrenke mir beinahe das Genick vor Staunen.

„Nur damit eins klar ist: Wenn du doch keine Lust hast, alleine im Wald zu wohnen, dann steht auf diesem Schiff immer eine Unterkunft für dich bereit", flüstert mir Jamie von hinten ins Ohr.

Ich drehe meinen Kopf zur Seite. „Nettes Angebot,

Captain. Vielleicht überleg ich's mir sogar."

„Das hoffe ich." Er massiert die Stelle zwischen meinen Schulterblättern. „Wie fühlst du dich?"

Ich blicke an mir hinunter und verziehe das Gesicht. „Ein wenig schmutzig. Aber sonst fantastisch."

„Die Crew springt normalerweise in die See, um sich den Dreck vom Leib zu waschen. Allerdings kann ich mir nicht vorstellen, dass das so ganz dein Stil ist." Ich bekomme ein warmes Lächeln von ihm. „Möchtest du die Dusche in meinem Quartier benutzen? Ich wollte selbst gerade gehen, aber Brant Skyler kann hinterher die Eimer für dich auffüllen."

Ich nicke und blicke ihm dann nach, als er mit imposanten Schritten in seine Kajüte verschwindet. Mittlerweile ist es viel zu warm für den Umhang, also lege ich ihn ab, breite ihn auf den Frachtkisten aus, auf denen wir gestern gemeinsam gesessen haben, und beobachte, wie die Männer über die Decks eilen. Das ist alles so spannend und neu. Ich frage mich, wozu ich wohl auf diesem Schiff nützlich sein könnte, und dabei landet mein Blick auf dem Piraten oben im Korb auf dem Mast. Er hält sich gerade ein Fernrohr an das Auge, das nicht von einer schwarzen Klappe verdeckt wird, und erkundet die Umgebung.

Meine zierlichen Mädchenhände sind bestimmt nicht

dafür gemacht, die Segel zu hissen oder den Anker auszuwerfen. Aber Ausschau nach Land zu halten, das könnte ich mir als geeignete Aufgabe für mich vorstellen. Damit wäre ich ein richtiges Mitglied von Jamies Mannschaft. Ein Pirat. Ich kichere und erschaudere zugleich bei dem Gedanken.

Hinter uns wird Nimmerland immer kleiner, als wir mit voller Fahrt durch die Wellen brechen. Es wird Zeit, Jamies Angebot nachzugehen und mich zu waschen. Vor ein paar Minuten hat Skyler zwei Wassereimer in seine Kajüte getragen, was wohl bedeutet, dass Jamie mittlerweile in dem rustikalen Badezimmer fertig sein dürfte.

Mit seinem Umhang unter meinem Arm gehe ich rüber zu seinem Quartier und klopfe an die Tür. Als er mir öffnet, läuft mir in Sekundenschnelle das Wasser im Mund zusammen. So viele Muskeln unter so viel nackter Haut. Es juckt mich in den Fingern, ihm über die Brust zu streichen.

Er schließt gerade seinen Gürtel und tritt zurück, damit ich eintreten kann. Vom Stuhl hinter sich nimmt er ein frisches weißes Hemd und wirft es sich über. „Kommst du wegen der Dusche?"

Deshalb ... und wegen der netten Aussicht. Ich nicke nur und verkneife mir ein Schmunzeln.

„Na dann, du weißt ja, wo alles ist. Lass dir Zeit. Ich

bin inzwischen in meinem Arbeitszimmer." Die Tür neben dem kleinen Schreibtisch steht immer noch sperrangelweit offen und hängt schief. Als Jamie dadurch verschwindet, husche ich ins Badezimmer.

Der Boden ist immer noch nass von seiner vorangegangenen Dusche. Achtsam trete ich ein, um nicht auszurutschen, und hänge mein Kleid für nachher an den Haken an der Tür. Das Wasser kommt mir noch viel kälter vor als beim letzten Mal, doch die Mandarinenseife riecht angenehm wie eh und je.

Frisch gewaschen, gekleidet und rundherum glücklich kehre ich zurück in Jamies majestätisches Schlafzimmer. Dabei fahre ich mir mit den Fingern durchs nasse Haar, um die Knoten zu entwirren. Der Raum ist immer noch leer, also schiele ich um die Ecke in sein Arbeitszimmer. Jamie sitzt in seinem Stuhl am Schreibtisch. Beide Arme auf dem Tisch verschränkt und seine Wange auf den Arm gebettet, schläft er im Sitzen. Neben ihm liegt der große schwarze Hut mit der fluffigen Feder. Armer Jamie. Er hat gesagt, dass er letzte Nacht meinetwegen kein Auge zugemacht hat. Sieht ganz so aus, als hätte ihn der Schlaf nun eingeholt.

Auf Zehenspitzen schleiche ich näher und betrachte sein friedliches Gesicht. Nasse Strähnen hängen ihm in die Stirn und haben sich in seinen langen Wimpern verfangen.

Im sonst ruhigen Raum sind seine tiefen Atemzüge das einzige Geräusch, das man hört. Ein Lächeln formt sich auf meinen Lippen, als ich neben ihm in die Hocke sinke.

Vorsichtig streiche ich ihm durchs Haar, hinter seinem Ohr vorbei, dann seinen Nacken hinunter, über seinen Arm, bis zu seiner Hand. Sie ist so viel größer als meine. Obwohl er der Captain auf diesem Schiff ist, leistet er wohl die wenigste Arbeit. Oder vielleicht ist das gerade so, weil er der Captain ist. Seine Hände sind zwar etwas schwielig, aber sauber, seine Nägel kurz geschnitten. Seine Finger sehen stark aus, doch ich weiß, wie sanft sie sein können ... besonders, wenn er mich berührt.

Als mein Blick zurück zu seinem Gesicht wandert, schnappe ich leicht erschrocken nach Luft. Seine Augen sind geöffnet. Strahlend blau und neugierig sind sie auf mich gerichtet. Jamie bewegt sich keinen Millimeter und er sagt auch kein Wort. Nur seine nassen Haarsträhnen zucken jedes Mal, wenn er blinzelt. In diesem kurzen, surrealen Moment wirkt er zum ersten Mal wirklich wie neunzehn.

Meine Hand liegt immer noch über seiner. Ich ziehe sie weg und will gerade aufstehen, doch Jamie schlingt seine Finger durch meine und hält mich somit an Ort und Stelle. In seinem Blick gefangen, kann ich einfach nicht wegsehen.

Weil ich gerade nicht weiß, was ich machen soll, und weil ich diesen zauberhaften Moment für uns ganz alleine nicht zerstören möchte, verschränke auch ich meine Arme neben ihm auf dem Tisch und lege meinen Kopf darauf. Nur zehn Zentimeter trennen seine Nasenspitze von meiner und unsere Finger sind immer noch miteinander verflochten. Alles, was ich wahrnehme, sind seine warmen blauen Augen und wie mich sein Duft umhüllt. Ich kann ihn tiefer in meinem Herzen spüren, so als würde ich ihn gerade erst richtig kennenlernen.

Hinter seiner harten Piratenschale steckt noch so viel mehr. Ein Teil, den er, so scheint es, noch nie für jemanden außer mir geöffnet hat. Und es ist genau dieser Teil an ihm, den ich am liebsten mag.

Ohne unseren intensiven Augenkontakt zu unterbrechen, zieht Jamie den anderen Arm unter seinem Kopf hervor, greift langsam nach seinem Hut und setzt ihn mir auf den Kopf. Der Hut sitzt schief und verdeckt mein rechtes Auge. Ich fühle mich verwegen. Der Schatten eines Lächelns schleicht über Jamies Gesicht.

„Hey", flüstere ich.

„Hi", antwortet er.

„Du bist eingeschlafen."

„Es war eine lange Nacht."

„Möchtest du, dass ich gehe, damit du dich ein wenig ausruhen kannst?"

Er wischt mir ein paar verirrte Strähnen aus der Stirn unter den Hut und hinters Ohr. Seine warme Hand bleibt auf meinem Nacken liegen, und er beginnt, mit dem Daumen über meinen Wangenknochen zu streicheln. Dabei schüttelt er seinen Kopf. Und ich lächle.

„Sollen wir rausgehen?", schlage ich dann vor. „Es ist so ein schöner Tag."

Mit einem tiefen Seufzer richtet sich Jamie in seinem Stuhl auf und reibt sich mit den Händen übers Gesicht. „Geh ruhig schon mal vor. Ich komm gleich nach."

Er sieht wirklich müde und erschöpft aus. Soll er sich noch ein paar Minuten lang ausruhen. Ich erhebe mich aus der Hocke und wippe auf meinen Fußballen vor und zurück. In diesem Aufzug muss ich aussehen wie eine Prinzessin, die gerade Pirat spielt, also gebe ich Jamie seinen Hut zurück und schiebe dann die Hände in die Taschen meines Kleides. „Zeigst du mir nachher noch einmal, wie man das Ruder bedient?"

„Wir können machen, was immer du willst." Er greift nach meinem Arm und zieht meine Hand aus der Tasche. Dabei fällt ein kleines Stück Papier heraus und wirbelt in einer Spirale zu Boden.

Ich bücke mich und hebe es auf, doch nach einem flüchtigen Blick darauf zerknülle ich es in meiner Hand und werfe es in den Papierkorb neben dem Schreibtisch. Als ich mich umdrehe und gehen will, greift sich Jamie eine Handvoll von meinem Kleid und zieht mich zurück. „Was hast du da weggeworfen?"

Ich zucke desinteressiert mit den Schultern. „Nichts Wichtiges. War nur ein altes Preisschild oder etwas Ähnliches."

Seine Augenbrauen ziehen sich zu einem skeptischen Stirnrunzeln zusammen. Er lehnt sich vor und fischt das Preisschild aus dem Eimer. Mit den Daumen glättet er die Ecken und starrt dann lange darauf. Schließlich wandert sein Blick zu mir nach oben. „Das ist kein Preisschild, Angel." Nach einer kurzen Pause spricht er mit flehentlichem Ton weiter. „Das ist eine Fahrkarte für ein Transportmittel."

„Okay ..." Ich hebe fragend beide Augenbrauen. „Aber ich habe nicht vor, irgendwohin zu fahren."

„Es ist eine Fahrkarte nach *London*. Wo du herkommst."

„Ja und?"

„Und ... du solltest sie nicht einfach wegwerfen."

Wieder zucke ich mit den Achseln. Wenn sie ihm so

viel bedeutet, kann er sie ja behalten. Mich stört das nicht. „Ich seh dich dann draußen." Mit beschwingten Schritten verlasse ich sein Arbeitszimmer und gehe raus an Deck.

An der Reling hier auf dem Achterdeck stütze ich mich auf meine Ellbogen und blicke hinunter auf die Wasseroberfläche. Das Meer ist kristallklar. Ich kann sogar die bunten Korallen erkennen und beobachte, wie ein gelber Fischschwarm unter dem Schiff vorüberzieht. Nimmerland ist einfach bezaubernd. Alles hier ist wunderschön. Es ist mir egal, wo ich herkomme; ich will nie wieder weg von hier.

Eigentlich habe ich erwartet, dass Jamie auch gleich rauskommen würde. Nach einiger Zeit blicke ich über meine Schulter und sehe, dass seine Tür immer noch offen steht. Dahinter läuft er im Zimmer auf und ab. Einmal bleibt er kurz stehen, streift sich mit den Händen durchs Haar und blickt an die Decke. Was beschäftigt ihn bloß so sehr? Geht es ihm etwa immer noch um das dumme Preisschild? Ich kann von hier aus sogar erkennen, wie sich seine Brust mit einem schweren Seufzer hebt und senkt. Dann stützt er sich mit beiden Händen auf seinen Schreibtisch und lässt den Kopf hängen.

Obwohl ich keine Ahnung habe, was in ihm vorgeht, kommt eine Welle von Mitleid über mich. Ich eile übers

Deck zurück zu seinem Quartier, doch ehe ich dort ankomme, tritt er mir bereits im Freien entgegen. Sehnsucht und sture Entschlossenheit kämpfen um den Vorrang in seinem Blick. Immer noch hält er das Preisschild fest in seiner Hand. Ich bekomme ein übles Gefühl bei der Sache.

„Was ist denn los?", frage ich leise.

„Wir müssen reden."

Bei diesen drei kleinen Worten gefriert mir das Blut in den Adern.

„Es gibt da etwas, das du wissen musst", sagt er mit heiserer Stimme. „Und es wird alles ändern."

Mein Herz möchte bei dieser Eröffnung am liebsten für einen Schlag aussetzen. Ich will nicht, dass sich irgendetwas ändert. Die Dinge sind doch gut so, wie sie sind. Kopfschüttelnd mache ich einen kleinen Schritt zurück. Meine Knie beginnen zu zittern. Plötzlich will ich gar nicht mehr wissen, was eigentlich los ist. Ich will auch nicht reden – nicht, wenn das Thema ihm so viel Schmerz bereitet, dass er sich in jeder Linie seines Gesichts abzeichnet. Und mir wird klar, dass nur ich der Grund dafür bin.

„Wir können später darüber reden", krächze ich. „Morgen ..."

Jamie folgt mir, als ich blindlings ein paar Schritte zurück stolpere. Er umfasst meine Schultern und stoppt mich. „Nein, wir können nicht morgen darüber reden. Dann wird es schon zu spät sein." Wie vorhin, als ich ihn beobachtet habe, streift er sich die Haare aus der Stirn und blickt verzweifelt zum Himmel hinauf. „Verdammt, vielleicht ist es sogar jetzt schon zu spät."

Jeder Pirat an Bord hält in seiner Arbeit inne und sieht zu uns herüber. Jamie fällt es nicht einmal auf. Aber mir schon. „Du kannst nicht in Nimmerland bleiben", grollt er durch zusammengebissene Zähne.

Meine ganz persönliche Welt beginnt zu beben. „Was meinst du?"

„Du musst wieder nach Hause."

„Ich verstehe nicht —" Was ich wirklich sagen möchte, ist: *Ich will das nicht hören!* Hat er denn schon so schnell genug von mir?

„Nimmerland ist nicht der richtige Ort für dich", versucht mir Jamie zu erklären. „Herrgott noch mal, ich wünschte, er wäre es, doch er ist es nicht. Du gehörst woanders hin."

„Etwa dorthin, wo du *nicht bist*? Ist es das, was du mir damit sagen willst?" Ich neige meinen Kopf und blicke ihn mit schmalen Augen an, versuche zu verstehen, doch es schmerzt nur. „Du willst mich nicht länger in deiner Nähe haben?"

Entsetzen verzerrt sein Gesicht. „Großer Gott, nein!" Er legt seine Hände auf meine Wangen und lehnt seine Stirn gegen meine. Die Lippen zusammengepresst, schließt er seine Augen. „Wenn ich könnte, würde ich dich für immer festhalten und nie wieder gehen lassen, Angel."

„Was ist dann der Grund?" Am Ende des Satzes bricht meine Stimme.

Jamie schluckt erst einmal schwer. „Das hier", sagt er und hält mir das Papierfitzelchen entgegen. „Mit dieser Karte kannst du in London herumfahren. Die Stadt, in der du geboren bist. Wo du lebst. Seit wir uns getroffen haben, hast du versucht, dorthin zurückzugelangen. Nur leider lässt dich Nimmerland all diese wichtigen Dinge aus deiner Vergangenheit vergessen." Er macht ein mitleidig zerknautschtes Gesicht. „Und ich hab es einfach ignoriert."

Irgendwo tief in mir habe ich das Gefühl, dass er die Wahrheit sagt, doch diese ist so weit entfernt, dass ich sie einfach nicht in meinen eigenen Gedanken herbeiholen kann. Und ich will es auch gar nicht. „Was kümmert es dich, wo ich herkomme?"

„Es ist mir wichtig, weil ich dich gern hab, Angel. Ich habe dir versprochen, dich nach Hause zu bringen. Versuch dich zu erinnern! Du kennst die Wahrheit." Er streift mir das Haar aus der Stirn und hinter die Ohren, danach lässt er seine Hände auf meinem Hals liegen.

Auf einmal höre ich die Stimmen von zwei kleinen Mädchen, die meinen Namen rufen. Sie treten in meiner Erinnerung aus dem Schatten. Eines von ihnen ist eine Fee. Das andere hält mir ein Bilderbuch entgegen. Ich kenne diese Mädchen. Sie sind ... „Familie", flüstere ich heiser.

Mein Herz sinkt auf den Dielenboden der Jolly Roger. Mit schlotternden Beinen mache ich ein paar Schritte rückwärts, bis ich in meinen Kniekehlen die harten Frachtkisten spüre und mich darauf fallen lasse. „Aber ich will nicht zurück", wispere ich, als Jamie vor mir in die Hocke geht.

„Und ich will nicht, dass du gehst. Die ganze Nacht lang habe ich mir den Kopf zerbrochen, um eine Möglichkeit zu finden, wie ich dich hierbehalten kann. Bei mir. Du bist das Beste, was ich je hatte. Aber mir ist klar geworden, wie egoistisch es von mir ist, dich zum Hierbleiben zu zwingen."

Er muss mich gar nicht zwingen. Ich möchte doch hierbleiben. Bei ihm. Ich möchte seine Wärme spüren, wenn er seine Arme um mich legt. „Bitte! Sei egoistisch! Es ist mir egal!"

„Verdammt noch mal, Engelchen, das habe ich versucht." Er atmet schwer, als würde sein Hals schmerzen. „Aber wenn es um dich geht, kann ich einfach nicht egoistisch sein ..."

„Warum nicht? Du bist doch ein Pirat! Du warst die meiste Zeit deines Lebens egoistisch", fauche ich.

„Das stimmt. Aber nur bei Dingen, die mir nie wirklich etwas bedeutet haben. Mit dir ist das anders." Er sinkt aus der Hocke auf die Knie. Seine harten Gesichtszüge werden weicher. „Ich will, dass du glücklich bist ... mehr, als ich dich für mich haben will."

„Und du bist der Meinung, ich wäre glücklich, wenn du mich zurückschickst nach – wo immer ich auch herkommen mag?"

„Nach London. Und ja, das denke ich. Es ist eine Welt voller Wunder. Dort gibt es Schiffe auf Rädern, die unglaublich schnell fahren können. Und eure Pferde müssen sogar Flügel haben, denn nach allem, was du mir erzählt hast, fliegt ihr in Kutschen durch die Luft." Seine Augen gehen vor neugewonnener Begeisterung weit auf. „Kisten schreiben Briefe für euch, und du kannst dich mit Personen auf der ganzen Welt unterhalten, nur mithilfe eines kleinen Dings, das *Tele John* heißt."

Vage kann ich mich daran erinnern, dass ich mir mal

so ein Ding ans Ohr gehalten und mit jemandem gesprochen habe, aber ich bin mir sicher, dass wir es nicht John genannt haben. Ich verziehe angestrengt das Gesicht und versuche mich an weitere Dinge aus meiner Vergangenheit zu erinnern, die Jamie hier gerade aufgezählt hat. In meinen Gedanken höre ich ein Hupen. Und das Spiel einer Turmglocke.

Jamie nimmt meine Hand und dreht meinen Arm herum. „Sieh dir das an."

Ich betrachte das Tattoo auf der Innenseite meines Handgelenks. Es ist beinahe schon völlig verblasst. Nur der Anfangsbuchstabe und ein paar zarte Sternchen sind noch zu erkennen.

„Das hast du von deiner kleinen Schwester bekommen." Er starrt in mein Gesicht, als warte er auf irgendeine Reaktion von mir. „Sie bedeutet dir die Welt. Deine *beiden* Schwestern sind alles für dich. Als sie geboren wurden, hast du sie den ganzen Tag herumgetragen, als wärst du in Wirklichkeit ihre Mutter. Nachts hast du dich dann in ihr Zimmer geschlichen, mit deiner Bettdecke unterm Arm, und du hast zwischen ihren Betten auf dem Boden geschlafen, nur damit du bei ihnen sein konntest. Du nennst die beiden Honighase und Feenknirps – obwohl ich ja glaube, dass letztere eher eine Elfe ist."

Paulina und Brittney Renae. „Woher –"

„… ich das weiß? Denk nach, Angel! Du hast mir alles selbst erzählt. Und ich musste versprechen, dich im Notfall daran zu erinnern. In einem Fall wie diesem. Du hast gewusst, dass du deine Welt vergessen würdest. Nimmerland hat dir das angetan. Es will, dass du vergisst." Er legt mir seine Hand auf die Wange und drückt seine Stirn an meine. „Ich halte mein Wort. Mach es mir jetzt nicht noch schwerer, als es ohnehin schon ist."

Ja, er hat sein Versprechen gehalten. Alle unsere Gespräche aus den vergangenen Tagen tauchen plötzlich wieder an der Oberfläche auf. Alles, was er mir über Peter Pan und ihren gemeinsamen Vater erzählt hat, und auch alles, was ich ihm über mein Zuhause und meine Familie erzählt habe. Die Sehnsucht nach meinen Schwestern schnürt mir das Herz zu. Ich erinnere mich daran, wo ich herkomme. Ich erinnere mich auch wieder daran, wohin ich gehen muss. Aber am deutlichsten erinnere ich mich daran, was Jamie aus der ganzen Sache ziehen wird, falls er es schafft, mich nach Hause zu bringen.

Meine Stimme wird kalt wie Eis. „Du machst das alles nur, weil du hoffst, dass ich dir dann verrate, wo dein Schatz liegt."

James Hook

„Was zum Teufel –? Ich hole tief Luft. „Angel, bist du übergeschnappt?"

„Ich war nicht mehr so klar im Kopf, seit ich nach Nimmerland gekommen bin." Sie erhebt sich von der Kiste, auf der sie gesessen hat, und sieht mit Gift in den Augen auf mich herab. „Du hast versprochen, mich nach Hause zu bringen. Und im Gegenzug soll ich dir das Versteck verraten."

Niedergeschlagen sacken meine Schultern ab. „Ja, so war es ausgemacht. Aber das ist schon lange nicht mehr der Grund, warum ich dir helfen will."

„Ach nein? Was ist dann der Grund, *Captain*? Und erzähl mir nicht, dass du plötzlich ein Herz hast." Wenn sie lacht, klingt es bitter. „Denn das kaufe ich dir nicht ab."

„Angel –"

„Nix da, Angel! Weißt du was? Ich glaube, du hast einfach nur Panik, dass du nie bekommst, wohinter du her bist, wenn ich erst einmal alles vergessen habe. Und am Ende nütze ich dir dann überhaupt nichts mehr."

Das kann sie unmöglich ernst meinen. Nicht nach dem, was wir beide in den vergangenen Tagen hatte. Was uns verbindet. Wild entschlossen stehe ich vom Boden auf, packe sie an den Schultern und schüttle sie einmal, damit sie mir in die Augen sieht. „Das ist kompletter Schwachsinn! Und das weißt du auch!"

„Bis vor ein paar Minuten wusste ich nur, dass ich gerne mit dir zusammen war. Und du wirfst das alles weg. Weil du selbstsüchtig bist!"

Kreuzdonnerwetter noch mal, zum ersten Mal in meinem Leben schaue ich nicht auf mich selbst, und das ist der Dank dafür? Aber so leicht kommt mir dieses Mädchen nicht davon. Ich schnappe sie mir am Handgelenk und ziehe sie hinter mir die Stufen zum Hauptdeck hinunter, quer übers Schiff und dann wieder hoch aufs Vorderdeck. Gerade haben wir die Meerjungfrauenlagune hinter uns gelassen und machen gute Fahrt Richtung Norden. Hinter ihr stehend, drücke ich sie am Bug des Schiffes gegen die Reling und brumme ihr ins Ohr: „Was denkst du, wo wir hinsegeln? Was liegt da draußen, Angel? Komm schon, denk nach."

Die Anspannung in ihrem Körper lässt erahnen, wie sauer sie wirklich auf mich ist, doch im Moment schweigt sie und sieht nur auf die peitschenden Wellen vor uns.

„Du weißt, was dort vorne versteckt ist. Was wir nur bei Ebbe finden können." Ich kämpfe darum, meinen scharfen Tonfall abzulegen, als ich sie zu mir herumdrehe. „Da liegt ein Schatz unter dem Meer verborgen, nicht wahr?"

Ihr Mund steht erschrocken offen, genauso wie ihre Augen. Sie nimmt ein paar beruhigende Atemzüge und greift dabei leicht nach meinen Oberarmen, um die Balance zu halten. „Du weißt, wo er ist?"

„Ja, das weiß ich. Und willst du auch wissen, woher?" Ich zähle ihr Schweigen als ein Ja. „Gestern hast du draußen bei den Felsen wieder im Schlaf gesprochen, als du auf mir eingeschlafen bist und ich dich die ganze verdammte Nacht festgehalten habe."

Angel schnappt nach Luft. „Aber warum hast du dann nichts gesagt?" Das Rauschen der Wellen verschluckt ihr Flüstern.

„Wie ich schon sagte, ich wollte egoistisch sein. Du warst so anders heute Morgen. Du hattest alles vergessen.

Und ich wollte dich bei mir behalten. Aber verflucht noch mal, Angel – ich kann bei dir einfach nicht egoistisch sein." Ich beiße die Zähne aufeinander. "Es geht einfach nicht."

Für einen unerträglich langen Moment sagt Angel kein Wort. *Komm schon*, will ich ihr ins Gesicht schreien. *Du musst doch sehen, dass ich die Wahrheit sage!*

Letztendlich rutschen ihre Hände langsam von meinen Armen. Sie schluckt schwer und dabei beginnen Tränen in ihren Augen zu glitzern. "Wenn ich nach Hause zurückkehre, werde ich dich nie wiedersehen."

Mein Hals wird plötzlich ganz eng. "Ich weiß." Und der Gedanke daran bringt mich um. Ich drücke sie an mich und stütze mein Kinn auf ihrem Kopf ab. "Aber du wirst endlich wieder bei deinen Schwestern sein, denn nur zusammen seid ihr glücklich. Und irgendwann wirst du mich vergessen haben und dein altes Leben wie gewohnt weiterführen." Es sollte bei Weitem nicht so traurig klingen, denn eigentlich wollte ich Angel doch mit meinen Worten trösten. Doch der Schuss ging nach hinten los. Ihre heißen Tränen sickern durch mein Hemd.

Dieses Mal bin ich still und sage ihr nicht, dass sie nicht weinen soll. Ich halte sie einfach, so fest ich kann, streichle ihr Haar und mühe mich ab, den Kloß in meinem Hals runterzuschlucken. Wenn alle richtigen

Entscheidungen so schmerzlich sind, dann war diese hier die letzte in meinem Leben, das schwöre ich.

„Käpt'n!", dringt Brant Skylers überraschter Ruf zu uns. „Es ist Pan!"

Ohne Angel loszulassen, schaue ich hinter mich. Peter Pan ist tatsächlich gekommen. Er sitzt gemütlich auf dem Querbalken des Vordermasts. Seine Beine baumeln in der Luft und wie immer sitzt ein freches Grinsen auf seinen Lippen. Er diskutiert gerade mit Smee darüber, ob er ihm gleich von oben auf den Kopf pinkeln wird, oder nicht.

Skyler zieht seine Pistole aus dem Halfter und zielt auf Peter. „Steck sie weg, Yarrin' Brant!", befehle ich ihm. Dann küsse ich Angel sanft hinterm Ohr. „Deine Fahrkarte nach Hause ist gerade gekommen."

Angel schnieft und wischt sich die Tränen vom Gesicht. „Und wie sollen wir ihn dazu kriegen, mir das Fliegen beizubringen?"

„Überlass das mir." Hand in Hand gehen wir rüber zu dem Mast, auf dem Peter lümmelt. Ich richte meinen Blick nach oben und rufe: „Peter, du dreckiger, kleiner Bastard! Beweg deinen Arsch hier runter!"

„Sehr taktvoll", grollt Angel hinter mir.

„Was? Das ist der beste Weg, um seine Aufmerksamkeit zu erlangen." Und es funktioniert.

Peter hält mitten in seinem Satz an und sieht zu mir. „Ist das etwa deine Auffassung von einem Waffenstillstand? Dein Schoßhündchen droht, mir alle Finger und Zehen einzeln vom Leib zu säbeln, und der dreckige Lump dort will mich gleich nach meiner Ankunft erschießen."

„Ein Waffenstillstand?", mault die Hälfte meiner Crew entgeistert.

„Kriegt euch wieder ein, Männer!", belle ich in die Runde. „Das ist nur vorübergehend." Dann rufe ich zu Peter hinauf: „Keiner wird dir auch nur ein Haar krümmen. Jetzt komm runter und lass uns reden!"

„Ich denke nicht daran! Die Aussicht von hier oben gefällt mir recht gut", erwidert er. „Spuck aus, was du von mir willst, Fischfratze, und um deinetwillen hoffe ich, dass es etwas Gutes ist. Sonst bin ich nämlich mit der nächsten Windböe weg."

Ganz wie in alten Zeiten. Ich gerate in Versuchung, die Pistole aus Skylers Halfter zu ziehen und den verzogenen Bengel selbst zu erschießen. Um Angels willen halte ich mein Temperament aber im Zaum. „Ich – *Wir* brauchen deine Hilfe, um Angel zurück in ihre Welt zu schicken."

„Zurück in ihre Welt? Was ist denn mit unserer nicht in Ordnung? Als ich sie das letzte Mal gesehen hab, war sie recht glücklich als Pirat."

„Als du sie das letzte Mal gesehen hast, hing sie hilflos über scharfen Pfahlspitzen, und du bist einfach abgehauen, du elender Drecksack!"

Peter schnalzt spottend mit der Zunge und beginnt dann höhnisch zu lachen. „Warum verschwendest du meine Zeit, Hook?"

Angel drückt meine Hand. Ich drehe mich zu ihr und bin sogleich mit ihrem vorwurfsvollen Stirnrunzeln konfrontiert. Na schön, dann versuchen wir eben eine andere Taktik. „Hör zu!", rufe ich zu Peter hinauf, kneife meine Augen zu und massiere meinen Nasenrücken mit Daumen und Zeigefinger. „Ich weiß, du denkst, dass Angel dich hintergangen hat. Aber du irrst dich. Ich habe sie auf mein Schiff entführt und sie dann dazu gezwungen, uns durch den Dschungel zu deinem Versteck zu führen. Sie hat uns nie verraten, wo wir dich oder den Schatz finden würden, nicht einmal als ich ihr mit dem Tode gedroht habe." Ich räuspere mich kurz, denn ab hier wird es knifflig. „Angel muss fliegen lernen, um nach Hause zu gelangen. Du bist der einzige verflu –" Ich unterbreche mich selbst und korrigiere mich: „Der einzige *Junge*, den ich kenne, der auch ohne Flügel fliegen kann. Ich möchte, dass du es ihr beibringst." Und dann füge ich noch widerwillig hinzu:

„*Bitte.*"

Fassungslos starrt Peter uns beide an. Aber etwas aus meiner Rede muss zu ihm durchgedrungen sein, denn wenige Sekunden später rutscht er vom Querbalken und gleitet zu uns herab. Achtsam wie immer hält er sich von allen an Bord fern und springt auf die Reling. Dabei fasst er Angel ins Auge. „Warum willst du zurück in diese andere Welt?", fragt er sie in einem freundlicheren Ton, als er ihn vorhin bei mir angeschlagen hat.

Angel tritt nach vorn, doch lässt sie dabei meine Hand nicht los. „Weil ich eine Familie habe, Peter. Eine Mutter und einen Vater, die beide auf mich warten. Und zwei kleine Schwestern. Es würde ihnen das Herz brechen, wenn ich nicht mehr heimkehre."

Wie klug von ihr, die Familie ins Spiel zu bringen. Es wird Peter daran erinnern, wie sehr er seine Mutter vermisst hat, als sie ihn einfach zurückgelassen hat. Aber natürlich steckt für Angel noch viel mehr dahinter. Sie spricht die Wahrheit. Irgendwo da draußen gibt es Menschen, die auf sie warten. Menschen, denen sie etwas bedeutet. Sie müssen schon ganz krank vor Sorge sein.

Peter neigt skeptisch seinen Kopf. „Und warum musst du fliegen lernen, damit du zurückkannst?"

„Eine Fee hat gesagt, ich kann Nimmerland nur so

verlassen, wie ich auch hierhergekommen bin."

Nickend schwebt er in die Höhe, kreuzt seine Beine, als säße er auf einem unsichtbaren Boden und faltet nachdenklich seine Finger unter dem Kinn. „Ich wüsste schon, wie du das Fliegen lernen kannst. Aber du hast dich mit unserem Feind verbündet. Warum sollte ich dir helfen?"

„Weil ich etwas habe, das du möchtest", antworte ich für Angel.

Peters Blick springt zu mir und er schwebt etwas tiefer. Schließlich stellt er sich wieder breitbeinig auf die Reling und stemmt die Fäuste in die Hüften. „Und was genau sollte das sein, Hook?"

Fest entschlossen greife ich unter meinen Hemdkragen und hole den goldenen Schlüssel hervor. Mit einem Ruck reiße ich die Kette entzwei. Die Sonnenstrahlen funkeln auf dem glänzenden Metall, als ich Peter den Schlüssel auf meiner offenen Hand präsentiere. Ein verschlagenes Grinsen macht sich auf seinem Gesicht breit. Seine Finger zucken bereits, als er näher fliegt, doch ich schließe meine Hand um den Schlüssel, bevor er danach greifen kann. „Erst will ich dein Wort, dass du Angel helfen wirst."

„Was bedeutet dir schon mein Wort, *Pirat*?", spuckt Peter verächtlich aus.

Ich warte, bis er mir in die Augen sieht, und sage

dann mit ruhiger, jedoch todernster Stimme: „Gib mir dein Wort als mein Bruder und ich werde dir vertrauen."

Unentschlossenheit und Habgier fechten gerade einen Kampf in seinem Blick aus. Er will den Schlüssel unbedingt, selbst wenn all das hier immer noch ein Spiel für ihn ist. Aber er sorgt sich auch um Angel – soviel verraten seine Augen. „Also gut. Als dein Bruder verspreche ich, dass Angel noch vor Einbruch der Dunkelheit fliegen kann. Wenn sie aber trotzdem nicht nach Hause findet, werde ich den Schlüssel behalten."

Angel sieht mich verschüchtert an. Hat sie Angst, dass sie es nicht so schnell schaffen könnte, das Fliegen zu erlernen? Ich schließe meine Finger fester um ihre und ermutige sie mit einem Nicken. Sie schafft das schon. Das einzige Problem dabei ist, dass ich insgeheim gehofft habe, ich würde noch einen weiteren Tag mit ihr gewinnen. Eine weitere Nacht. Nur noch ein paar Stunden, in denen ich sie ganz für mich allein hätte.

Aber das hier ist weit wichtiger als das, was ich will. Gleichzeitig nicken wir beide und erklären uns mit Peters Bedingung einverstanden.

„Ist gut. Dann komm herüber, Angel, und bring den Schlüssel mit", befiehlt Peter, der wieder sein dämliches Grinsen aufgesetzt hat. „Ich bringe dich in den Dschungel.

Wir werden dort trainieren."

„Was? Nein!" Angel drückt sich enger an mich. „Warum kannst du es mir nicht hier beibringen?"

„Weil du zum Fliegen Elfenstaub brauchst." Mit hämischem Gesicht greift Peter in seine Taschen und stülpt sie von innen nach außen. „Und ich hab leider grad keinen bei mir."

„Dann bring die Elfe hierher", brumme ich. „Keiner an Bord wird ihr etwas tun."

„Ja klar, wer's glaubt ..." Peter lacht lauthals und schwebt dabei wieder weiter nach oben. „Sie ist vielleicht jung, aber sie ist nicht blöd. Sie wird keinen Fuß auf dein Schiff setzen."

„Dann werde ich eben mit euch in den Dschungel kommen."

Peters Lachen verstummt. „Ich nehme *sie* mit. Nicht dich."

Ich lege meinen Arm schützend um Angels Schultern. „Wo sie hingeht, gehe ich auch hin."

Mit Habichtaugen verfolgt Peter, wie ich den Schlüssel in meine Hosentasche schiebe. „Na schön", sagt er endlich. „Ich werde sehen, was ich tun kann. Aber wenn Tameeka zustimmt, kommen auch die Verlorenen Jungs mit. Du bringst das Schiff also besser an die Küste. Werft den Anker in der Meerjungfrauenlagune aus. Wir treffen uns dort in einer Stunde."

Ich warte gar nicht erst ab, bis Peter davon flattert, sondern drehe mich um und gebe augenblicklich den Befehl zur Wende. Wir ankern in der Lagune. Wenn Peter den Schlüssel in seine Hände bekommen will, sollte er lieber pünktlich sein – und eine Elfe bei sich haben! Ich gebe die Chance, diese vermaledeite Uhr zu zerstören und den Fluch zu brechen, sicher nicht umsonst auf. Am Ende des Tages soll Angel wieder sicher zu Hause bei ihrer Familie sein.

Und danach will ich mich einfach nur in den haifischverseuchten Gewässern ertränken.

Kapitel 12

Jamie steht an der Reling, die Hände auf das Holz gestützt. Alle paar Minuten blickt er zum Himmel hinauf und dann wieder zurück zur Küste, wo immer noch keine Menschenseele zu sehen ist. Ich gehe zu ihm und streiche ihm über den Rücken. Er dreht sich nicht zu mir um. Stattdessen legt er seinen Arm um meine Schultern und zieht mich an seine Seite.

„Was ist denn los mit dir?", frage ich und blicke dabei in sein Gesicht.

„Gar nichts."

„Dafür wirkst du aber sehr unruhig."

Er seufzt tief. „Ich versuche nur, mich abzulenken, damit ich nicht an später denken muss." Seine Augen finden meine. Nach einem raschen halbherzigen Lächeln küsst er mich auf die Stirn.

„Ja, das versuche ich auch", antworte ich heiser. Obwohl ich eigentlich überglücklich sein sollte, dass wir endlich einen Weg gefunden haben, wie ich zu meinen Schwestern zurückkehren kann, weiß ich auch, dass die Sehnsucht nach Jamie wie eine Narbe schmerzen wird, die nie ganz verheilt. Aber ich war lange genug in Nimmerland. Auf mich wartet ein anderes Leben. Es ist Zeit zu gehen.

Der Ruf eines Adlers in der Ferne lässt uns beide hochschrecken. Peter kommt! Und mit ihm fliegt Tameeka, die Elfe mit den goldenen Locken. Sie hält seine Hand, während ihre Schmetterlingsflügel schnell wie die eines Kolibris flattern.

„Holt die Verlorenen Jungs an Bord!", befiehlt Jamie seinem ersten Maat, der sogleich mit Fin Flannigan die Gangway ausfährt. „Und denkt daran: Dies sind außergewöhnliche Umstände. Wir werden Peter Pan und die Jungs nicht umbringen. Jedenfalls nicht heute", fügt er noch leise hinzu.

Ein angewidertes Raunen geht durch die Menge. Zwar sind sie nicht überaus beeindruckt von den Befehlen ihres Captains, doch keiner der Männer wagt es, sich gegen Hook aufzulehnen. Und da ich offiziell den Status als das Mädchen des Captains erhalten habe, nachdem wir heute Morgen von der Meerjungfrauenlagune zurückgekommen sind, sind sie alle bereit und manche sogar mit Eifer dabei, mir zu helfen. Dessen bin ich mir deshalb so sicher, weil Jack Smee mir heimlich mit einem Lächeln auf den Lippen zunickt, als die Verlorenen Jungs im Gleichschritt an Bord kommen.

Ich knüpfe Freundschaften mit Piraten. Wer hätte das je gedacht?

Skippy, Toby, Loney, Stan und Sparky betreten nacheinander das Deck und drängen sich dicht aneinander. Bloß kein Risiko eingehen lautet wohl ihre Devise. Und wer kann es ihnen verübeln? Für sie muss es höchst eigenartig sein, aus freiem Willen an Bord von Hooks Schiff zu kommen. Wie frei dieser Wille jedoch tatsächlich war, werde ich wohl nie herausfinden.

Stan zieht den Reißverschluss seiner Bärenfellweste nervös auf und zu. Als sich unsere Blicke kreuzen, werden seine Wangen rot wie Erdbeermarmelade. „Hey, Angel", murmelt er. „Es ist schön, dich wiederzusehen. Und noch dazu lebendig."

„Hi, Stan." Ich versuche die Anspannung mit einem Lächeln aufzulockern.

Stan reibt sich verlegen den Nacken und senkt den Blick auf den Boden vor seinen Füßen. „Es tut mir leid, dass ich dir im Dschungel nicht geholfen hab."

„Ach, mach dir darüber keine Gedanken mehr. Du hättest sowieso nichts ausrichten können." Und um ihm zu versichern, dass ich es wirklich ernst meine, mache ich zwei Schritte auf ihn zu und schließe ihn kurz in die Arme. Als ich ihn wieder loslasse, grinst er übers ganze Gesicht – wie ein Waschbär, der einen Himbeerstrauch entdeckt hat. „Was ist?", frage ich.

Das Rot auf seinen Wangen wird sogar noch tiefer. „Du siehst aus wie ein Mädchen."

„Ja genau", stimmt ihm Skippy zu und kratzt sich an seinem abstehenden linken Ohr. „Das Kleid steht dir auch viel besser als dieser Piraten-Grusel-Fetzen, den du beim letzten Mal angehabt hast."

Hinter mir höre ich Jamie leise lachen und ich drehe mich zu ihm um. „Du bist wohl auch der Meinung, wie?" Sein Lachen verstummt zu einem schiefen Grinsen. Ich bin total verliebt in dieses kleine halbseitige Lächeln.

Als ich mich wieder zu den Jungs umdrehe, landen gerade Peter und Tami bei ihnen. Der Anblick der Elfe versetzt meinem Herzen einen Stich. Sie erinnert mich zu sehr an meine kleinen Schwestern und ich werde von Heimweh überwältigt. Nun bin ich wirklich bereit, das Fliegen zu lernen. Ich möchte endlich nach Hause.

Tami sieht mich ein wenig verschüchtert an. Als wir

uns das letzte Mal gesehen haben, ist sie schreiend aus dem Zimmer gestürzt, weil sie dachte, ich wäre ein Pirat. Wie denkt sie da wohl jetzt über mich, wo ich gerade Captain Hooks Hand halte? Zaghaft wandern ihre Mundwinkel zu einem kaum erkennbaren Lächeln nach oben. „Hallo Angel", sagt sie mit ihrer glockengleichen Stimme. „Ich hätte nicht geglaubt, dass wir uns noch einmal wiedersehen. Peter hat uns schon alle in den Wahnsinn getrieben, weil er die letzten paar Tage über nichts anderes gesprochen hat als über dich. Genauso wie Stan." Sie wirft den Jungs einen kurzen Blick zu, woraufhin alle in lautes Gelächter verfallen. Ich hätte nicht für möglich gehalten, dass Stan sogar noch röter werden kann, doch da habe ich mich wohl gründlich geirrt. Im Moment ähnelt sein Gesicht einer Tomate.

Den Kopf leicht zur Seite geneigt, versuche ich Peter zu durchschauen, doch er zuckt gelassen mit den Schultern. Es freut mich zu sehen, dass er mir am Ende doch nicht so böse war, wie ich angenommen hatte. „Danke, dass ihr gekommen seid", richte ich meine Worte an alle.

Peter nickt und streckt dann Jamie seine Hand entgegen. Im ersten Moment denke ich schon, er will ihm brüderlich die Hand schütteln, aber natürlich ist dem nicht so, und Jamie weiß genau, was Peter will. Er holt den kleinen Schlüssel aus seiner Hosentasche und übergibt ihn

Peter. „Diesmal hältst du dich besser an dein Wort, kleiner Bruder."

„Und du suchst dir lieber eine Crew, die nicht so fürchterlich stinkt", erwidert Peter mit Schalk in den Augen.

Mir entkommt ein leises Kichern, doch ich reiße mich sofort zusammen, als Jamie neben mir mürrisch grollt.

„Was denn?", flüstere ich. „Er hat doch recht."

Da klatscht Peter einmal in die Hände und lenkt meine Aufmerksamkeit wieder auf sich. „Da nun alle hier sind und wir die Bedingungen ausgehandelt haben, können wir anfangen?"

Ein Schwall von Aufregung überkommt mich. „Ich bin so weit!"

„Gut. Erst einmal musst du die Grundregeln lernen." Er schnappt Tami und mich an der Hand und zieht uns in die Mitte des Decks. Dabei verscheucht er ein paar fies dreinblickende Männer und schnippt ihnen die Hüte vom Kopf. „Zum Fliegen braucht es zwei Dinge. Du beginnst damit, dass du dir den allerschönsten und fröhlichsten Gedanken suchst, der da drin ist." Er tippt mir dabei sanft gegen die Schläfe. „Wenn du ihn gefunden hast, hältst du ihn gut fest. Klammere dich daran und lass ihn ja niemals los, sonst fällst du!"

„Ein fröhlicher Gedanke, hab verstanden", antworte

ich freudig und blicke über Tamis Kopf hinweg zu Jamie. Ich weiß schon genau, wie dieser Gedanke für mich aussieht. Dann ringe ich etwas nervös die Hände vor meinem Bauch. "Und was ist die zweite Sache?"

Peter wackelt aufgeweckt mit den Augenbrauen. "Elfenstaub." Als er Tamis Locken verstrubbelt, regnet ein feiner Goldstaub auf ihre Schultern und auf die Holzdielen rund um ihre nackten Füße. Peter fängt ein wenig davon mit seinen Händen auf und lässt ihn dann auf mich herabrieseln. Der glitzernde Elfenstaub riecht nach Heidelbeeren und Honig und bringt mich zum Niesen.

"Das war's auch schon", teilt mir Peter mit. "Jetzt versuch zu fliegen."

Ich starre ihm verwundert ins Gesicht. "Einfach so?"

"Ja, einfach so", versichert er. Mit einem kleinen Schwung aus den Knien erhebt er sich in die Lüfte. Bei ihm sieht das so einfach aus.

Guter Dinge und mit dem Bild vor Augen, wie Jamie mich zum letzten Mal geküsst hat, gehe ich wie Peter in die Knie und mache dann einen kleinen Sprung. Aber anstatt in den Himmel hinaufzugleiten, lande ich wieder auf meinen Beinen. Beim nächsten Versuch flattere ich zusätzlich mit den Armen. Ich springe wieder und wieder ab und tanze dabei um die Verlorenen Jungs herum, bis ich letztendlich auf meinem ursprünglichen Platz stehe.

Meine Schultern sinken vor Enttäuschung und ich ziehe einen Schmollmund.

„Vielleicht brauchst du einfach ein wenig mehr Elfenstaub", meint Peter und verstrubbelt noch einmal Tamis Lockenkopf. Als ihm das aber immer noch zu wenig erscheint, greift er die kleine Elfe an den Knöcheln und dreht sie herum, bis sie kopfüber in der Luft hängt. So schüttelt er sie über mir, bis ich von oben bis unten mit Goldstaub bedeckt bin. Tami kreischt und lacht gleichzeitig, aber Peter ignoriert ihren Protest, bis ihr Kleid aus Efeublättern über ihren Bauch nach oben rutscht und ihr feines weißes Höschen entblößt. „Uups!", meint er nur scherzhaft.

Die Mannschaft und die Verlorenen Jungs brüllen vor Lachen.

„Peter! Lass mich sofort runter!", wettert die kleine Elfe unter ihrem Kleid. Da hat auch Peter ein Einsehen und setzt Tami wieder ab.

Hinter ihr grinst Jamie zu mir rüber. „Jetzt siehst du aus wie eine Butterblume." Bei all dem Elfenstaub, der an mir klebt, hat er vermutlich recht.

Ich versuche es noch einmal mit einem Sprung. Als auch der wieder missglückt, nimmt mich Peter an den

Händen und zieht mich mit sich nach oben. „Wenn das immer noch nicht genug war, dann weiß ich wirklich nicht, was ich noch mit dir anstellen soll."

Ich habe gar keine Zeit, etwas zu erwidern, denn im nächsten Moment lässt mich der Bengel einfach los. Ein Schrei platzt aus meiner Kehle, als ich drei Meter nach unten stürze. Gott sei Dank fängt mich Jamie auf und stellt mich wieder auf die Beine. Er sieht mir in die Augen und neckt mich: „Willst du noch mal?"

„Nein!"

Peter landet neben uns an Deck. „Ernsthaft, Angel! Mit dem Haufen Elfenstaub solltest du eigentlich bis zum Mond und wieder zurück fliegen können."

Ich verziehe das Gesicht. „Denkst du, mit mir stimmt etwas nicht?"

„Nicht mit dir selbst, aber vielleicht taugt ja dein fröhlicher Gedanke nichts. Was hast du ausgewählt?"

Verlegen stottere ich herum und spüre, wie mir dabei das kochende Blut in die Wangen strömt. Ich möchte meinen Gedanken nun wirklich nicht vor der gesamten Besatzung preisgeben. Doch das Grinsen auf Jamies Gesicht verrät mir, dass er ganz genau weiß, woran ich gedacht habe. Er lehnt sich vor und schnurrt mir geradezu ins Ohr: „Vielleicht macht es dich einfach nicht glücklich genug, an mich zu denken."

Natürlich hat er das nur zum Spaß gemeint, doch es ist tatsächlich etwas Wahres dran. Gerade falle ich aus allen Wolken. „Du hast recht", sage ich leise zu ihm. Jedes Mal, wenn ich Jamie in der vergangenen Stunde angesehen habe, hat es meinem Herzen einen Stich versetzt. „Ich werde Nimmerland bald verlassen. Und dann sehe ich auch dich nie wieder. Wie kann das schon ein fröhlicher Gedanke sein?"

Seine Augen werden schmal, denn er versteht sehr gut, was ich meine. „Vielleicht solltest du dann etwas wählen, worauf du dich freuen kannst. So wie dein Zuhause. Oder —"

„Die Zwillinge", vollende ich seinen Satz und bereits in diesem Moment schleicht sich ein Lächeln auf meine Lippen. Der Klang ihres ausgelassenen Lachens hallt in meinen Gedanken wider. Mir wird ganz warm in der Brust. Ich brauche nur meine Augen zu schließen und habe sofort das Gefühl, es würde schon reichen, meine Hand auszustrecken, um sie berühren zu können. Paulina und der Feenknirps. Wenn ich mich anstrenge und meine Sache richtig mache, sehe ich die beiden schon bald wieder.

Plötzlich ertönt von allen Seiten lauter Beifall und aufgeregtes Jubeln. Ich öffne meine Augen und sehe, wie

Jamie vor mir auf die Knie sinkt – oder zumindest kommt es mir in der ersten Sekunde so vor. Doch in Wahrheit habe ich angefangen zu schweben, nur weil ich an meine kleinen Schwestern gedacht habe.

Jamie schenkt mir ein stolzes Lächeln und zieht dann an meinem Knöchel, als ich langsam in der Luft von ihm wegdrifte. „Nicht so schnell, Engelchen. Du wirst schön hier auf dem Schiff üben. Solange du nicht weißt, wie du ... das hier", er gestikuliert mit seiner anderen Hand an mir rauf und runter, „unter Kontrolle bekommst, will ich nicht, dass du dich über Bord bewegst. Ist das klar?"

Ich nicke und versuche vor Erstaunen nicht komplett auszuflippen, sondern halte mich mit aller Kraft an dem Gedanken fest, der mir gerade ermöglicht zu fliegen. Oh Mann! Wie im Märchen!

Peter schwebt zu mir nach oben und erklärt mir dann, wie ich in der Luft steuern kann. „Du machst genau das, was du auch auf dem Boden tun würdest, wenn du in eine Kurve gehen willst. Du –" Tja, und hier weiß er wohl nicht mehr weiter. Er zuckt mit den Schultern und grinst wie der Lausebengel, der er ganz offensichtlich auch ist. „Na ja, du bewegst dich einfach in eine andere Richtung."

Langsam wie eine Schnecke am Sonntag kreise ich um Jamie herum. Erst in die eine Richtung und dann in die andere. „Okay, ich glaub, ich hab den Dreh raus. Wie kann ich denn schneller werden?"

„Entscheide dich einfach dafür."

Ich weiß bei Gott nicht wie. Mit meinen Armen zu rudern bringt mich nicht weiter und mit den Beinen zu strampeln leider auch nicht.

„Du steuerst deinen Körper mit deinen Gedanken. Also gib dir selbst einfach im Geiste einen kleinen Schubs." Beim letzten Wort stupst mich Peter in den Rücken und ich schieße übers Deck, geradewegs auf die Tür von Jamies Quartier zu.

„Oh nein!"

„Flieg nach oben!", gibt mir Peter das Kommando und segelt neben mir. „Heb deinen Kopf, sieh hoch, und dann flieg in diese Richtung!"

Das mache ich. Und plötzlich ist die Tür verschwunden und mit ihr das gesamte Schiff. Vor mir liegt nur der endlos blaue Himmel, und der Wind peitscht mir ins Gesicht. „Wuuhuu!", lache ich laut und schraube mich durch die Lüfte.

Die ganze Zeit über bleibt Peter dicht an meiner Seite. Seine Augen funkeln voll Stolz, und seine Freude ist ansteckend. „Ich hab's geschafft!", rufe ich und drehe mich noch einmal in der Luft.

„Ja! Ja, das hast du! Aber das ist nur der Anfang. Jetzt müssen wir deine Technik noch verfeinern. Komm mit mir runter aufs Schiff und pass auf, dass du dabei ja deinen glücklichen Gedanken nicht verlierst!"

Die Jolly Roger ist mittlerweile nur noch ein kleiner Punkt unter uns im Wasser. Ich folge Peter hinunter und konzentriere mich dabei auf das Lachen der Zwillinge in meinem Kopf. Es fällt mir ganz leicht. Es ist gerade so, als würden sie mich bereits nach Hause rufen.

Auf dem Achterdeck vor seinem Quartier finde ich Jamie mit Jack Smee. Der Captain hält etwas in seiner Hand. Etwas Kleines. Ich kann nicht erkennen, was es ist, aber die beiden unterhalten sich angeregt und bemerken mich gar nicht. Ich fliege eine Schleife auf die Männer zu und schnappe mir Jamies Hut.

„Hey!", schreit er mir spielerisch hinterher. „Gib den zurück, du ... Dieb!"

Ich lande an Deck, setze mir den schwarzen Hut mit der Feder auf den Kopf und stapfe schneidig zu Jamie zurück. Auf Zehenspitzen stehend sehe ich ihm in die Augen. "Pirat", verbessere ich ihn und grinse so schelmisch wie seine Seeräubercrew.

Als er mir den Hut abnimmt, kräuselt er dabei neckisch die Lippen. „Ganz offensichtlich."

Kurz darauf ruft mich Peter zu sich, um mir die feineren Künste des Fliegens näherzubringen. Jamie drückt mir noch einen schnellen Kuss auf die Wange. „Viel Spaß. Ich habe noch etwas mit Jack in meinem Arbeitszimmer zu besprechen. Wir sehen uns nachher."

Ich flitze rüber zu Peter. Er sagt mir, ich solle meinen fröhlichen Gedanken wiederfinden und diesmal nur ein, zwei Meter nach oben schweben. Dann hält er mich an, seine Bewegungen zu spiegeln. Links, rechts, links, rauf, runter, links, rauf, eine Drehung und dann noch einen Purzelbaum. Das macht Spaß! Ich schwirre etwas höher und tanze noch ein wenig weiter, dann jage ich Peter rund ums Schiff. Das Training macht ihm genauso viel Freude wie mir. Wir sausen hoch und runter, vor und zurück. Von Minute zu Minute fühle ich mich sicherer in seinem Element. Als ich ganz knapp über der Meeresoberfläche dahingleite, kann ich im blauen Wasser mein vor Begeisterung strahlendes Gesicht erkennen. Wagemutig senke ich meine Hand und schneide damit durch die Wellen. Das Wasser spritzt dabei nach allen Seiten.

Über die Reling gleite ich zurück aufs Schiff und entdecke, wie sich Brant Skyler von hinten an Tami heranpirscht. Aufgeregt grinst er, als er die kleine Elfe an den Schultern packt und sie leicht schüttelt, sodass es Gold aus ihren Haaren regnet. Mit Fin Flannigans Lederhut fängt er das meiste davon auf und schüttet es sich selbst über den Kopf. Dann macht er ein paar elfengleiche Sprünge und tanzt wie eine potthässliche Ballerina übers ganze Deck. In die Luft kommt er damit nicht, doch jeder seiner Hüpfer befördert ihn gleich ein paar Meter nach vorn, und er sieht aus, als hätte er gerade die beste Zeit seines Lebens. Tami funkelt ihn finster an und tadelt ihn mit erhobenem Finger. Ich kann mir nur noch den Bauch halten vor Lachen.

Fliegen ist so berauschend, die Endorphine jagen in Flutwellen durch meinen Körper. Ich fordere Peter Pan mit einem Grinsen und einem Nicken hinaus auf den Ozean zu einem Wettfliegen heraus. Mit einem Blitzen in den Augen nimmt er die Herausforderung an und wir preschen dicht über dem Meer dem Horizont entgegen. Unter mir entdecke ich Melody, die Meerjungfrau, wie sie einem Delfin gleich durchs Wasser schnellt. Im nächsten Moment springt sie aus den Wellen und wir klatschen uns mit unseren Händen in der Luft ab, bevor sie wieder ins Meer eintaucht. Die Wasserfontäne, die sie dabei erzeugt, erwischt mich mitten im Gesicht. Fliegen ist der helle Wahnsinn! Ich will nie wieder damit aufhören.

„Du bist wohl ein Naturtalent, wie?", meint Peter. „Ich denke, von hier aus schaffst du es auch ohne meine Hilfe.

Wenn du so weiterfliegst, bist du bestimmt in null Komma nichts zu Hause."

Gemeinsam kehren wir zur Jolly Roger zurück. „Kannst du denn nicht mit mir fliegen?", frage ich ihn auf dem Weg.

„Ich glaube, ich kann dich ein Stückchen begleiten. Vielleicht ein paar Meilen, aber wohl kaum den ganzen Weg."

Wir sinken aufs Achterdeck. Smee ist mittlerweile wieder aus Jamies Quartier gekommen. Offenbar ist er fertig mit dem, was auch immer der Captain von ihm wollte. Neben ihm steht gerade Loney, die Hände in die Hosentaschen gesteckt. Er grinst hoch zu Smee und stupst ihn mit dem Ellbogen in die Rippen. „Hättest wohl nie gedacht, dass wir jemals Freunde werden, häh?"

Jack Smee blickt schnurgeradeaus, zieht dabei sein Schwert aus der Scheide und setzt Loney die Klinge an den Hals. „Der Befehl des Captains lautet, euch nicht umzubringen", stellt er in gelangweiltem Ton fest. „Er hat allerdings nichts davon gesagt, dass wir euch nicht die Zunge rausschneiden dürfen, wenn ihr uns auf die Nerven geht."

Ich höre Loneys Schlucken bis hierher. Er seilt sich behutsam ein paar Schritte von Smee und seinem tödlich glänzenden Schwert ab. Smee grinst zufrieden vor sich hin und ich muss bei dem Anblick ebenfalls schmunzeln.

Als ich mich auf der Suche nach Jamie umdrehe, steht er direkt hinter mir. Seine Hände hat er wie so oft hinter dem Rücken verschränkt. „Dann bist du jetzt also bereit, nach Hause zurückzukehren?", fragt er mit einem leichten Lächeln auf den Lippen, doch ich weiß, er muss es sich mühevoll abringen.

Ich zucke befangen mit den Schultern. „Ich denke schon."

Jamie nimmt mich daraufhin an der Hand und führt mich hinüber zu seinen Männern und Peters Freunden. „Ich nehme an, du willst dich noch von einigen hier verabschieden."

Da ich die meisten der Piraten ja nicht besonders gut kenne, winke ich nur in die Runde und bedanke mich dafür, dass sie mich nicht an die Haie verfüttert haben. Nur Jack Smee schüttle ich die Hand und den langen Kartoffel Ralph umarme ich sogar zum Abschied. Er riecht nach Zwiebeln und Speck.

Als Nächstes wende ich mich Tami und den Verlorenen Jungs zu. Die kleine Elfe nimmt meine Hände und flattert mit ihren Schmetterlingsflügeln, bis wir auf Augenhöhe sind. „Gute Reise", wünscht sie mir und lächelt so strahlend, wie es nur eine Märchengestalt tun kann. Dann schüttelt sie ihren Lockenkopf und berieselt mich mit einer Extraladung Elfenstaub.

Nach ihr ist Loney an der Reihe. Er sagt zwar kein Wort zum Abschied, doch er drückt mich einmal fest an sich und reicht mich dann weiter an Skippy, Toby und Sparky. Zu guter Letzt stehe ich Stan gegenüber. „Du warst das coolste Verlorene Mädchen, das wir je hatten", murmelt er mit traurigem Hundeblick.

„Weil ich ja auch das einzige Verlorene Mädchen war, das ihr je hattet", kontere ich und schaffe es damit, ihm ein Schmunzeln zu entlocken. Dann bekommt er von mir noch ein Küsschen auf die Wange und ich winke ihnen allen nach, als sie wenig später über die Gangway an Land gehen. Peter bleibt als Finziger an Bord.

„Bist du so weit?", fragt er.

„Noch nicht ganz." Ich drehe mich um und entdecke Jamie am anderen Ende des Decks. Seine traurigen Augen sind auf mich gerichtet. „Gib mir noch eine Minute mit dem Captain", sage ich zu Peter, ohne ihn dabei anzusehen, „dann können wir los."

Jamie wartet bei den Holzkisten auf mich. Langsam gehe ich auf ihn zu und merke dabei, wie mein fröhlicher Gedanke mit jedem Schritt mehr verblasst. Als ich direkt vor ihm stehe und er schweigend auf mich herabblickt, habe ich das Gefühl, dass sich eine eiserne Faust um mein Herz schließt und immer fester zudrückt.

„Das war's dann wohl", sage ich leise.

Er nickt und holt tief Luft. „Das war's."

„Danke, Jamie. Ich weiß genau, was du aufgegeben hast, nur um mir zu helfen."

„Ach, was solls? Jetzt jage ich diesem verdammten Schatz und dieser Uhr schon so lange nach, ein paar Jahre mehr werden mich da schon nicht umbringen." Jamie zuckt mit den Schultern und verdreht dabei gespielt die Augen. „Peter weiß sowieso nicht, was er mit der Uhr anfangen soll. Nun muss ich eben sie *und* den Schlüssel wiederfinden."

„Ein niemals endendes Spiel, nicht wahr?"

„Engelchen ..." Jamie lacht leise und streichelt mir dabei sanft mit den Fingerknöcheln über die Wange. „Das ist es, was Nimmerland ausmacht."

Bei dieser Erkenntnis muss sogar ich lächeln. „Sei aber nicht zu hart zu Peter, hörst du?", sage ich mit etwas strengerer Stimme.

Jamie tut es mit einem Winken ab. „Ach, der verträgt das schon."

Es kommt mir so vor, als zögerten wir diese

Unterhaltung mit Nichtigkeiten hinaus, nur damit wir das einzig Wichtige nicht aussprechen müssen – auf Wiedersehen. Doch bereits im nächsten Moment wird Jamie sehr viel ernster. „Es ist an der Zeit. Du solltest jetzt aufbrechen, damit du zu Hause bist, bevor du wieder einschläfst und alles aufs Neue vergisst."

Er hat recht. Ich schlinge meine Arme um mich selbst, denn wenn ich ihn jetzt anfasse, kommen mir mit Sicherheit die Tränen, und ich weiß nicht, wie ich sie aufhalten soll.

„Aber bevor du gehst", sagt er dann und zieht etwas Rotes an einer Kette aus seiner Tasche, „habe ich noch etwas für dich."

„Der Rubin?" Irgendwie hat es Jamie geschafft, ein Loch durch den Edelstein zu bohren und ihn an einer Silberkette aufzufädeln. Es ist dieselbe Kette, an der zuvor der goldene Schlüssel hing. Ich frage mich, ob es das war, was er und Jack Smee in seinem Quartier zu tun hatten, während mir Peter das Fliegen beigebracht hat.

„Es ist nicht viel", meint Jamie. „Nur das kleine bisschen, das mir von meinem Schatz noch geblieben ist." Er legt mir die Kette um den Hals und schließt sie in meinem Nacken. „Aber ich hoffe, es reicht aus, damit du dich später an uns erinnern kannst. An mich. Die Piraten.

Und Peter", fügt er mit einem gespielten Grollen hinzu, wobei er auch noch die Augen verdreht. Dann legt er mir die Hände auf die Wangen und lehnt seinen Kopf nach vorn bis sich unsere Augenbrauen berühren. „Es war mir eine Freude, dich an Bord zu haben, *Piratenschreck* Angelina McFarland."

Ich schlinge meine Finger um seine Handgelenke und kichere leise, obwohl mir überhaupt gar nicht nach Kichern zumute ist. Eher habe ich das Gefühl, dass ich gleich zusammenbrechen werde.

„Okay. Und jetzt ... denk an etwas Schönes." Im nächsten Moment legt er seine Lippen sanft auf meine. Ich schlinge meine Arme um ihn und Jamie drückt die Luft aus meinen Lungen mit seiner innigen Umarmung. Für einen zeitlosen Augenblick hält er mich einfach nur fest. Dann lässt er mich los und macht einen Schritt zurück.

Peter landet neben mir auf der Reling. Er hält mir seine Hand entgegen und hilft mir hoch. Mit einem schmerzlichen Seufzen drehe ich mich um und blicke hinüber zum Horizont. Meine Brust tut so fürchterlich weh, dass ich das Gefühl habe, darin wären Steine, die mich sofort unter Wasser ziehen würden, sollte ich nur einen Schritt nach vorn über die Reling machen.

„Einen fröhlichen Gedanken, Angel", erinnert mich

Jamie sanft hinter mir. Er streichelt mir mit den Fingerspitzen über meinen Handrücken. Ich drehe mich nicht mehr zu ihm um. Ich kann einfach nicht. Aus dem tiefsten Teil meines Herzens hole ich den Gedanken an das Lachen meiner kleinen Schwestern und warte, bis die Leichtigkeit von vorhin noch einmal über mich kommt. Dann erhebe ich mich langsam mit Peter in die Luft.

„Du wirst mir fehlen, Jamie", sage ich leise. Aber ich blicke nicht zurück.

James Hook

Ich weiß nicht, wie lange ich schon an der Reling stehe und immer noch in den Himmel starre, der das einzige Mädchen verschlungen hat, das mir jemals etwas bedeutet hat. Jedes Mal wenn ich an Angels sanfte Hand auf meiner Wange denke, an ihr Lächeln oder auch nur an ihre weiche Stimme, fühlt es sich an, als würde eine Lanze meine Brust durchbohren. Mir ist, als würde ich vor Schmerzen innerlich verbluten.

„Käpt'n, die Männer wollen wissen, wann wir wieder in See stechen."

Ich drehe mich zu Jack um. Er macht ein ernstes Gesicht. Obwohl er kaum den Schmerz verspürt, der mich gerade zugrunde richtet, versteht er zumindest, was sie mir bedeutet hat. Er schlägt mir auf die Schulter und sein Blick ist dabei von Mitgefühl erfüllt. „Es ist das Beste für das Mädel, das weißt du", sagt er.

Natürlich weiß ich das. Doch deswegen tut es nicht weniger weh. Ich mache einen Schritt von der Reling weg und befehle den Männern: „Wir haben lange genug hier geankert! Bringt sie raus, ihr elenden Hunde!" Nur versagt meine Stimme mitten im Satz. Ich werde den Kloß in meinem Hals einfach nicht los. Die Augen fest zusammengekniffen, massiere ich die Stelle zwischen ihnen mit Daumen und Zeigefinger und sage zu Jack durch zusammengebissene Zähne: „Übernimm du!"

Jack nickt zustimmend und treibt die Männer als mein Stellvertreter zur Arbeit an. Er befiehlt ihnen, den Anker zu lichten und alle fünf Segel zu hissen, damit wir rasch aus der Meerjungfrauenlagune rauskommen.

Ich sinke in der Zwischenzeit vor den Frachtkisten auf den Dielenboden des Hauptdecks, lehne mich zurück und blicke wieder in den Himmel. Genau an dieser Stelle habe ich Angel vor ein paar Tagen unter den Sternen geküsst. Ein trauriges Lächeln zupft an meinen Mundwinkeln. Versenk mich, was war das doch für ein großartiger erster Kuss.

Als Captain der Jolly Roger sollte ich mich endlich am Riemen reißen und mich wieder wie ein Mann benehmen.

Wie ein Pirat. Der Kommandeur dieser Crew, gottverdammt! Aber ich möchte diesen Platz einfach nicht verlassen. Noch nicht. Vielleicht in einer Stunde. Oder in zwei. Vielleicht bleibe ich aber auch die ganze Nacht hier sitzen und schaue in den Himmel. Immerhin habe ich ja alle Zeit von Nimmerland, nicht wahr? Und all die Zeit werde ich einsam und alleine verbringen – abgesehen von sechzehn dreckigen Seeräubern und ein paar lausigen Ratten in der Bilge.

Ich hole tief Luft und setze schließlich meinen Hut wieder auf. Ich habe ihn vorhin abgenommen, als ich Angel Lebewohl gesagt habe. Sie sollte mich als *einfach nur Jamie* in Erinnerung behalten und nicht als den herzlosen Pirat, den sie zuerst kennengelernt hat.

Ich reibe mir mit den Händen übers Gesicht und seufze noch einmal tief. Nur Sekunden später erscheinen am Horizont zwei kleine fliegende Punkte. Sie werden schnell größer. Von plötzlicher Aufregung erfüllt, richte ich mich auf und versuche mit schmalen Augen auszumachen, was da auf uns zukommt. Bei Davie Jones' Grab, sind das etwa Angel und Peter? Was ist, wenn sie ihre Meinung doch noch geändert hat?

Ich rapple mich schnell auf die Beine, laufe zur Reling und lehne mich weit hinaus, um noch mehr erkennen zu können. Die beiden Punkte am Himmel kommen immer näher. Ich kann vor Anspannung kaum noch atmen.

Im nächsten Moment verwandeln sich diese Punkte in zwei Möwen, die in der Thermik über das Schiff hinwegsegeln. Ich verfolge ihre Flugbahn bis zur Küste. Dabei wird mir erneut schwer ums Herz. Ich sinke auf die Knie. Es ist vorbei. Angel ist weg. Und sie kommt nie wieder.

Kapitel 13

Das Lachen von zwei kleinen Mädchen — das ist es, was mich durch den Himmel trägt. Meine Arme habe ich dabei wie die Flügel eines Vogels ausgebreitet und den Blick gerade nach vorn gerichtet. Peter und ich gleiten durch eine dicke Wolkenschicht und fliegen immer höher. Nimmerland ist bereits nur noch ein kleiner grüner Fleck unter uns im Ozean.

Nach allem, was ich in den letzten paar Tagen gesehen und erlebt habe, wird mich in meinem ganzen Leben bestimmt nie wieder etwas überraschen können. Und doch fliege ich gerade wie ein Adler durch die Luft und kann es kaum glauben. Es gibt wohl nichts, was für mich unwahrscheinlicher wäre als das ... na ja, vielleicht abgesehen davon, einen Piraten zu küssen.

„So, so, du und Hook, wie?", fragt Peter in diesem

Moment, als hätte er meine Gedanken gehört. Ich blicke nur rasch zu ihm und spitze dann die Lippen, weil ich echt nicht weiß, was ich dazu sagen soll. Und was wird wohl sein nächster Kommentar sein? Dass ich unmöglich noch tiefer sinken kann, als mit einem Seeräuber rumzumachen?

Doch Peter überrascht mich. „Du tust ihm gut. Ich habe Hook noch nie so ... *menschlich* erlebt wie heute mit dir. Es ist schade, dass du uns wirklich schon verlassen musst."

Wieder drehe ich mich zu ihm, doch diesmal blickt Peter stur geradeaus und ignoriert meinen perplexen Gesichtsausdruck völlig. Vielleicht hat ihm der Nachmittag auf der Jolly Roger ja tatsächlich Spaß gemacht. Muss wohl eine ziemlich intensive Erfahrung gewesen sein, ausnahmsweise mal mit und nicht gegen seinen Bruder zu arbeiten.

Ich wünschte nur, die beiden würden einen Weg zueinander finden, auch wenn ich nicht mehr hier bin. Andererseits sollte mich das gar nicht kümmern. Ich werde von dem Ganzen sowieso nichts mehr mitkriegen, wenn ich erst einmal zurück in meiner Welt bin. Ist ja nicht so, dass ich schnell mal Jamie anrufen könnte, um ihn zu fragen, wie's ihm geht.

Bei der Erinnerung an unseren letzten richtigen Kuss

krallt sich eine schmerzhafte Traurigkeit an meinem Herz fest. Die letzte Nacht draußen in der Meerjungfrauenlagune war magisch. Sein wunderbarer Duft von Mandarinen und der Meeresbrise hat sich in meine Poren gegraben und in meinem Herzen verankert. Und dort werde ich Jamie auch immer bewahren. Wenn er mich doch nur noch einmal küssen könnte. Oder mich halten könnte, so wie bei unserem Abschied. Er fehlt mir, und ein Teil von mir möchte nichts lieber, als umzukehren und zurück in seine Arme zu fliegen.

Als ob ich in ein Luftloch gefallen wäre, sacke ich ein paar Meter nach unten. Erschrocken kreische ich auf und versuche, die Kontrolle wiederzuerlangen, doch stattdessen stürze ich gleich noch mal zwei Meter tiefer. Peter ist in Sekundenschnelle bei mir und schlingt seinen Arm um meine Taille. „Angel!", schreit er gegen den Wind an. „Wo ist dein fröhlicher Gedanke?"

Für einen achtlosen Moment verloren gegangen.

Aus dem Grunde meines Herzens fische ich erneut das überschwängliche Lachen von Paulina und das liebliche Kichern von Brittney Renae. „Alles wieder in Ordnung. Du kannst mich loslassen", teile ich Peter mit.

Er mustert mich zwar skeptisch, doch am Ende nimmt er seinen Arm von mir. Allerdings lässt er mich keine

Sekunde mehr aus den Augen. Ich strenge mich an, Jamie für den Moment komplett aus meinen Gedanken zu streichen, und hebe die Erinnerung an ihn für später auf. Wenn ich zu Hause bin.

Stundenlang, so fühlt es sich an, fliegen wir in dieselbe Richtung. Nichts um uns herum verändert sich. Weder der strahlend blaue Himmel noch die dunkle See unter uns. Es ist schwer abzuschätzen, wie lange mich Tameekas Elfenstaub noch tragen wird – ob ich es tatsächlich bis nach London schaffe oder ob ich am Ende wie ein Sack Mehl in die Fluten unter uns stürzen werde. Peter kann schließlich nicht die ganze Zeit bei mir bleiben. Er hat mich sowieso schon viel weiter begleitet, als ich erwartet hätte.

Besorgt frage ich ihn: „Solltest du nicht langsam umkehren?"

Er zieht eine Augenbraue hoch. „Und dabei riskieren, dass du deinen fröhlichen Gedanken wieder verlierst? Kommt nicht in Frage."

„Aber du kannst doch nicht den ganzen Weg mit mir kommen, oder?"

„Mir bleibt wohl kaum etwas anderes übrig." Er lacht dabei und es klingt so heiter wie eh und je. „Hook wartet schon ewig auf eine Gelegenheit, um mir das Fell über die Ohren zu ziehen. Wenn dir auf dieser Reise etwas passiert, wird er seine Drohung ohne zu zögern wahr machen. Also konzentriere dich einfach weiter auf das, was dich hier oben hält, dann wird uns beiden nichts passieren."

Seine Heiterkeit infiziert schließlich auch mich, und ich freue mich, auch den Rest des Weges noch Gesellschaft zu haben. Und dann sehe ich plötzlich etwas unter mir. Land!

„Peter!", rufe ich aufgeregt und zeige auf den grünen Fleck, der zwischen den Wolken hindurchblitzt.

„Ja, ich sehe es!" Er reicht mir die Hand und zieht mich schneller mit sich. Dabei gehen wir wieder weiter runter.

Das ist es also. Das ist mein Zuhause. Mein Herz klopft wie die Hufe eines Rennpferdes. In wenigen Minuten bin ich wieder bei meiner Familie. Was werden die Zwillinge sagen? Oh, ich kann es kaum erwarten …

In einer Mordsgeschwindigkeit sausen Peter und ich durch die Wolken. Die Sonne steht bereits tief am Himmel und wirft einen verträumten Schein auf die Insel und den Ozean, der sie umzingelt.

Insel? Moment mal! Mir ist schon klar, dass sich London auch auf einer Insel befindet, aber sollte die nicht viel größer sein? Und dann kommt mir die Insel unter uns auch schrecklich bekannt vor. Sie hat die Form eines

Halbmonds.

Peter erkennt wohl ebenfalls gerade, worauf wir tatsächlich zusteuern, denn er hält plötzlich mitten in der Luft an und dreht sich zu mir. Er kann seinen Schock und sein Bedauern nicht vor mir verbergen.

„Wie kann das nur sein, Peter?", wimmere ich halblaut. „Wir haben doch niemals die Richtung geändert. Und wir sind so weit geflogen."

Ratlos zuckt er mit den Achseln. „Es scheint, als wollte dich Nimmerland einfach nicht gehen lassen."

Da fällt mir ein, wie mir Jamie die Landkarte gezeigt hat, als wir am Morgen nach unserer Reise wieder vor der Küste von Nimmerland angekommen waren. Er meinte, wir hätten die Welt umrundet. Ist das etwa gerade wieder passiert? Sind Peter und ich womöglich um den ganzen Erdball geflogen? Du meine Güte! Was ist, wenn Nimmerland in Wirklichkeit nur ein kleiner Stern ist, von dem man einfach nicht wegkommt?

Zusammen mit meiner Hoffnung verschwindet auch mein glücklicher Gedanke. Auf einmal habe ich keinen Halt mehr in der Luft und hänge nur noch von Peters Hand, der mich mit eisernem Griff am Handgelenk festhält. Er zieht mich an seine Brust und gleitet mit mir hinab, zurück nach Nimmerland. Heiße Tränen kämpfen sich an die

Oberfläche.

Einen Moment lang frage ich mich, ob Peter mich wohl in sein Baumhaus in den Dschungel bringen wird. Doch als wir auf die Westseite der Insel zusteuern und die gewaltigen Segel der Jolly Roger vor uns auftauchen, ist klar, dass Peter weiß, wohin ich jetzt möchte.

Er landet an Deck und lässt mich los. Jeder Pirat an Bord starrt uns mit offen stehendem Mund an. Sogar Jack Smees Augen gehen weiter auf als Untertassen. Nur derjenige, den ich im Moment als Einzigen sehen möchte, sitzt einsam auf den Frachtkisten und blickt auf den Ozean hinaus. Die Beine mit den Armen umschlungen, hat er seine Knie an die Brust gezogen. Sein einst so stolzer Hut sitzt nun traurig auf seinem Kopf.

Ohne zu zögern, laufe ich los zu Jamie. Bei dem Klang meiner Schritte auf den Bodendielen schreckt er hoch und dreht sich zu mir um. In der nächsten Sekunde steht er bereits auf den Beinen und schließt mich in eine liebevolle Umarmung. „Angel! Was zum – Du bist zurück!" Er drückt mich ein wenig von sich weg, damit er mich genauer ansehen kann, als würde er nicht glauben, dass ich es wirklich bin. Doch gleich darauf zieht er mich wieder an sich und drückt mich noch fester als zuvor. „Versenk mich! Wie kommst du –? Wieso bist du –? Ah, Angel!" Wieder und wieder streichelt er mir über mein Haar und meinen Nacken. Unter seiner erdrückenden Zuneigung bekomme ich kaum noch Luft, aber das ist mir jetzt auch egal. Jamie möchte am liebsten lachen und gleichzeitig auch losheulen – glaube ich zumindest –, aber er ist sichtlich zu überrascht, um auch nur einen geraden Satz vollenden zu können.

Ich schlinge meine Arme um ihn und kralle meine Finger hinter seinem Rücken in den Stoff seines Hemds. „Fliegen hat nicht funktioniert", schluchze ich gegen seine Brust.

„Was? Was meinst du denn damit?" Noch einmal hält er mich von sich weg und wischt mir dann die tränennassen Strähnen aus dem Gesicht. „Wieso hat es nicht funktioniert?"

„Ich weiß nicht."

„Wir sind die ganze Zeit in Richtung Norden geflogen", erklärt ihm Peter, der nun neben uns steht. „Aber irgendwie sind wir wieder auf der Südseite der Insel gelandet."

„Genauso war es auch, als wir mit der Jolly Roger rausgefahren sind", schlussfolgert Jamie in einem flachen Tonfall. Doch dann überkommt ihn schon der nächste Schwall von Freude. „Du bist wieder da!" Er seufzt laut auf und drückt mich mit all seiner Kraft. Es würde mich nicht wundern, wenn ich mir bei dieser Umarmung eine Rippe brechen würde. „Wir finden schon einen anderen Weg", verspricht er mir, nachdem er mir einen liebevollen Kuss auf die Augenbraue gedrückt hat. „Mach dir keine Sorgen. So oder so, wir werden dich auf *jeden Fall* nach Hause schicken. Das verspreche ich."

Ich weiß, er wird nichts unversucht lassen, um mich zurück in meine Welt zu bringen, doch im Moment ist er einfach nur froh, mich bei sich zu haben. Und das bin ich auch.

„Was denkst du ist schiefgelaufen?", fragt er dann über meinen Kopf hinweg.

Ich drehe meinen Kopf auf die andere Seite und sehe Peter mit den Schultern zucken. „Vielleicht sind wir einfach nicht hoch genug geflogen", rätselt er. „Aber um ehrlich zu sein, habe ich nicht die leiseste Ahnung." Doch plötzlich zieht er die Augenbrauen tiefer und tritt einen Schritt näher.

Ein äußerst unbehagliches Gefühl kommt über mich. In mir spannt sich alles mit einer bösen Vorahnung an. „Was?", fragen Jamie und ich gleichzeitig.

„Ihr habt doch gesagt, Angel kann Nimmerland nur auf dieselbe Art verlassen, wie sie hergekommen ist, richtig?"

Stirnrunzelnd nicke ich. „Warum fragst du?"

„Angel ... du bist nicht nach Nimmerland *geflogen.*" Seine Stimme wird unheilvoll leise. „Du bist gefallen."

Beim nächsten Atemzug gefriert mir das Blut in den Adern. Großer Gott! Peter hat recht. „Also gibt es für mich wirklich keine Möglichkeit, die Insel jemals wieder zu verlassen –" Meine Lippen beben, und meine Stimme bricht, noch bevor ich den Satz zu Ende gesprochen habe.

Peter verzieht das Gesicht zu einer betretenen Grimasse. „So würde ich das nicht unbedingt sagen."

„Was meinst du?"

„Na ja, im Grunde musst du einfach nur von irgendwo runterfallen, um zurückzugelangen. Aber ich glaube nicht, dass ein kniehoher Stuhl dafür ausreicht."

All meine Hoffnung hängt nun an Peters Idee. „Was schlägst du also vor?"

Die beiden Jungs tauschen unangenehme Blicke aus. Schließlich fragt mich Jamie: „Wie hoch war denn der Balkon, von dem du gestürzt bist?"

Er war im ersten Stockwerk. Ich blicke mich auf dem Schiff um und entdecke den niedrigsten Segelmast. Auf den zeige ich. „Ungefähr so hoch." Jamies grüblerisches Brummen, als er ihn genauer betrachtet, bereitet mir

Unbehagen. Dann werden meine Augen ganz trocken, so weit gehen sie auf, als mir klar wird, was er vorhat. „Du erwartest doch nicht allen Ernstes, dass ich mich von da oben runterstürze?"

Er reibt sich den Nacken und schüttelt den Kopf. „Nicht von diesem Mast. Du würdest auf den Frachtkisten landen und dann ist der Abstand nicht mehr groß genug, denke ich." Er atmet einmal tief durch und nickt dann rüber zum Hauptmast. Dem größten an Bord. Mit all seinen Netzen, an denen man hochklettern kann, und den drei Querbalken. „Von dem dort wirst du springen."

Mein Hals wird so eng, dass ich kaum noch schlucken kann. „Und von wie hoch oben soll ich deiner Meinung nach springen?" An Jamies Gesichtsausdruck kann ich ablesen, dass es nur eine Stelle für meinen Absprung gibt. Nämlich von ganz oben. Und wenn sein Plan schiefgeht, ende ich als Püree auf dem Schiffsdeck. „Na großartig."

„Hab keine Angst. Ich komme mit dir nach oben." Jamie nimmt meine Hand, küsst zärtlich meine Fingerknöchel und zieht mich an sich. „Und Peter wird hier unten warten, damit er dich auffangen kann, falls es nicht funktioniert."

Peter räuspert sich. Es ist eines dieser beängstigenden Geräusche, bei denen man augenblicklich weiß, dass man gerade etwas Lebenswichtiges übersehen hat.

„Was denn noch?" Die Worte schleppen sich aus meinem Mund, während ich gegen diese böse Vorahnung ankämpfe.

„Es könnte sein, dass es nicht klappt, wenn ich dich vor dem Aufprall auffange. Ich bin der Meinung, du solltest den Sprung, oder besser den Sturz, bis zum Ende durchziehen. Und Angel –"

„Wie? Da ist noch mehr?!", platzt es hysterisch aus mir heraus.

„Du musst vorher den ganzen Elfenstaub aus deinem Kleid waschen."

„Es gibt wohl bei allem einen Haken, nicht wahr?" Lachen, wenn einem absolut nicht danach ist, fühlt sich seltsam an. Ich kann nicht damit aufhören, bis es schließlich zu einem erneuten Schluchzen wird und Jamie mich tröstend in seine Arme nimmt.

„Schhh ...", sagt er leise. „Es wird schon gut gehen. Du schaffst das."

Er führt mich in sein Quartier, wo ich noch einmal eine Dusche in seinem einfachen Badezimmer nehme – hoffentlich nun endgültig zum letzten Mal. Ich verwende nur einen Eimer Wasser für mich selbst und wasche im zweiten mein Kleid, bis kein Körnchen Elfenstaub mehr an ihm haftet. Nach getaner Arbeit ziehe ich mir ein Hemd von Jamie über, das er mir vorhin mit ins Bad gegeben hat. Das weiße Leinen klebt an meinem nassen Körper und reicht mir bis zur Mitte der Oberschenkel. Der Kragen rutscht mir von einer Schulter, als ich aus dem Bad komme.

In der Tür zum Deck steht Kartoffel Ralph und wartet auf mein Kleid. Er hat angeboten, es über dem Herd in der Schiffsküche für mich trocknen zu lassen. Jamie macht die Tür hinter ihm zu und dreht sich zu mir um. Dabei schweift sein Blick über meinen ganzen Körper, von meinen Augen bis runter zu meinen Zehen und wieder zurück. Ich stehe nur wie angewurzelt da und zittere am ganzen Körper aus Angst vor dem, was heute noch auf mich zukommt.

„Soll ich dir etwas holen?", fragt Jamie nach einer Weile. „Vielleicht etwas zu trinken, oder –"

„Rum wäre gut, danke!", scherze ich ... oder auch nicht.

Überrascht neigt Jamie seinen Kopf und zieht beide Augenbrauen nach oben. Er sieht herzallerliebst aus und entlockt mir damit ein kleines Schmunzeln.

Ich schüttle meinen Kopf und beschwichtige: „Schon gut." Und weil ich nicht weiß, was ich sonst machen soll, klettere ich anschließend auf sein Bett und ziehe meine Beine an die Brust.

Den Hut in der Hand, kommt Jamie auf mich zu und setzt sich vor mir aufs Bett, ein Bein unter seinem Hintern angewinkelt, das andere immer noch auf dem Boden.

„Als Peter und ich zurückgekommen sind und ich dich draußen bei den Kisten entdeckt habe, da hast du ziemlich traurig ausgesehen", sage ich nach einem langen stillen Moment, in dem ich einfach nur seine wunderschönen blauen Augen betrachtet habe.

Sein sanfter, doch ernster Gesichtsausdruck ändert sich nicht, als er antwortet: „Ich war nicht traurig. Ich war —" Für eine Sekunde senkt er seinen Blick zu meinen Zehenspitzen, dann schaut er mir wieder in mein Gesicht. Nun sind seine Augen von Schmerz erfüllt. „Angel, als du losgeflogen bist, war ich am Boden zerstört."

Ein warmes, kribbeliges Gefühl durchströmt mich, und ich bin nicht ganz sicher, ob es nur von seinen ehrlichen Worten kommt oder davon, wie sich gerade seine Finger um meine Fußknöchel schließen und er mit dem Daumen sanft über meine Haut streichelt.

„Dir ist doch klar, dass du mir nie etwas über meine Vergangenheit hättest erzählen müssen", gebe ich zu bedenken. „Du hättest die Wahrheit ganz einfach vor mir verschweigen können und ich wäre bei dir geblieben." Natürlich ist das eine dumme Idee. Trotzdem frage ich mich bei seiner sanften Berührung, ob ich nach einer weiteren Nacht für immer in Nimmerland glücklich sein könnte. Jamie ist eine Versuchung, auf die ich nicht vorbereitet war.

„Ich – ich dachte, dass du ..."

„Dass ich dich gern hab? Dass ich dich *liebe*?" Ein langsames Lächeln zieht über sein Gesicht. „Mittlerweile solltest sogar du erkennen, dass es die Wahrheit ist." Die Augen nur halb geöffnet, nimmt er meine Hände und lässt seine Lippen über meine Fingerknöchel streifen. Lange honigfarbene Wimpern verhüllen seinen Blick, bis er blinzelt. Ich kann seinen Atem immer noch auf meiner Haut spüren, als er flüstert: „Und ich nehme an, ich liege richtig, wenn ich behaupte, du empfindest dasselbe für mich."

Das tue ich.

Jamie richtet sich wieder auf, rutscht näher und legt dabei meine Beine vorsichtig über seinen Oberschenkel. Ich stütze mich mit den Händen auf der Matratze ab, um nicht nach hinten zu kippen. Jamie schiebt eine Hand über meine und legt mir die andere in den Nacken.

Warum ich plötzlich schüchtern bin, kann ich nicht sagen, aber mein Blick schweift zur Seite und ich beobachte, wie im Schein der Kerze unsere Schatten an der Wand tanzen. Sie bewegen sich aufeinander zu. Den Kopf leicht zur Seite geneigt, streifen Jamies Lippen über meinen

Mundwinkel. Nur angedeutet, ist der Kuss so zart, dass ich dabei eine richtige Gänsehaut bekomme.

Als ob er genau wüsste, was er damit in mir auslöst, macht er es noch einmal. Dieses Mal kann ich dabei sogar spüren, wie er lächelt. Oder eher verschlagen grinst? Na, auf jeden Fall amüsiert ihn meine Reaktion auf ihn. Ich lasse nicht zu, dass er weiter so mit mir spielt, und drehe beim dritten Mal meinen Kopf zu ihm. Er hält nur kurz inne. Seine Augen funkeln ungezähmt im Kerzenlicht. Dann lehnt er sich die letzten beiden Zentimeter vor und küsst mich.

Unsere Lippen berühren sich kaum beim Spiel unserer Zungen. Um mich herum beginnt die Welt sich zu drehen. Ich mache die Augen zu und schließe alles um mich herum aus, nur Jamie nicht.

James Hook

Angels Bein ist um meine Hüfte geschlungen, ihr Kopf liegt auf meiner Brust, und so döst sie friedlich vor sich hin. Eigentlich gar keine so gute Idee, wenn man bedenkt, was sie im Schlaf wieder alles vergessen könnte. Ihr Kleid ist inzwischen bestimmt auch schon trocken, aber ich bringe es einfach nicht über mich, sie jetzt schon in die Realität zurückzuholen. In *meine* Realität, nicht in ihre.

Die Kerze auf dem kleinen Schreibtisch neben der kaputten Tür ist bis auf einen kleinen Stumpf niedergebrannt. Der sanfte Schein der Flamme und Angels entspannte Atemzüge lassen mich innerlich ganz ruhig werden. Vorsichtig ziehe ich die Decke weiter über ihren Rücken nach oben und streichle dann ihren zarten Nacken. Der leichte Mandarinenduft ihres Haars steigt mir in die

Nase und verführt mich dazu, ihr einen sanften Kuss auf die Stirn zu geben. Ich will sie einfach noch nicht gehen lassen.

„Dein Herz klopft so langsam, ich dachte schon, du wärst eingeschlafen", sagt Angel mit leiser Stimme.

Den Kopf zurückgeneigt, zieht ein Lächeln über meine Lippen, als ich die vielen Astlöcher in der Holzdecke über uns betrachte. „Dasselbe dachte ich von dir."

„Nein. Ich hab einfach diesem schönen Geräusch zugehört", sagt sie und ahmt meinen ruhigen Herzschlag nach. Dann verlagert sie ihr Gewicht und drückt mir mit einem Grinsen im Gesicht ihr Kinn aufs Brustbein. „Ich könnte das die ganze Nacht lang hören."

Mit den Fingern streife ich ihr durchs Haar. „Netter Versuch. Muss ich dich daran erinnern, dass wir andere Pläne haben?"

„Vielleicht hab ich ja meine Meinung geändert? Oder willst du etwa nicht, dass ich hierbleibe? In Nimmerland? Auf diesem Schiff?" Ein waghalsiger Schimmer funkelt in ihren Augen. „Zusammen mit dir?"

„Ah, Angel. Ich wünschte, du müsstest nicht gehen." Der Gedanke daran, sie auf der Jolly Roger zu behalten und ihr, wann immer ich möchte, einen so leidenschaftlichen Kuss wie vor einer halben Stunde zu stehlen, ist gefährlich verlockend. Ich möchte nichts lieber, als dass Angel bei mir bleibt, denn nach den letzten paar Tagen ist mir eins klar geworden: Ich bin diesem Mädchen aus einer anderen Welt hoffnungslos verfallen.

„Weißt du noch, was du mich gestern Nacht gefragt hast?", sage ich leise. „Was mein größtes Abenteuer ist?"

Angel antwortet mit einem kleinen Nicken.

„Es gab mal eine Zeit, da habe ich viele Nachmittage mit den Feen verbracht. Bre'Shun und ich haben stundenlang in den Himmel geblickt und einfach so vor uns hin philosophiert. An einem dieser Nachmittage hat sie mich gefragt, was meiner Meinung nach das größte Abenteuer auf dieser Welt sei. Ich habe ihr gesagt, für mich wäre es, ein Pirat zu sein und den größten Schatz, den es gibt, zu finden." Ich streiche Angels Ponyfransen aus ihrer Stirn und halte dabei ein Schmunzeln zurück. „Sie hat mich damals einfach nur ausgelacht."

„Was dachte sie denn, was das größte Abenteuer wäre?", fragt Angel.

„Bre meinte, es gebe da draußen nur *ein* wirkliches Abenteuer. Die Liebe. Es gehe allein darum, die eine Person zu finden, für die du besser sein möchtest, als du bist."

Angels Augen funkeln warm, als sie mich anlächelt. „Du hast ihr nicht geglaubt?"

Ich schüttle den Kopf und küsse ihre Nasenspitze. „Doch jetzt weiß ich, dass sie damals recht hatte. Und an der Art, wie du mich jedes Mal ansiehst, wenn ich das mache", ich streiche mit dem Daumen über ihre Wange und sie schmiegt ihr Gesicht in meine Hand, „kann ich erkennen, wie gern du in meiner Nähe bist. Ich wünschte wirklich, es wäre genug für dich, Angel. Ich ... das Piratenleben, das ich dir bieten kann ... und Nimmerland. Aber irgendwo warten zwei kleine Mädchen auf dich." Nun kann ich ein Seufzen kaum noch unterdrücken. „Und die beiden bedeuten dir weitaus mehr als ich."

Das Lächeln weicht von Angels Gesicht und sie flüstert: „Nein, Jamie, das ist nicht wahr." Doch wir wissen beide, dass ich recht habe. Und das dürfen wir auch keinesfalls aus den Augen verlieren, denn sonst könnte es am Ende passieren, dass einer von uns wirklich seine Meinung ändert und eine dumme Entscheidung trifft. Es ist nicht unwahrscheinlich, dass ich derjenige sein werde.

„Ich hol dir lieber dein Kleid." Sachte schiebe ich Angel von mir runter und rolle mich aus dem Bett, dann stapfe ich aus dem Zimmer.

Gespannte Augenpaare folgen mir von überall her übers Deck. Peter sitzt gemütlich auf dem letzten Querbalken des höchsten Segelmasts, die Hände hinter dem

Kopf verschränkt und die Beine im Netz übereinandergeschlagen. Er sieht aus, als hielte er da oben gerade ein Nickerchen. Verblüfft bleibe ich stehen und nehme ihn genauer ins Visier. Da wirft er mir einen schrägen Blick unter einem matschbraunen Hut hervor zu, den er ohne Zweifel Fin Flannigan gestohlen hat.

Seltsamerweise macht es mir heute Abend nicht das Geringste aus, dass er sich immer noch auf meinem Schiff herumtreibt. Um ehrlich zu sein, beruhigt mich seine Anwesenheit sogar ein klein wenig in Anbetracht dessen, dass sich Angel in ein paar Minuten vom höchsten Punkt des Schiffsmasts werfen wird. Ich nicke ihm anerkennend zu und gehe dann weiter, hinunter in die Kombüse.

Hier ist keine Menschenseele. Umso besser. Auf einer Leine über dem Ofen hängt Angels blaues Kleid wie eine Piratenflagge, die ihren Wind verloren hat. Ich nehme es herunter und bringe es zurück zu Angel. Nun haftet zwar der Geruch von Essen am Stoff, aber es ist halb so schlimm. Sie hat es zuvor ja mit Seife gewaschen.

Als ich schweren Herzens mein Quartier betrete, sitzt Angel auf der Bettkante. Sie trägt immer noch mein Hemd. Ich werfe ihr das Kleid zu und drehe mich dann um, damit sie sich in Ruhe umziehen kann. Weil ich nicht weiß, was ich sonst machen soll, öffne ich meinen Kleiderschrank und hole ein Hemd heraus. Das alte werfe ich über den Stuhl und knöpfe mir gerade das neue zu, da tritt Angel hinter mich. Ihre zarten Hände gleiten über meinen Rücken hoch. Trotz der Wärme, die sie dabei in mir erweckt, macht mich ihre Berührung traurig. Ich drehe mich zu ihr um. „Bist du so weit?"

Angel nickt. Ich nehme ihre Hand und hauche einen Kuss auf ihre Handfläche. Anschließend hebe ich meinen Hut vom Fußboden auf und sofort mustert sie mich missbilligend. Bevor ich meinen Hut aufsetze, küsse ich noch rasch ihren Schmollmund.

Gemeinsam treten wir ins Freie. Mir kommt es vor, als würden bei jedem Schritt mehr Steine mein Herz nach unten ziehen.

Zu meiner Verwunderung steht die gesamte Besatzung an der Reling Spalier. Auf ihre ganz eigene, verworrene Weise sagen sie Angel auf Wiedersehen. Einige von ihnen nehmen dabei sogar ihre Hüte ab. Männer, was ist bloß los mit euch? Ich grinse in mich hinein, als wir an einem nach dem anderen vorbeigehen.

Am Ende der Reihe steht Smee. Er ist der Einzige unter den Piraten, der einen Schritt nach vorn macht und Angel sogar freundschaftlich eine Hand auf die Schulter legt. „Viel Glück", wünscht er ihr, und verdammt noch mal, es kommt tatsächlich von Herzen. Seit über hundert Jahren bin ich nun der Anführer dieser räudigen Bande, doch noch nie hat mich einer von ihnen so sehr beeindruckt wie Smee gerade.

Und Angel offenbar auch nicht. „Danke, Jack", erwidert sie mit einem schüchternen Lächeln. „Pass gut auf den Captain auf, hörst du?"

Smee blickt zu mir und ich verdrehe die Augen. Ha, als ob ich jemanden bräuchte, der sich um mich kümmert. Aber zu wissen, dass sie sich um mich sorgt, ist trotzdem nett.

Und dann beginnen wir auf den Mast zu klettern. Ich lasse Angel den Vortritt. Es ist ein weiter Weg nach oben, und ich fühle mich besser, wenn ich direkt hinter ihr bin, für den Fall, dass sie womöglich den Halt verliert. Peter wartet bereits oben auf uns und hilft Angel auf dem Querbalken die Balance zu halten.

Sie umarmt ihn kurz und küsst ihn zum Abschied auf die Wange. Insgeheim knirsche ich zwar mit den Zähnen, doch ich gönne ihr diesen Moment mit ihrem Freund – meinem Bruder. Dann dreht sie sich zu mir um.

Einen zeitlosen Moment lang sehen wir uns einfach nur in die Augen. Wieder habe ich diesen Kloß im Hals. Sie wahrscheinlich auch, denn sie schluckt schwer und ihre

Lippen beginnen kurz darauf zu zittern. Ich streichle über ihre Wange. „Keine Tränen mehr", bitte ich sie heiser. „Ich möchte dich mit einem Lächeln in Erinnerung behalten, Angelina McFarland."

Schniefend bemüht sie sich, ihre Mundwinkel nach oben zu ziehen, aber es will ihr nicht wirklich gelingen. An dem gespannten Netz hinter dem Querbalken hält sie sich fest und macht einen vorsichtigen Schritt auf mich zu. Dann schlingt sie ihre Arme fest um meinen Hals. Ich kann das Netz nicht loslassen, sonst stürzen wir beide in die Tiefe. Aber das macht nichts. Einen Arm habe ich frei, und damit drücke ich sie noch einmal fest an mich. „Ich werde dich vermissen", flüstere ich ihr ins Ohr.

„Bitte vergiss mich nicht!"

„Niemals."

An meinem Hals läuft ihre erste Träne hinunter, und viele weitere folgen. An ihnen zerbreche ich. Ich fasse sanft unter ihr Kinn und hebe ihren Kopf an. Dabei wische ich ihr mit dem Daumen die Tränen vom Gesicht. Und dann küsse ich sie ein allerletztes Mal. Lange und innig, um die Erinnerung daran bis in alle Ewigkeit aufrechterhalten zu können.

Als Angel schließlich zurücktritt, setze ich ihr meinen Hut auf den Kopf, und endlich bekomme ich, was ich wollte. Ihr aufrichtiges Lächeln.

Peter begleitet sie an den äußersten Rand des Balkens. Dort dreht sie sich noch einmal zu mir um. Hinter ihrem entschlossenen Blick verbirgt sich ihre Schwermut. Langsam schließt sie die Augen und holt tief Luft. Ich versuche vergeblich den schmerzhaften Kloß in meinem Hals hinunterzuschlucken. Dann kippt Angel nach hinten und fällt.

Von plötzlicher Panik erfüllt, suche ich Halt im Netz neben mir und eile nach vorn. Dabei bricht ihr Name verzweifelt aus meiner Kehle. Aber es ist zu spät. Angel stürzt in die Tiefe. Ihre Arme sind seitlich ausgebreitet, und der Rock ihres Kleides flattert im Wind, als würde er mir zum Abschied winken. Mein Hut fliegt ihr vom Kopf und segelt trübselig hinter ihr her.

Einen Moment später taucht die Liebe meines endlosen Lebens in die Wellen ein und wird vom Ozean verschlungen.

Ich hoffe, dass sie dorthin gelangt, wo sie hin möchte.

Kapitel 14

Wasser spritzt mir ins Gesicht. Ich zucke zusammen und schnappe nach Luft. Die Wellen sollten mich längst verschluckt haben, doch der Boden unter mir fühlt sich hart an. Mit aller Kraft öffne ich meine Augen und sehe, dass sich jemand über mich gebeugt hat. Zarte Hände berühren meine Wangen. Ich blinzle ein paarmal, doch das Einzige, was ich erkennen kann, ist ein dunkelrosa Kleid. „Bre'Shun?", murmle ich.

„Oh nein! Sie hat sich den Kopf angestoßen!", piepst jemand aufgeregt neben mir. Die Stimme ist mir vertraut ... und sie klingt einfach wundervoll! Trotz der Monsterkopfschmerzen, die gerade versuchen, mir den Schädel zu sprengen, bemühe ich mich, einen klaren Blick zustande zu bringen. Und dann sehe ich sie. Alle beide.

„Feenknirps!" Immer noch auf dem Rücken liegend,

schnappe ich meine kleine Schwester und ziehe sie an meine Brust. Auch Paulina erwische ich an der Hand. Ich drücke die zwei so fest an mich, dass die Luft aus ihren Lungen pfeift.

Paulina wickelt ihre kleinen Arme um meinen Hals und vergräbt ihr Gesicht an meiner Schulter. Erleichtert seufzt sie auf. „Wir dachten, du wärst tot! Du hast so lange nichts gesagt!" Sie steht kurz davor loszuheulen, doch ich kann in diesem Moment nur vor Freude lachen. Ich lache so laut, dass mich vermutlich die ganze Straße hören kann, und umarme die beiden noch fester. Nie wieder will ich sie loslassen, in meinem ganzen Leben nicht.

Die Zwillinge helfen mir, mich aufzusetzen. Wasser plätschert aus dem Gartenschlauch zu Brittney Renaes Füßen und sickert in den Schnee. „Wozu habt ihr denn das Wasser aufgedreht?", frage ich die beiden.

„Wir haben dir damit ins Gesicht gespritzt", teilt mir Paulina mit. Dabei rümpft sie ihre kleine Stupsnase, als würde sie dafür jeden Moment ein Donnerwetter erwarten. „Es war Brittney Renaes Einfall. Sie hat gesagt, du wachst davon bestimmt auf."

Das erklärt zumindest, warum ich völlig durchnässt bin. Ich wende mich an Brittney Renae und zerzause ihr Haar. „Das war eine Spitzenidee, Feenknirps."

Zufrieden kichernd tänzelt sie rüber zum Wasserhahn und dreht ihn ab. Inzwischen zieht Paulina an meinen Händen, um mir auf die Beine zu helfen. Da bemerke ich erst, dass ich wieder meine eigenen Klamotten anhabe. Die blauen Jeans und mein schwarzes T-Shirt. Es ist auch nicht länger zerrissen.

Ich atme tief durch. War das etwa alles nur ein Traum? All die Abenteuer in Nimmerland – mit Peter, den Verlorenen Jungs ... und mit Jamie? Mit Entsetzen erinnere ich mich wieder daran, welches Buch ich den Mädchen vorgelesen habe, bevor ich vom Balkon gestürzt bin. Bin ich wirklich so hart mit dem Kopf aufgeschlagen, dass sich diese unglaubliche Geschichte nur in meiner Fantasie abgespielt hat?

Vielleicht war es so. Aber die Sehnsucht nach Jamie, die ich in meinem Herzen spüre, ist echt. Die Erinnerungen sind lebendig. Wenn ich meine Augen schließe, sehe ich nur ein verwegenes Lächeln vor mir. Der Duft von Mandarinen liegt mir immer noch in der Nase. Kann ich das alles wirklich bloß geträumt haben?

Ich strecke mich und dehne meinen Nacken. Also der Schmerz in meinem Rücken ist auf jeden Fall real. Das wird wohl noch eine ganze Weile lang wehtun.

So, und wo ist nun mein Sweatshirt? Ich blicke mich

um, kann es aber nirgends entdecken. Womöglich ist es ja an den Zweigen hängengeblieben, als ich runtergefallen bin. Allerdings ist es bereits zu dunkel, um oben im Baumwipfel noch irgendetwas erkennen zu können.

Paulina zieht an meiner Hand. Als ich zu ihr hinunterblicke, drückt sie noch fester zu. „Können wir jetzt reingehen? Mir ist so furchtbar kalt."

Brittney Renae nimmt meine andere Hand und gemeinsam stapfen wir durch den Schnee rüber zur offen stehenden Flügeltür und zurück ins Wohnzimmer. Eine angenehme Wärme durchflutet mich. Im ganzen Haus duftet es nach Kaminholz und nach den Zimtkeksen, die uns Miss Lynda am Nachmittag mitgebracht hat.

Es duftet nach zu Hause.

Am ganzen Leib zitternd, schicke ich die Mädchen rauf in ihre Zimmer, damit sie sich fürs Bett umziehen, dann eile ich selbst ins Bad, um die nassen Sachen loszuwerden. An einem Haken an der Tür hängt mein rosa Morgenmantel. Den wickle ich fest um mich und genieße den flauschigen Stoff auf meiner kalten Haut. Die dazu passenden rosa Pantoffeln stehen natürlich auch parat, und ich wackle darin mit meinen Zehen, bis sie sich nicht mehr wie Eiszapfen anfühlen. Dann schlurfe ich in Brittney Renaes Zimmer. Die Kleine liegt schon im Bett und wartet darauf, dass ich sie zudecke. Sie bekommt noch einen dicken Gutenachtkuss auf die Stirn, bevor ich das Licht ausmache.

In Paulinas Zimmer sitze ich etwas länger. Ich streichle ihr Haar, bis sie eingeschlafen ist. Als ich leise von ihrem Bett aufstehe, fällt mein Blick auf das Buch auf ihrem Nachtkästchen. *Peter Pan*. Auf dem Umschlag ist ein fliegender Junge in grasgrünen Strumpfhosen abgebildet. Ein Schmunzeln entkommt mir. Strumpfhosen, ha! Wenn die wüssten ... Doch dann schwillt mir das Herz an bei der lebhaften Erinnerung an seinen Übermut und sein freches Grinsen.

Ich nehme das Buch mit in mein Zimmer, setze mich auf mein Bett und schlage es auf. Tinker Bell, die Verlorenen Jungs ... alle sind sie da drin. Sogar Smee grinst von den Seiten, mit einer roten Mütze auf seinem schneeweißen Haar. Und neben ihm steht ... Captain Hook. Er trägt diesen prunkvollen roten Gehrock und den lustigen schwarzen Hut, den ihm Disney angedichtet hat. Hier sieht er ganz anders aus als der echte Captain. Der wirkliche Junge. Einfach nur Jamie.

Mein Hals wird eng und mir tut das Herz weh, als ich zärtlich mit den Fingerspitzen über sein Gesicht streiche. Nur ein Traum ... war es das wirklich?

Ich schiebe das Buch unter mein Kissen und lege den Morgenmantel ab, der unachtsam auf dem Boden landet. Aus meinem Kleiderschrank hole ich ein kurzes Nachthemd aus Satin. Normalerweise trage ich nachts nie so feine Sachen. Dieses Kleidchen war ein Geschenk von meiner Großmutter vor zwei Jahren. Seither hing es die ganze Zeit über unbenutzt in meinem Schrank. Ich weiß nicht genau, warum ich es gerade heute Nacht anziehen möchte. Vielleicht, weil mich das zarte Blau an das Kleid erinnert, das ich die vergangenen Tage getragen habe. Weil es mich an *ihn* erinnert ...

Ich ziehe es mir über und stelle mich vor den Spiegel an meiner Tür. An zwei dünnen Satinträgern hängt dieses hübsche Kleid seidig weich von meinen Schultern. Meine Beine sind immer noch ganz weiß von der Kälte und mein Haar ist ein wildes Durcheinander. Doch das alles ist nicht der Grund dafür, warum mir gerade der Atem stockt.

Ein wunderschöner herzförmiger Rubin liegt auf meiner Brust. Er hängt an einer feinen Silberkette um meinen Hals.

Meine Lippen beginnen zu zittern, genau wie meine Knie. Warum? *Wie*? Ich fühle die glatte Oberfläche des Edelsteins unter meinen Fingern. Dabei füllen sich meine Augen mit dicken Tränen.

Es ist also wahr! Ich war wirklich dort.

Mein schneller Atem beschlägt den Spiegel. Ohne zu wissen, was mich erwartet, blicke ich auf meine Hand und drehe sie herum. Ein halbes Tattoo ist noch auf der Innenseite meines Handgelenks zu sehen. Der Anfangsbuchstabe A und ein paar Sterne unterhalb der Stelle, wo einst der Name *Angel* geschrieben stand. Paulina hat es mir vor nicht einmal einer Stunde auf die Haut geklebt. Aber in den letzten fünf Tagen ist es fast gänzlich verblasst.

Ich habe sie alle wirklich getroffen. Peter, Tami, die Feen. Und James Hook – den unglaublichsten Mann, den ich jemals kennengelernt habe. In richtiger Piratenmanier hat er sich in mein Herz geschlichen. Es tut weh, nur an ihn zu denken. Bevor die erste Träne überlaufen kann, klopft jemand leise an meine Tür. Ich räuspere mich, um den Kloß im Hals loszuwerden, und mache auf.

Mit ihrem Stoffhasen in der Hand steht Paulina auf meiner Schwelle. Eine Träne kullert über ihre Wange. „Wenn ich die Augen zumache, dann sehe ich dich immer noch im Schnee liegen. Und du antwortest uns auch nicht, wenn wir dich rufen."

„Komm her", flüstere ich, sinke auf meine Knie und wische ihr die Ponyfransen aus dem Gesicht. „Alles ist gut,

Honighase. Jetzt bin ich ja wieder da. Ihr beide habt mich zurückgeholt."

„Ich weiß. Aber ich will dich nicht auf dem Boden liegen sehen, wenn ich die Augen zumache und dich nicht festhalten kann. Darf ich heute bei dir schlafen?"

Mit einem Lächeln im Gesicht hebe ich Paulina hoch und trage sie zu meinem Bett, wo sie sogleich unter die Decke krabbelt und mich dann aus meinen Kissen heraus anstrahlt. Nachdem ich das Licht ausgemacht habe und auch unter die Decke gekrochen bin, kuschelt sie sich an mich und ihr glückliches Seufzen erfüllt den Raum. Eine Hand fest um sie geschlungen, gebe ich ihr einen Kuss auf den Kopf. Meine andere Hand wickelt sich um das Rubinherz. Ich schließe die Augen und kehre zurück nach Nimmerland. Wenn auch nur in meinen Träumen ...

Drei Monate später ...

Eine warme Abendbrise umspielt meine bloßen Knöchel und die Absätze meiner Sandalen klappern auf dem Asphalt. Ich spaziere gerade die Straße zu unserem Haus hoch und trete dabei von einem weiten Lichtkegel in den nächsten, die die Straßenlaternen alle zehn Meter auf den Bürgersteig werfen.

Meine Eltern gehen ein paar Schritte vor mir. In den Armen meines Vaters schläft Brittney Renae. Ihr Kopf ruht dabei gemütlich auf seiner Schulter und ihre Arme hängen reglos herab. Kein Wunder, dass die Kleine so erschöpft ist; es ist schon nach zehn.

Paulina hält sich an meiner Hand fest und versucht, mit ihren kleinen Kinderschritten das Tempo unseres Vaters zu halten, doch wir fallen immer weiter zurück. Die Zwillinge hätten schon vor Stunden im Bett sein sollen, nur leider hat die Dinnerparty im Haus eines Freundes meiner Eltern, die mal wieder viel zu lange gedauert hat, dem Ganzen einen Strich durch die Rechnung gemacht.

Oh Mann, wie ich diese Wohltätigkeitsbanketts hasse. Ein Abendessen still auszusitzen, das aus mehr Gängen besteht, als je ein Mensch essen kann, ist immer eine Herausforderung. Kein Kichern, kein Schwätzen, kein Füße-unterm-Tisch-schwingen-Lassen. Bei solchen Anlässen komme ich mir oft vor wie in einem Straflager. Und wenn es für mich schon schwer auszuhalten ist, ist es für meine kleinen Schwestern bestimmt die reinste Folter. Manchmal wünsche ich mir, wir drei hätten an einem abenteuerlicheren Ort aufwachsen können als in der McFarland Villa. Einem Ort wie —

Tja, wie nur? Vielleicht wie *Adventureland* in Disney World? Seufzend blicke ich hinauf zu den Sternen. Mir kommt es vor, als wollten sie mich mit ihrem hellen Licht in den Himmel hinauflocken, weit weg von hier — und das schon seit einiger Zeit. Leider kann ich mir nicht vorstellen, wie ich jemals da hinaufkommen soll. Also bleibt mir wohl nichts anderes übrig, als mich weiter mit dem aufgesetzten Lächeln der Erwachsenen herumzuschlagen und mit dem Tratsch über Leute, die ich nicht einmal kenne.

Allerdings war mein Leben nicht immer so trübsinnig.

Vor einigen Monaten fühlte ich mich irgendwie anders. Und zwar *sehr viel* anders. Es hing alles mit einem roten Glasstein an einer Kette zusammen, die ich um den Hals getragen habe. Eines Morgens bin ich aufgewacht und hatte meine Hand um diese Schmuckimitation geschlossen. Aber das war noch nicht einmal das Seltsamste an diesem Tag. Paulina lag zusammengerollt neben mir im Bett. Sie schläft normalerweise nie in meinem Zimmer. Das war also eine ziemliche Überraschung. Als ich sie vorsichtig angestupst habe, hat sie ihre Augen aufgeschlagen, sich in einem Ruck aufgesetzt und mich mit all der Liebe einer Fünfjährigen umarmt.

Anscheinend habe ich mir in der Nacht zuvor den Kopf angestoßen. Zumindest hat sie mir das erzählt. Ich muss doch tatsächlich vom Balkon gefallen sein. Und diese Erklärung macht auch Sinn, wenn man bedenkt, dass ich mich an nichts mehr erinnern kann, was an jenem Abend passiert ist. Was die Kette mit dem Herzanhänger angeht, so hat Paulina abgestritten, dass sie von ihr ist. Aber das nehme ich ihr nicht ab. Bestimmt ist er aus einem ihrer Mickey-Maus- oder Disney-Prinzessinnen-Hefte und sie hat ihn mir nachts heimlich um den Hals gehängt.

Was ich mir jedoch gar nicht erklären konnte, war die Sehnsucht, die mich jedes Mal überfallen hat, wenn ich das

Herz betrachtet habe. In diesen Momenten wollte ein Teil von mir immer ganz woanders sein. Vielleicht sogar bei jemandem. Es fühlte sich an wie Heimweh, was natürlich überhaupt keinen Sinn ergab, denn ich war ja zu Hause. Irgendwann wurde ich total meschugge davon und ich hab die Halskette einfach abgenommen. Inzwischen ist das Herz ganz weit hinten in einer Schublade unter einem Stapel Papier versteckt.

Als ich die Kette erst einmal aus meinen Augen verloren hatte, verflüchtigte sich schließlich auch diese seltsame Sehnsucht. Endlich war ich wieder ganz ich selbst, die große Tochter in George und Mary McFarlands Haus. Ich drücke die kleine Hand meiner Schwester und blicke auf sie hinunter. In diesem Moment weiß ich, dass es trotz allem ein gutes Zuhause ist.

Ein paar Schritte noch, dann sind wir zu Hause. Gerade kommen wir am Nachbargarten vorbei und mir steigt der Duft des großen Apfelbaums in die Nase. Ich hebe meinen Kopf und atme tief ein. Da zupft plötzlich etwas an mir ... Eine Erinnerung? Aber ich kann die Bilder in meinem Kopf einfach nicht ordnen.

Und dann sehe ich ihn.

Ein junger Mann tritt aus dem Schatten in das Licht der Laterne vor uns und kommt uns entgegen. Er hat den

Kopf gesenkt und die Kappe, die er trägt, verdeckt sein Gesicht. Die weite Skaterhose und das schwarze Kapuzensweatshirt passen überhaupt nicht zu seinem forschen, ja fast räuberischen Gang.

Ich kann mir nicht erklären warum, aber unter all den Leuten, denen wir auf dem Heimweg begegnet sind, ist er der Einzige, der meine Aufmerksamkeit erregt. Meine Eltern hingegen beachten ihn kaum und weichen ihm einfach auf dem Bürgersteig aus. Dasselbe möchte auch ich tun, doch in diesem Moment hebt er seinen Kopf und sein verwegener Blick fesselt mich an Ort und Stelle.

So vertraut ...

Ich bin sicher, dass ich diese unbändigen blauen Augen schon einmal irgendwo gesehen habe. Und wieder kommt dieses sonderbare Gefühl von Heimweh über mich. Mein Herz beschließt, erst mal ein paar Schläge auszusetzen, bevor es dann wie wild gegen meine Rippen pocht.

Die Miene dieses jungen Mannes ist ernst, sein Blick standhaft, als er an mir vorbeigeht. Seine warmen Finger schieben mir etwas in die Hand. Selbst bei dieser flüchtigen Berührung huscht ein Zittern meinen Arm hinauf, und ich sehne mich danach, ihn noch mal anzufassen. An ihm haftet der Duft von Abenteuer – wenn man Abenteuer überhaupt riechen kann – ein Hauch von Seeluft und Mandarinen. Der Duft vernebelt mir die Sinne und ich werde weit weggetragen, an einen Ort, den ich kennen sollte. Einen Ort hinter diesen tiefblauen Augen.

Das Stück Papier in meiner Hand holt mich schließlich aus meinen verworrenen Gedanken zurück. Ich drehe mich nach dem Jungen um, doch er bleibt nicht stehen. Seine resoluten Schritte tragen ihn rasch die Straße hinunter. Ich öffne den Mund und rufe ihm schon beinahe etwas nach, da wirft er mir einen Blick über seine Schulter zu und zieht herausfordernd eine Augenbraue hoch. Einen Moment später verschwindet er im Schatten der Häuser.

„Was ist denn?", fragt Paulina müde.

Verwirrt schüttle ich nur den Kopf. Dann betrachte ich die Notiz in meiner Hand und falte das kleine Stück Papier mit zittrigen Fingern auseinander. Im Mondlicht hebt sich die ausdrucksstarke Handschrift vom weißen Hintergrund ab. Es steht nur eine Zeile darauf:

Ich warte auf deinem Balkon auf dich!

Schließt dieses Buch mit einem Lied
Dexter Britain – A Closing Statement

Ihr findet es auf YouTube
https://www.youtube.com/watch?v=IljIj1Q9cnI

Playlist

Jonatha Brooke — Second Star To The Right
(Schnee auf dem Balkon)

Dexter Britain — The Time To Run
(Fallen)

Birdy — Heart Of Gold
(Ein gebrochener Wille)

Olly Murs — Ready for Love
(Ein Streit)

Yiruma — Moonlight
(Einfach nur Jamie)

Ed Sheeran — I See Fire
(Sie hat etwas an sich ...)

Lifehouse – Everything
(Er wird sie vermissen)

Tori Amos – China
(Ich will egoistisch sein)

A Great Big World ft. Christina Aguilera – Say Something
(Das größte Abenteuer)

A Fine Franzy – Blow Away
(Mit dem richtigen Gedanken)

Poppy Girls – The Call
(Fliegen hat nicht funktioniert)

Theme of *The Little Mermaid*
(Noch einmal fallen)

Dexter Britain – A Closing Statement
(Er ist hier)

Und so geht's weiter:

„Bist du bereit für einen Kuss?", flüstert er sanft, wobei seine Lippen zart über meinen Mundwinkel gleiten.

Meine Knie beginnen zu zittern und in meinem Bauch erwacht ein ganzer Schmetterlingsschwarm zum Leben. Wo kommt der denn plötzlich her? „Ich denke nicht, dass das eine gute Idee ist."

„Und ich denke, das ist die beste Idee, die ich seit Langem hatte", antwortet Jamie.

Nachdem Angelina McFarland Nimmerland für immer verlassen hat, setzt James Hook alles daran, ihr zu folgen und seine einzig wahre Liebe in dieser seltsamen Stadt namens London wiederzufinden. In seiner Verzweiflung trifft er eine folgenschwere Entscheidung. Er stellt seine eigenen Wünsche über die seines Halbbruders und einstigen Erzfeindes Peter Pan.

Die Konsequenzen, die Hooks Taten haben, verändern Peters Leben auf eine tragische Weise, die niemand vorhersehen konnte. Der Junge, der nie erwachsen werden wollte, schwört blutige Rache. Und was könnte er Hook Schlimmeres antun, als dessen Liebe zu stehlen?

Durch eine miese Hinterlist gelangt Peter als Erster nach London. Noch in derselben Nacht spürt er Angel auf, doch sie hat keine Erinnerung daran, wer er ist oder dass sie jemals in Nimmerland war. Das bringt Peter auf die Idee, das Bild eines grausamen Piraten in ihrer Vorstellung zu erschaffen – jemand, der schon einmal versucht hat, sie umzubringen, und der jetzt gerade auf dem Weg nach London ist, um Angel erneut zu entführen.

Durch den Sternenregen hindurch, eine Schleife um den Mond und am Big Ben hart nach links … Als James Hook endlich in London eintrifft, stellt er mit Entsetzen fest, dass ihn seine große Liebe längst vergessen hat. Mit allen Mitteln kämpft er darum, Angels Erinnerung zurückzuholen. Aber zunächst muss er an einem Jungen vorbei, der nun doch endlich erwachsen geworden ist …

Folgt James Hook in sein größtes Abenteuer und lasst euch verzaubern von der wunderschönen Fortsetzung zu *Herzklopfen in Nimmerland*.

Über die Autorin

ANNA KATMORE mag blau lieber als grün, den Frühling lieber als den Winter und Schreiben lieber als alles andere auf der Welt. Es hilft ihr, so sagt sie, einer langweiligen Realität zu entfliehen und einzutauchen in ein Reich voll Abenteuer und Romantik. Selbst wenn sie mal nicht an einem neuen Roman arbeitet, findet man sie meist in einer ruhigen Ecke mit der Nase in einem Buch.

Mit 17 ist sie von Wien in das ruhige Oberösterreich gezogen und plant nun von dort aus ihre vielen Reisen rund um die Welt. Zwei ihrer liebsten Plätze sind Disneyland und die weiten Ebenen ihrer Fantasie.

Besucht Anna auf www.annakatmore.com
oder auf Facebook: www.facebook.com/authorannakatmore
und meldet euch noch heute für die Mailingliste an:
http://eepurl.com/bcFy6z